잃어버린 환상 1

Illusions perdues

세계문학전집 486

잃어버린 환상 1

Illusions perdues

오노레 드 발자크

송기정 옮김

민음사

일러두기

1 인명, 지명 등은 모두 국립국어원의 외래어표기법을 따랐다.

2 번역 저본은 갈리마르 플레이아드판 『인간극』 총서 5권(*La Comédie humaine, Tome V*, Bibliothèque de la Pléiade, Éditions Gallimard, 1977)이다.

3 프랑스어 판본의 편집자 주는 [편]으로 표시했다. 그 외의 주석은 모두 옮긴이 주이다.

4 원문에서 이탤릭체 등으로 강조한 부분은 고딕체로 구분했다.

차례

서문[1]

    1833년부터 1836년까지 3년 동안 저자는 《19세기 풍속 연구》 중 먼저 발표한 세 시리즈에 속하는 열두 권의 책을 출판했다.[2] 이 작업을 마치면서, 재발행 작품들에도 최초 간행작

1) 『잃어버린 환상』 1부의 본 서문은 1837년 베르데 출판사에서 처음 단행본으로 출간될 때 쓰인 것이다. 당시 1부의 제목은 「잃어버린 환상」이었다가, 1843년 퓌른 출판사에서 『인간극』 전집이 출간될 때 3부작으로 묶이면서 「두 시인」으로 제목이 바뀌었다. 독자의 혼동을 줄이기 위해 발자크가 1부를 지칭할 때는 홑낫표를 쓴 「잃어버린 환상」으로, 전체 제목을 가리킬 때는 겹낫표를 쓴 『잃어버린 환상』으로 표시한다.

2) 발자크의 『인간극』 총서는 《풍속 연구》 《철학 연구》 《분석 연구》로 구성되어 있으며, 그중 《풍속 연구》는 다시 6개의 '장면' 시리즈로 세분된다. 발자크는 1833년 10월 20일 비세 부인과 《풍속 연구》 출판 계약을 했는데, 이 초기의 《풍속 연구》는 3개 시리즈('사생활 장면' '지방 생활 장면' '파리 생활 장면')만으로 이루어져 있었다. 그중 『잃어버린 환상』은 맨 마지막에 원

들만큼이나 많은 시간과 노력을 쏟았다고 주장하는 저자를 독자들은 너그러운 마음으로 이해해 주기 바란다. 재발행 작품들도 대부분을 다시 쓰다시피 했기 때문이다. 주제도 문체도 다 바꾸었다. 나머지 세 시리즈, 즉 '정치 생활 장면' '군대 생활 장면' '시골 생활 장면'은 지금보다 더 많은 시간이 소요되지 않을 것이다. 따라서 이 계획에 관심을 가지는 독자들은 곧 《풍속 연구》의 전체 규모를 알게 될 것이며, 그 구성의 윤곽을 살펴보는 것만으로도 여기에 포함된 방대한 세부 사항을 파악할 수 있을 것이다.

저자는 전체 작품의 기본 개념을 돌아보려 하는데, 이는 작품이 제시되는 방식 때문에 어느 정도 불가피하다. 게다가 이 방식은 부당하게 비판을 받아왔다.

사회는 인간을 필요에 의해 완전히 적응시키고 변형시키기 때문에 어디에서도 인간은 서로 비슷하지 않으며, 따라서 사회는 인간의 '직업'만큼이나 많은 '유형'을 만들 것이고, 결국 동물학에서 동물의 종이 다양하듯 사회적 존재인 인간 종도 다양할 것이다. 이러한 원칙에 따라, 어떤 작가가 사회의 모든 면을 살펴보고 모든 단계를 분석해 한 사회를 완벽하게 묘사했다면, 그토록 용기 있는 작가에게는 약간의 관심과 인내심을 가지고 신뢰를 보내야 하지 않을까? 과학자가 논문을 쓰면 사람들은 그 업적의 위대함에 걸맞은 오랜 시간의 노력을 인

고를 넘긴 작품이다. 훗날 《풍속 연구》에는 다른 세 시리즈('정치 생활 장면' '군대 생활 장면' '시골 생활 장면')가 추가된다.

정한다. 과학자에게 부여한 그런 특권을 작가에게도 부여해야 하지 않을까? 그렇게만 된다면 새로운 작품은 거대한 건축물을 구성하는 돌멩이 중 하나이며, 언젠가 그 돌멩이들이 모두 모여 거대한 건축물을 이룰 것임을 설명할 필요도 없이, 작가는 작품 속으로 한 걸음 한 걸음 전진할 수 있지 않을까? 요컨대 그 건축물이 그토록 대단한 것이라면, 그것을 구성하는 돌멩이 하나하나를 세세하게 알리는 것은 충분히 의미 있는 일이 아닐까? 모든 소설은 결국 사회라는 방대한 소설의 한 장(章)일 뿐이다. 모든 이야기의 인물들은 오직 사회라는 공간 속에서 살아간다. 라스티냐크라는 인물을 보자. 『고리오 영감』에서 그의 인생행로는 중간에서 멈추지만,3) 독자들은 『후작 부인의 프로필』과 『금치산』과 『고급 은행』에서, 그리고 『나귀 가죽』에서 분명 그를 다시 만날 것이고,4) 이들 작품에서 그

---

3) 1819년을 배경으로 한 『고리오 영감』(1835)에서 외젠 드 라스티냐크는 지방 청년의 순수함을 간직한 파리 법대생으로 그려지지만, 연인인 뉘싱겐 부인의 아버지 고리오의 비극적 죽음을 목격하면서 비정한 사교계에서 살아남는 법을 터득한다. 그로부터 3년이 지난 1822년의 라스티냐크는 전형적인 파리 댄디이자 기회주의자로 그려진다. 『고리오 영감』이 『인간극』 시리즈의 출발점이었던 만큼, 라스티냐크는 발자크 작품에 가장 자주 재등장하는 인물 중 하나다.

4) 『후작 부인의 프로필』은 1830년 《르몽드》지에 최초로 발표된 『여인 연구』가 1835년 '파리 생활 장면'에 수록되어 재발행되었을 당시의 제목이다. 그러나 1842년 퓌른 출판사가 발행한 『인간극』 총서에는 다시 『여인 연구』로 제목이 바뀌어 '사생활 장면'에 수록된다. 『금치산』은 1836년에, 『고급 은행』은 『뉘싱겐 은행』이라는 제목으로 1838년에 출판되었다. 『나귀 가죽』은 1831년에 출판된 작품이다.[편]

는 자신이 사는 시대와 자기 신분에 맞게 처신하면서, 주요 인물들이 겪는 모든 사건에 연루된다. 이러한 관찰은 사회에 관한 이 긴 이야기 속에 등장하는 인물들 대부분에 적용된다. 한 시대에 존재하는 탁월한 인물은 우리가 생각하는 것만큼 그렇게 많지 않다. 어림잡아 스물다섯 권으로 구성될 이 총서에는 1000명 이상의 인물이 등장한다. 특히 묘사에 할애된 부분이 많을 것이다. 그건 사실이다. 이렇듯 이 총서는 규모가 방대하고 묘사가 많은 기본 기조를 유지할 것이다.

작품이 출판되는 방식으로 인해 작품 전체의 틀을 먼저 확정하는 것이 불가능했기에, 저자는 어디서 작품을 끝내야 할지를 결정하기가 무척 어려웠음을 기꺼이 고백한다. 쓰고 보니 이 「잃어버린 환상」은 필연적으로 한 소설의 앞부분이라는 생각이 들었고, 그리하여 이 책은 『잃어버린 환상』이라는 소설의 1부, 즉 서론에 불과하게 되었다. 애초의 계획은 그렇게 방대하지 않았다. 그러나 글을 쓰는 사이 모든 것이 바뀌었고, 어쩔 수 없이 몇 권으로 나누어 내기로 했다. 그런데 투자자들은 기다리려 하지 않았다. 그리하여 저자는 자신이 설정했던 한계 안에서 마무리 지어야 했다. 처음에는 지방 풍속과 파리 풍속을 비교하는 이야기에 불과했다. 저자는 비교의 대상이 없는 상태에서 지방 사람들이 서로에 대해 품게 되는 환상을 비판했다. 그 환상은 실제로 대재앙을 초래할 수도 있었다. 그러나 다행히 지방 사람들은 자신들의 환경과 불행 속에서도 나름대로 만족스러운 삶에 익숙해져서, 다른 곳에서는 어디서나 고통을 느낀다. 특히 파리는 그들 마음에 들지 않는다. 저자는 지방 사람들이 선의를 가지고 어리석은 여인을 아름다운 영혼으로 소개하거나 못생긴 여인을 매력적인 여인으로 소개할 때, 종종 그 선의에 감탄하곤 했다……. 그러나 한 가정의 내부와 초라한 지방 인쇄소의 변천 과정을 공들여 그리면서, 도입부의 상황 설명 못지않게 많은 분량을 묘사에 할애하다 보니, 저자의 의도에도 불구하고 작품의 범위가 확장되었다. 자연을 모방할 때, 잘하고 싶은 마음이 앞서다 보면 오류가 발생하기도 한다. 어떤 장소를 얼핏 보면 그 공간의 실제 규모를 예측하지 못하는 경우가 종종 있다. 어떤 도로가 처음에는 오솔길로 보이고, 작은 골짜기는 계곡으로 보이기도 하며, 언뜻 보아 등반이 쉬워 보이는 산을 넘기 위해 하루 종일 걸어야 할 때도 있다. 이렇듯 「잃어버린 환상」은 단지 스스로 위대한 시인이라 믿었던 한 청년과, 믿음을 가지고 그를 후원하다가 가난하고 보호자 하나 없는 그를 파리 한복판에 내던져 버린 한 여인의 이야기에 그칠 수 없었다. 파리와 지방 사이에 존재하는 상관관계와 파리의 치명적 매력은 저자에게 새로운 국면에 접어든 19세기의 청년을 제시했다. 그러다 갑자기 이 시대의 커다란 상처를, 그토록 많은 사람과 그토록 아름다운 사상을 파멸시키고 지방 생활의 소박한 믿음에 끔찍한 결과를 초래하는 저널리즘을 생각했다. 특히 이 시대에 불행을 초래하는 치명적 환상, 즉 약간의 재능을 가진 아이에 대해 방향을 제시할 의지도 잘못을 꾸짖는 원칙도 없이 가족이 품는 환상을 생각했다. 그러다 보니 내용이 방대해졌다. 개인적 삶의 한 측면이 아니라 이 시대의 가장 흥미로운 여러 면 중 한쪽, 나폴레옹 제국이 멸망했듯이 파멸할 준비가 되어 있는 한 측면을 다루게 되었다. 따라서 한 생명체가 화가의 눈앞에서 죽어버리기 전에 서둘러 그 그림을 그려야 하듯, 그것에 대한 묘사를 서둘러야 했다. 저자는 이것이 거대하고도 어려운 작업임을 잘 안다. 언론의 내밀한 관습을 폭로하면 여러 사람이 얼굴을 붉히게 될 것이다. 하지만 찬란한 미래가 기대되었으나 성공하지 못한 작가 다수의 이해할 수 없는 결말들을 설명할 수 있을지도 모른다. 또한 보잘것없는 몇몇 사람들의 부끄러운 성공도 설명될 터, 그것을 알고 나면 후원자들은 수치를 느낄 것이며, 인간 본성에 회의를 품게 될지도 모른다. 저자는 언제 이 그림을 완성할 수 있을까? 저자 자신도 모른다. 그러나 언제고 그는 이 그림을 완성할 것이다. 이미 여러 차례 이런 어려움에 직면했었다.『루이 랑베르』를 쓸 때도, 『저주받은 아이』를 쓸 때도,『미지의 걸작』을 쓸 때도 그랬다. 매번 저자의 인내심이 부족했기 때문이 아니라, 디테일에는 아무런 관심이 없는 대중의 인내심 부족 때문이었다. 대중은 작가의 책을 원한다. 하지만 그 책들이 만들어지는 방식에 관해서는 조금도 관심도 없다.

1837년 1월 15일, 파리

빅토르 위고 씨에게

보통 사람들은 아직 미미한 존재였을 나이에 이미 라파엘로나 피트가[5] 누렸던 것과 같은 특권을 가진 위대한 시인의 반열에 오른 당신은 샤토브리앙이 그랬듯이, 그리고 진정한 재능의 소유자들 모두가 그랬듯이, 신문 기사 뒤에, 또 언론의 은밀한 음모 뒤에 숨어 있는 시샘 많은 자들과 싸웠습니다. 그러니 승리에 빛나는 당신의 이름이 당신께 바치는 이 작품의 성공에 도움을 주기를 바라는 바입니다. 몇몇 사람들의 말에 따르면, 이 작품은 진실 가득한 이야기일 뿐만 아니라, 이런 작품을 썼다는 것이 대단히 용기 있는 행동이라고 합니다. 기

---

5) 윌리엄 피트(William Pitt the Younger, 1759~1806)는 스물네 살에 영국 총리가 되어 프랑스 혁명기에 영국 사회를 안정시켰다.

자들도 후작, 금융가, 의사 그리고 변호사 들처럼 몰리에르의 연극에 등장할 수 있지 않을까요? 파리의 언론은 모든 권력을 다 다루는 마당에, 가소로운 풍속을 징계하는 『인간극』은 언론이라는 하나의 권력을 다루면 왜 안 된단 말입니까?

당신의 진정한 찬미자이자 친구라고 생각할 수 있어 행복한

드 발자크

1부

두 시인

이 이야기가 시작될 무렵, 지방의 작은 인쇄소에서는 아직 스탠호프 인쇄기나[6] 잉크를 분배하는 롤러를 사용하지 않았다. 17세기부터 제지업으로 명성이 높았던 앙굴렘은 파리의

6) 1795년 영국의 찰스 스탠호프 경(Charles Stanhope, 1753~1816)이 개발한 주철로 만든 인쇄기는 복고왕정기인 1814년에서 1830년 사이에 프랑스에 도입되었다. 따라서 이 작품의 배경인 1821년에 지방의 작은 인쇄소인 세샤르 영감의 인쇄소가 이 도구를 구비하지 못한 것은 당연하다. 반면, 1826년 발자크가 마레에서 운영했던 인쇄소에는 적어도 일곱 대의 스탠호프 인쇄기가 있었다. 세샤르 인쇄소에 빠르고 고르게 잉크를 묻혀 주는 부드러운 가죽 롤러가 없는 것도 당연했다. 이 도구는 1790년 영국의 발명가 윌리엄 니컬슨(Wiliam Nicholson, 1753~1815)이 발명했으나 1819년 프랑스의 화학자 장 니콜라 가날(Jean Nicola Gannal, 1791~1852)이 그 도구를 기술적으로 개선해 상품화했다.[편]

인쇄업과 특별한 관계에 있었음에도 여전히 목제 인쇄기를 쓰고 있었다. 지금은 쓰이지 않지만 '인쇄기를 낑낑거리게 만들다'라는 표현의 유래도 이 목제 인쇄기다. 시대에 뒤처진 인쇄소에서는 여전히 인쇄공이 가죽 뭉치에 잉크를 묻혀 활자들을 톡톡 두드렸다. 활자가 가득 배열된 식자판 위에 종이를 얹어 찍어내는데, 식자판을 올려놓는 수동식 인쇄대는 여전히 돌로 되어 있었으니 그 인쇄대를 대리석이라 부를 만도 했다. 부족한 점이 많았음에도 엘제비르나 플랑탱, 알두스 그리고 디도[7] 같은 인쇄업자들이 훌륭한 책들을 출판할 수 있게 해주었던 그 인쇄 장치는 오늘날 지칠 줄 모르며 놀라운 속도로 책을 찍어내는 기계화된 인쇄기가 출현함에 따라 사람들의 뇌리에서 완전히 잊혀 가고 있다. 따라서 제롬 니콜라 세샤르가 미신에 가까운 애정을 품고 있던 그 낡은 기계들을 여기에서 언급할 필요가 있다. 평범하지만 위대한 이 이야기에서 그 낡은 기계들은 나름대로 중요한 역할을 하기 때문이다.

세샤르라는 인물은 활자들을 짜맞추는 식자공들이 '곰'이라는 은어로 부르는 수습 인쇄공 출신이었다. 아마도 잉크통

---

7) 엘제비르(Elzévir)는 17세기에 활발히 활동했던 네덜란드의 인쇄업자 가문이다. 크리스토프 플랑탱(Christophe Plantin, 1520~1589)은 안트베르펜에서 활동했던 프랑스 인쇄업자다. 알두스 피우스 마누티우스(Aldus Pius Manutius, 1449~1515)는 베네치아의 인쇄업자로, 르네상스 인문학 확산에 공헌한 바 크다. 디도(Didot)는 프랑수아 디도(François Didot, 1689~1759)가 1713년 파리에서 시작한 인쇄업을 1999년까지 8대에 걸쳐 이은, 프랑스 인쇄업의 명문가다.

에서 인쇄기로, 인쇄기에서 잉크통으로 계속 왔다 갔다 하는 모습이 우리 안을 어슬렁대는 곰을 닮았다 하여 그런 별명을 얻게 되었을 것이다. 반면 곰들은 식자공들을 '원숭이'라 불렀는데, 활자가 든 152개의 작은 상자에서 활자들을 꺼내느라 이리저리 팔을 뻗고 오므리고 하는 동작을 수없이 되풀이하기 때문이었다. 오십 줄에 접어든 세샤르는 처참한 재난의 시기였던 1793년에 결혼했다. 나이도 많은 데다 기혼이었던 덕분에 그는 대다수 노동자를 군대로 끌어간 대대적 징집을 피할 수 있었다. 인쇄소 주인, 그러니까 '사장'이 자식 없이 아내만 남겨둔 채 세상을 떠나자, 인쇄소에는 늙은 인쇄공 세샤르만 남게 되었다. 인쇄소는 금방 망할 것처럼 보였다. 혼자 남은 곰은 원숭이로 변신할 수 없었다. 인쇄공이긴 했지만, 그는 글자를 읽을 줄도 쓸 줄도 몰랐기 때문이다. 그런데 그가 일자무식이라는 점은 고려하지 않은 채, 국민을 대표하는 어떤 의원이 국민공회의[8] 훌륭한 법령들을 유포하기에 급급한 나머지 그 인쇄공에게 인쇄소장의 면허증을 내주면서 인쇄업을 재개할 것을 명령했다. 이 위험한 면허증을 받아 든 시민 세샤르는 아내가 저축한 돈으로 홀로된 사장 부인에게 얼마간의 보상금을 치른 후, 남은 돈으로는 인쇄 장비 일체를 반값에 샀다. 문제는 이제부터였다. 착오 없이 기일 안에 공화국 법령들을 인쇄해야 했다. 이처럼 어려운 상황에서 제롬 니콜라 세샤

---

8) 국민공회(Convention)는 프랑스 대혁명으로 왕정이 무너지고 공화국이 선포된 1792년 9월에 시작되어 1795년 10월 해산된 혁명의회다.

르는 마르세유 출신의 어떤 귀족을 만나는 행운을 얻었다. 그 귀족은 토지를 빼앗길까 봐 망명을 갈 수도 없고, 목이 달아날까 봐 신분을 밝힐 수도 없는 처지였다. 게다가 먹고살기 위해서는 무슨 일이든 해야만 했다. 그리하여 모콩브 백작 나리께서는 지방 인쇄소 감독관의 허름한 옷을 걸치고, 귀족을 숨겨주면 사형에 처한다는 법령을 스스로 조판하고 읽고 수정했다. 그리고 주인이 된 곰은 그 법령들을 인쇄해 게시했다. 그들은 힘든 시기를 무사히 넘겼다. 1795년, 공포정치의 돌풍이 지나고 나자,[9] 니콜라 세샤르는 감독관으로서 식자도 교정도 할 수 있는 충실한 일꾼을 새로 찾아야 했다. 복고왕정이 도래한 후에는 주교가 되었지만, 당시에는 공화국 정부가 요구한 선서를 거부했기에[10] 몸을 숨겨야 했던 한 사제가 모콩브 백

---

9) 프랑스 대혁명 이후 1793년 6월부터 1794년 7월까지, 폭력적 수단으로 공포감을 조성해 통치 권력을 잡은 로베스피에르의 자코뱅파는 반혁명파, 온건파, 투사 등 수많은 반대파 인물을 처형했다. 공포정치 동안 파리에서만 약 1400명이 처형되었고, 프랑스 전체적으로는 약 2만 명이 단두대에서 처형되었다. 그러나 정식 재판 없이 처형된 사례도 많고 옥중사도 많아 희생자와 피해자는 4만 명 이상으로 추정된다. 1794년 7월 27일, 온건파가 주도한 테르미도르의 쿠데타로 로베스피에르가 처형되면서 공포정치는 막을 내린다.

10) 1790년 7월 12일, 국민의회는 '성직자 기본법'을 가결하였고, 8월 24일 루이 16세의 비준을 받았다. 이 법령에 따라 구체제 하에서의 교구를 83개 도에 일치시켰고, 교회 재산을 몰수했으며, 주교와 사제는 일반 공무원 신분이 되어 국가로부터 봉급을 받게 했다. 모든 성직자는 이 기본법 헌장을 준수한다는 서약을 해야 했다. 그러나 많은 성직자가 서약을 거부했고, 혁명정부는 선서를 거부한 성직자들을 부자비하게 박해했다. 1791년 3월 10일 교황 비오 6세는 이 법에 유죄를 선고한다. 대다수 국민이 혁명정부의 종교 정

작의 후임이 되어 제1통령 나폴레옹이 가톨릭교회를 복원시키는 날까지 그 자리를 지켰다. 백작과 주교는 훗날 복고왕정이 열리자 같은 파당 의원으로 귀족원에서 만나게 된다. 1802년 당시 제롬 니콜라 세샤르의 읽고 쓰는 능력은 1793년에 비해 나아진 것이 없었지만, 그는 감독관을 고용할 수 있을 정도로 꽤 많은 돈을 벌었다. 미래에 대한 걱정이 없어진 수습 인쇄공 출신의 인쇄소 주인은 자신이 고용한 곰과 원숭이 들에게 아주 무서운 존재가 되었다. 가난이 끝나면 탐욕이 시작되는 법이다. 한밑천 잡을 가능성이 보이자, 인쇄업자는 이해타산에 밝아지면서 사업에 대한 금전적 통찰력이 커가는 만큼 탐욕스러워졌고, 의심이 많아졌고, 예리해졌다. 실무 경험이 많은 그는 이론을 하찮게 여겼다. 서체 종류에 따라 한 쪽이나 한 장당 인쇄 단가가 얼마인지 한눈에 파악할 수 있는 경지에까지 이르자, 아무것도 모르는 단골손님들에게 가는 글꼴보다 굵은 글꼴이 인쇄하는 데 돈이 더 많이 들어간다고 주장했고, 작은 글자가 관건일 때는 작은 글자는 다루기가 훨씬 까다롭다고 말했다. 인쇄 과정에서 조판은 도무지 이해할 수 없는 부분이었기에, 혹시 실수로라도 손해 볼까 두려웠던 그는 언제나 일방적으로 자기에게 유리한 거래만 했다. 조판을 맡은 식자공들이 시간제로 일할 때는 그들에게서 절대 눈을 떼지 않고 감시했다. 어떤 제지업자가 경제적 곤란을 겪고 있다는 사

책에 불만을 품고 있다는 사실을 알았던 나폴레옹은 법에 명시된 종교와 예배의 자유를 보장함과 동시에 가톨릭 종교와 화해하고 1801년 교황청과 화친 조약을 체결한다.

실을 알게 되면 헐값으로 종이를 사들여 창고에 쌓아놓았다. 그렇게 하여 인쇄소가 딸린 그 집은 일찌감치 그의 소유가 되었다. 그는 온갖 종류의 복을 다 누렸다. 홀로 남게 되었고 아들은 하나뿐이었다. 그는 아들을 시내의 고등학교에 보냈다. 아들의 교육을 위해서라기보다는 후계자를 키우기 위해서였다. 그러고는 최대한 오랫동안 아버지의 권위를 휘두르려고 아들을 엄하게 다루었다. 그래서 학교가 쉬는 날이면, 자식을 키우느라 피땀 흘리며 고생하는 불쌍한 아버지에게 언젠가 보답할 수 있도록 돈 버는 방법을 배워야 한다면서, 아들에게 조판에 사용되는 활자를 분류하여 케이스에 담는 일을 시키곤 했다. 신부가 떠난 후 세샤르는 네 명의 식자공 중 하나를 감독관으로 선택했다. 미래의 주교가 성실하고 총명하다며 추천한 인물이었다. 그렇게 세샤르 영감은 아들이 인쇄소를 운영하게 될 때까지 인쇄소를 꾸려갈 수 있었다. 장차 능력 있는 젊은이의 손에서 인쇄소는 점점 더 성장할 터였다. 다비드 세샤르는 앙굴렘 고등학교에서 매우 훌륭한 교육을 받았다. 학식도 교양도 없이 성공한 '곰' 세샤르는 과학을 무척이나 경멸했지만, 아버지 세샤르는 아들을 파리로 보내 고급 인쇄술을 배우게 했다. 그러나 아버지의 재정적 지원에 기댈 생각은 하지도 말라면서 '노동자들의 천국'이라 불리는 파리에서 재산을 모으라고 아들에게 신신당부한 것으로 보아, 아마도 그는 그 지혜의 나라에서의 체류마저 자신의 목적 달성을 위한 하나의 수단으로 생각했던 것 같다. 파리에서 직업훈련을 받으면서 다비드는 공부를 마쳤다. 디도 인쇄소의 감독관으로 일하던 그는 이제 자기 분야에 정통한 사람이 되었다. 1819년 말경, 다비드 세샤르는 아버지 돈은 한 푼도 쓰지 않고 유학을 마친 후 파리를 떠났다. 아버지가 사업을 맡으라고 그를 소환했기 때문이다. 당시 니콜라 세샤르는 도내의 《판결공보》 신문 인쇄권을 독점하고 있었을뿐더러, 도청과 주교관도 단골로 확보하고 있었다. 이들 세 고객은 활기 넘치는 젊은이에게 분명 큰 재산을 만들어줄 터였다.

　바로 이 시기에 제지업자인 쿠앵테 형제가 앙굴렘 소재의 인쇄소로부터 인쇄소 면허 제2호를 샀다. 그것은 세샤르 영감이 나폴레옹 제정기에 모든 산업 활동을 억제했던 전쟁 위기 상황을 이용해 여태껏 아무 일도 못 하게 만들어놓은 인쇄소의 면허였다. 그는 그 인쇄소를 매입할 생각은 하지도 않았다. 그의 인색함 때문에 결국 오래된 그 인쇄소는 파산했다. 쿠앵테 형제의 소식을 들은 세샤르 영감은 자기 인쇄소와 쿠앵테 형제 사이에서 벌어질 싸움은 자기가 아닌 아들이 치르게 될 테니 참으로 다행이라고 생각하면서, "나라면 지겠지만, 디도 인쇄소에서 단련된 젊은이는 잘 해낼 거야."라고 중얼거렸다. 칠순 노인은 자기 방식대로 마음 편하게 살 날을 고대했다. 고급 인쇄술에는 무지했지만, 그는 직공들이 장난삼아 '주정뱅이 기술'이라 불렀던 기술에 관한 한 최고의 실력자로 정평이 나 있었다. 그것은 『팡타그뤼엘』의 숭고한 작가가[11] 찬양해 마

<hr>

11) 프랑수아 라블레(François Rabelais, 1483~1553)를 말한다. 프랑스 르네상스의 최대 걸작인 『팡타그뤼엘』(1532)과 『가르강튀아』(1534) 등 연작 소설을 통해 당시의 형식적 교육과 타락한 인간의 생활을 풍자했다.

지않았던 기술이지만 오늘날에는 소위 절주회라 불리는 집단에 의해 박해받으면서, 그 기술을 연마하는 사람들은 나날이 줄어들고 있었다. 자기 이름이 부여한 운명에 충실한 제롬 니콜라 세샤르는 아무리 마셔도 갈증을 해소할 수 없는 팔자를 타고났던 것이다.[12] 짓이긴 포도즙에 대한 그의 열정을 그의 아내는 오랫동안 적당한 선에서 제지해 왔다. 하지만 '곰'이라 불리는 인쇄공들에게 그것은 지극히 당연한 취향일 터, 샤토브리앙 씨는 미국의 진짜 곰들도 포도주를 좋아한다는 사실을 지적한 바 있다.[13] 그런데 철학자들의 관찰에 따르면 젊은 시절의 버릇은 노년기에 더 심하게 나타난다고 한다. 세샤르 영감은 이러한 교훈적 법칙을 확실히 증명했으니, 늙어갈수록 점점 더 술 마시는 것을 좋아했다. 그의 주벽은 곰 같은 그의 얼굴에 이런저런 자국을 남겼기에, 그의 용모는 아주 독특했다. 코가 무척이나 커지면서 캐넌포인트[14] 세 배 크기의 대문자 A 모양을 만들었으며, 정맥이 드러나 보이는 두 뺨은 보라색이나 자주색 혹은 얼룩덜룩한 혹투성이 포도나무 잎을 닮았다. 가을의 포도나무 가지로 뒤덮인 괴상하게 생긴 송

---

12) 세샤르(Séchard)라는 이름은 '건조시키다' '마르다'라는 뜻의 동사 sécher(세셰)를 연상케 한다.

13) 프랑수아 르네 드 샤토브리앙(François-René de Chateaubriand, 1768~1848)의 『아탈라』 서문에 나온 다음과 같은 문장을 암시한다. "도로 끝에서는 포도주에 취한 곰들이 느릅나무 가지에 기대어 비틀거리고 있었다."[편]

14) 캐넌포인트는 구시대에 사용되던 글자 크기로 72포인트에 해당한다. 1포인트는 0.376밀리미터이므로 1캐넌포인트는 2.7센티미터다.[편]

로버섯 같다고나 할 몰골이었다. 눈 덮인 수풀처럼 생긴 두꺼운 눈썹 밑에 감추어진 두 개의 회색빛 작은 눈에는 마음속에 있는 모든 것을, 심지어 부성애마저도 죽여버리는 구두쇠의 교활함이 번득이고 있었으며, 아무리 취해도 그 눈의 정기는 살아 있었다. 숱이 많이 빠져 정수리는 텅 빈 대머리였지만, 곱슬곱슬한 반백의 머리카락이 아직은 머리를 뺑 둘러싸고 있어 『라퐁텐 우화』에 나오는 프란치스코회 수도사를 연상케 했다. 키가 작고 배가 나온 그의 모습은 심지에 비해 기름을 많아 잡아먹는 낡은 등잔의 불룩한 기름통 같았다. 모든 면에서 과하게 되면, 몸도 그에 맞는 방향으로 변하게 마련이다. 공부가 그렇듯이, 음주벽도 뚱뚱한 사람은 더 뚱뚱하게 만들고 마른 사람은 더 홀쭉하게 만든다. 제롬 니콜라 세샤르는 30년 전부터 그 유명한 경찰대의 삼각모를[15] 쓰고 다녔는데, 지금도 몇몇 지방에서는 도시 방위대의 북 치는 사람이 그 모자를 착용한다. 그의 조끼와 바지는 푸르스름한 벨벳으로 만든 것이었다. 그는 낡은 갈색 프록코트를 입었고, 알록달록한 면양말에다 은 버클이 달린 구두를 신었다. 부르주아가 되어서도 여전히 직공 티가 나는 이 복장은 그의 악취미나 습관과 아주 잘 어울렸을 뿐만 아니라 그의 삶을 너무도 잘 보여주었기에, 그 영감은 아예 그렇게 입고 태어난 듯했다. 껍질 없는 양파를 상상할 수 없는 것 이상으로, 그의 복장을 빼고는

---

15) 18세기, 대혁명 이전 지방의 행정관이나 군인들은 대개 삼각모를 썼다. 지방의 작은 도시에서는 여전히 대혁명 이전의 풍습이 남아 있었음을 보여준다.

그를 상상할 수 없을 것이다. 이 늙은 인쇄업자는 오랫동안 맹목적인 탐욕성을 드러내지 않았지만, 그가 아들에게 인쇄소를 물려주는 과정을 보면 충분히 그의 성격을 알 만하다. 아들이 명문으로 이름난 디도 인쇄학교에서 많은 것을 배웠을지라도, 그것과 별개로 영감은 긴 시간 심사숙고한 바에 따라 아들과의 거래에서 수지맞는 장사를 할 작정이었다. 아버지가 이익을 남기면 아들은 손해 볼 수밖에 없었다. 하지만 사업에는 아버지도 아들도 없다는 것이 영감의 생각이었다. 예전에는 다비드가 소중한 외아들이었지만, 지금은 자신과 이해관계가 상충하는 매수인일 뿐이었다. 그는 비싸게 팔고 싶었고, 다비드는 분명 싸게 사려고 할 터였다. 그러니까 영감에게 아들은 무찔러야 할 적이 된 것이다. 잘 교육받은 사람들의 경우에, 혈육의 정이 사리사욕으로 바뀌는 이러한 과정은 일반적으로 천천히, 음흉하게, 위선적으로 이루어지기 마련이다. 하지만 늙은 곰에게 그 변환은 빠르고도 직접적이었다. 그는 교활한 주정뱅이 기술이 유식한 인쇄술을 어떻게 이기는지 보여주었다. 아들이 집으로 돌아오자, 영감은 능수능란한 사람이 잘 속는 사람을 다룰 때처럼 장사꾼다운 친절을 베풀었다. 그는 마치 애인을 돌보듯 아들을 돌보았다. 아들의 팔을 잡아주었고, 진흙을 묻히지 않으려면 어디에 발을 디뎌야 하는지 알려주었으며, 침대를 따뜻하게 덥혀 놓았고, 야식을 준비해 주었다. 그다음 날, 푸짐한 저녁을 먹으면서 아들을 취하게 만들려고 애쓴 후, 자신도 얼근하게 취한 제롬 니콜라 세샤르는 아들에게 "사업 이야기 좀 할까?"라고 말을 꺼냈다. 그런데 그 말 앞뒤로 두 번에 걸쳐 딸꾹질하는 아버지를 보면서 다비드는 사업 이야기는 다음 날로 미루자고 간청했다. 하지만 곰 영감은 취기를 잘 이용할 줄 알았기에, 그토록 오랫동안 준비해 온 전투를 포기할 마음이 전혀 없었다. 게다가 50년 동안이나 무거운 짐을 져왔던 만큼, 이제 단 1시간도 더는 그 짐을 지지 않겠다는 것이었다. 내일이면 아들이 '사장'이 될 터였다.

아마도 여기에서 인쇄소 건물에 대해 한마디할 필요가 있을 것이다. 보리외가에서 뮈리에 광장으로 통하는 길에 그 인쇄소가 들어선 것은 루이 14세 치세 말이었다. 그러니까 오래 전부터 그곳은 인쇄업을 운영하기에 알맞은 입지 조건을 갖추고 있었다. 하나의 넓은 홀인 1층은 길을 향해 난 낡은 창과 안뜰을 바라보는 커다란 유리창에서 드는 빛으로 실내가 환했다. 주인의 사무실은 작은 골목길을 통해서도 들어갈 수 있었다. 그런데 지방에서는 인쇄 과정이 언제나 강한 호기심의 대상이었기에, 작업장 바닥이 1층보다 낮아서 그리로 가려면 몇 개의 계단을 내려가야 했음에도 불구하고 고객들은 건물 정면에 도로를 향해 나 있는, 유리창 달린 문을 애용했다. 작업장 광경에 어안이 벙벙해진 구경꾼들은 좁은 통로를 지나가다 만나게 되는 장애물들을 조심할 겨를이 없었다. 그들은 잉크를 말리기 위해 천장에 매단 밧줄 위로 요람처럼 둥글게 걸쳐 놓은 인쇄된 종이들을 쳐다보다가 길게 늘어선 활자 케이스들에 부딪치는가 하면, 인쇄기를 고정하기 위해 천장의 대들보에 설치한 버팀목에 모자가 걸려 벗겨지기도 했다. 식자공이 152개의 칸으로 나뉜 활자 케이스에서 활자를 고르고, 원고를 읽고, 눈금이 팬 조판 스틱에 활자들을 정렬하고 인테르를 밀어 넣으며[16] 문장을 한 행 한 행 재독하는 민첩한 동작을 따라가다 보면, 물에 축여 돌로 눌러놓은 종이 더미에 걸려 넘어지거나 의자 모서리에 엉덩이를 부딪치기도 했다. 그런 광경은 곰이나 원숭이를 무척이나 즐겁게 해주었다. 이 동굴 같은 작업장 끝에 있는 두 개의 커다란 골방까지 가면서 사고를 당하지 않은 사람은 아무도 없었다. 그 두 개의 골방은 안뜰로 향해 있는 초라한 별채로, 한쪽은 총괄 감독이, 다른 한쪽은 인쇄소 주인이 차지했다. 안뜰의 벽은 포도 넝쿨들로 덮여 있어 멋진 모습을 연출했다. 주인 말에 따르면 그 포도 넝쿨에는 그 지방 특유의 매력적인 정취가 담겨 있다고 했다. 안뜰 깊숙한 곳에는 폐허처럼 낡은 헛간이 시커먼 벽에 기대서 있는데, 바로 그곳에서 종이를 적시고 가공했다. 헛간에는 개수대가 있어, 인쇄 전이나 후에 속칭 활자판이라고 불리는 식자판을 씻었다. 그곳으로부터 검은 잉크 물이 그 집의 하수와 섞여 흘러나왔기에, 장날 그곳을 지나는 시골 사람들은 악마가 이 집에서 세수하고 있다고 믿었다. 헛간의 한쪽 옆에는 부엌이, 다른 쪽 옆에는 장작을 쌓아둔 광이 있었다. 그 집의 2층에는 방이 세 개 있었으며, 그 위로는 두 개의 다락방

16) 조판 스틱은 활자들을 가지런히 정렬하는 도구로, 한 손에 쥐고 사용하도록 막대 형태로 되어 있다. 조판 스틱에 활자들을 순서대로 앉혀 줄글 한 행을 완성한 뒤에는 인테르(inter)라는 얇은 금속판을 끼워 넣어 행간을 띄워준다.

이 있었다. 2층의 첫 번째 방은 나무 계단이 차지한 공간을 제외하면 통로 전체의 길이만큼 길었다. 길 쪽으로 난 직사각형의 작은 십자형 창과 안뜰 쪽으로 난 둥근 창을 통해 빛이 잘 들어오는 그 방은 접견실 겸 식당으로 사용되었다. 온통 석회로만 하얗게 칠한 그 방만 보아도 인색한 장사꾼의 냉혹한 검소함을 느낄 수 있었다. 타일은 한 번도 닦지 않아 더럽기 그지없었다. 가구라고는 형편없는 의자 세 개와 둥근 테이블 하나, 침실로 들어가는 문과 거실로 들어가는 문 사이에 놓인 찬장 하나가 다였다. 창문도 문도 때가 끼어 거무스름했다. 언제나 하얀 종이들과 인쇄된 종이들이 여기저기 흩어져 있었다. 종종 제롬 니콜라 세샤르가 저녁 식사 때 먹은 음식과 술병과 디저트가 작은 짐들 위에 그대로 놓여 있기도 했다. 십자형 스테인드글라스 창을 통해 안뜰로부터 빛이 드는 침실 벽에는 시골에서 성체축일이면 집집마다 걸어놓는 낡은 장식 융단이 걸려 있었다. 방 안에는 네 모서리 기둥에 커튼을 두른 커다란 침대가 있었는데, 침대 머리맡과 발치는 좁은 폭의 덧천을 드리워 커튼의 틈새를 메웠고, 붉은색 서지 천으로 만든 발치용 침대 커버를 덮어두었다. 헐어빠진 안락의자 두 개, 좌석과 등받이를 장식 융단으로 씌운 호두나무 의자 두 개, 낡은 책상 하나, 그리고 벽난로 위에 괘종시계가 있었다. 가장의 고지식함이 물씬 풍기는 이 갈색 방은 제롬 니콜라 세샤르의 전임자이자 옛 주인이었던 루조 씨가 꾸민 것이었다. 거실은 세상을 떠난 세샤르 부인이 현대식으로 개조했는데, 벽의 나무 장식에는 가발 제작자들이 애용하는 파란색 페인트를 칠해 보기 흉했고, 벽에 붙은 널빤지에는 흰 바탕에 흑갈색을 칠한 동양풍 벽지가 발려 있었다. 가구라곤 칠현금 모양의 등받이에 푸른 양가죽을 씌운 의자 여섯 개뿐이었다. 커튼도 없는 조잡한 아치 모양 창문 두 개를 통해 뮈리에 광장이 한눈에 보였다. 벽난로 위에는 촛대도 괘종시계도 거울도 없었다. 세샤르 부인은 이 방을 아름답게 꾸미려는 계획을 마치지 못한 채 사망했다. 곰 영감은 한 푼의 이익도 가져다주지 않는 집수리는 불필요하다고 생각했기에 공사를 중단시켰다. 제롬 니콜라 세샤르가 비틀거리며 아들을 데려간 곳이 바로 이 거실이었다. 그는 감독에게 시켜 작성한 인쇄소의 기자재 목록을 둥근 탁자 위에 놓고 아들에게 보여주었다.

"이걸 잘 읽어 봐라, 아들아." 제롬 니콜라 세샤르는 서류에서 아들로, 아들에서 서류로 취기 가득한 눈알을 굴리면서 말했다. "내가 너한테 얼마나 주옥같은 인쇄소를 물려주는지 알게 될 거다."

"고정용 쇠봉이 달린 목제 인쇄기 석 대, 주철 인쇄대……."

"내가 개량한 거란다." 세샤르 영감은 목록을 읽는 아들의 말을 끊고 말했다.

"이 기구들하고 잉크통, 잉크 칠하는 가죽 뭉치, 그리고 나무틀 등이 1600프랑이라니요! 하지만 아버지!" 다비드 세샤르는 들고 있던 목록을 내려놓으면서 말했다. "아버지의 인쇄기는 고물이라 100에퀴도[17] 안 나가요. 땔감으로나 써야 한다

---

17) 에퀴는 1266년 루이 9세(Louis IX, 1214~1270)가 발행한 주화로, 시대

고요."

"고물이라고?" 세샤르 영감이 소리쳤다. "목록을 집어라. 아래층으로 내려가자! 낡았지만 믿을 만한 우리 기계들이 허접한 철공소에서 만든 너희들의 그 발명품들만큼 잘 작동하는지 보아라. 일단 보고 나면 역마차처럼 잘 굴러가는 이 정직한 인쇄기들을 모욕할 마음이 싹 사라질 것이다. 지금도 잘 굴러가지만, 앞으로도 네 평생 한 번의 수리도 필요 없을 거다. 고물이라니! 그래, 그 고물들 덕분에 네가 삶은 달걀을 먹을 때 필요한 소금을 구할 것이다! 네 아비가 20년 동안 썼고, 또 너를 이만큼 키우게 해준 게 바로 그 고물 기계들이다."

영감은 닳아 떨어지고 흔들거리는 울퉁불퉁한 계단을 급히 내려갔지만 넘어지지는 않았다. 그는 골목길 쪽에 있는 작업장 문을 열었다. 그리고 엉큼하게도 몰래 잘 닦고 기름칠해 놓은 인쇄기 중 하나로 달려가서는 수습공이 열심히 문질러 깨끗이 닦아둔 단단한 한 쌍의 참나무 기둥을 가리켰다.

"정말 사랑스러운 인쇄기가 아니냐?"

인쇄기에서는 결혼 청첩장이 인쇄되고 있었다. 늙은 곰은 종이 집게를 압지틀 위로 내려 덮고, 그걸 접어 식자판 위에 얹은 후, 식자판을 인쇄대의 압반(壓盤) 밑으로 굴려 넣었다. 그 다음엔 손잡이를 당겨 줄을 풀고 인쇄대를 제자리로 돌려놓은 뒤, 젊은 곰처럼 민첩한 동작으로 다시 압지틀과 종이 집게

에 따라 가치가 크게 변화했다. 19세기에는 통상 5프랑 은화와 같았지만, 발자크 소설에서는 주로 3프랑의 의미로 사용된다. 따라서 여기서 100에퀴는 300프랑이다.

를 들어 올렸다.[18] 이렇게 작동하는 인쇄기가 얼마나 귀여운 소리를 냈던지 마치 새 한 마리가 날아와 유리창에 부딪치고선 달아났나 보다 생각할 정도였다.

"이렇게 잘 작동하는 영국제 인쇄기가 하나라도 있더냐?" 놀란 표정을 짓고 있는 아들에게 아버지가 말했다.

세샤르 영감은 계속해서 두 번째, 세 번째 인쇄기로 달려가서는 똑같이 민첩하고 능숙하게 그 기계들을 작동시켰다. 그러나 마지막 인쇄기를 작동시킬 때는 술에 취한 그의 눈에도 수습공이 소홀히 한 부분이 눈에 띄었다. 주정뱅이 영감은 그 수습공에게 욕을 퍼붓고는, 팔고 싶은 말의 털에 광택을 내려는 교활한 말 장수처럼 자기의 프록코트 자락을 잡고 인쇄기를 문질러 닦았다.

"감독을 쓰지 않는다면, 이 인쇄기 세 대만으로도 연간 9000프랑은 벌 수 있단다. 미래의 동업자로서 말하는데, 나는 활자를 마모시키는 그 빌어먹을 철제 인쇄기로 교체하는 데 반대다. 너희들은 파리에서 프랑스의 적인 그 영국 놈의 발명품을 보고 기적이라 외쳤다지만, 그 기계는 그저 주물공장 주인들만 부자로 만들 뿐이다. 아! 너희들은 스탠호프 인쇄기를

---

18) 구텐베르크식 목제 인쇄기의 작동 방식을 묘사하고 있다. 종이 집게(frisquette)는 종이 여백에 잉크가 묻지 않도록 인쇄면 부분만 뚫린 판으로, 압지틀과 경첩으로 이어져 접고 펼 수 있다. 압지틀(tympan)은 종이에 묻은 여분의 잉크를 빨리 흡수해 인쇄면이 깨끗하도록 양피지나 비단을 덧씌운 나무틀이다. 인쇄대(marbre)는 서랍처럼 측면에 작은 바퀴를 달아 '굴릴' 수 있다. 압반(platine)은 인쇄내에 고른 입력을 기해 글자를 찍어내도록 무쇠 추에 두껍고 평평한 나무판자를 매단 형태다.

원했겠지! 하지만 하나에 2500프랑이나 되는 스탠호프 인쇄기는 필요 없다. 한 대 값이 내 보물 인쇄기 세 대의 거의 두 배나 되면서도 탄력성이 떨어져서 활자들을 다 망가뜨릴 것이다. 나는 너처럼 교육받지 못했다만, 이것만은 알아둬라. 스탠호프가 살면 활자는 죽는다. 너는 이 석 대의 인쇄기를 잘 사용할 수 있을 것이고, 저작물들은 깔끔하게 인쇄될 것이다. 앙굴렘 사람들은 너에게 이것 이상 요구하지 않는다. 철제든 목제든, 금으로 만들었건 은으로 만들었건, 그 어떤 기계로 찍어 내든 저들은 한 푼도 더 내지 않을 거다.”

“항목.” 다비드가 읽어 내려갔다. “바플라르 씨의 주조소에서 가져온 5000파운드 상당의 활자⋯⋯.” 바플라르라는 이름을 보고 디도 인쇄학교의 졸업생은 실소를 금치 못했다.

“웃어라, 웃어! 12년이나 지났는데도 활자는 아직 새것이다. 그 사람이야말로 진짜 활자 주조업자다! 바플라르 씨는 단단한 활자를 제공해 주는 정직한 사람이다. 내게는 가능한 한 그 공장에 덜 가게 해주는 주조업자가 최고의 주조업자다.”

다비드는 다시 목록을 읽었다. “평가액 1만 프랑. 1만 프랑이라고요? 아버지! 그렇다면 파운드당 40수란[19] 말인데, 디도 형제도 12포인트 신제품 활자를 파운드당 36수에 팔아요. 닳아빠져서 못대가리처럼 된 아버지의 활자는 주물 값밖에 안

---

19) 수(sou)는 프랑스 구체제에서 사용되던 소액 화폐단위로, 1수는 5상팀이다. 혁명정부가 ‘프랑’ 체제를 도입하면서 리브르, 수, 드니에 등의 ‘리브르’ 기반 화폐가 공식적으로는 사라졌지만, 혁명 이후에도 오랫동안 사람들은 수라는 말을 관습적으로 사용했으며, 5상팀 동전을 여전히 1수라고 불렀다.

나가요. 파운드당 10수 정도라고요.”

“과거 황실 인쇄업자였던 질레 씨의 절충서체, 초서체, 둥근체 활자들이 못대가리라고? 파운드당 6프랑은 나갈 걸작품이고, 산 지 5년밖에 안 됐는데? 게다가 그중 몇몇은 갓 주조해 나온 듯이 아직도 하얀 부분이 있는 새것이다. 잘 보아라!”

세샤르 영감은 한 번도 사용하지 않은 서체의 활자가 가득 담긴 고깔 모양 봉투를 집어서 아들에게 내밀었다.

“나는 유식하지도 않고, 읽을 줄도 쓸 줄도 모른다. 하지만 질레 가문의 활자체가 디도 인쇄소에서 사용하는 영국 활자체의 시조라는 것쯤은 나도 안다.” 그러고는 활자 케이스에서 M자를 꺼내면서 말했다. “이 둥근체 활자를 보아라. 12포인트의 이 활자는 고무도 벗기지 않은 새것이 아니냐.”

다비드는 아버지와의 대화가 불가능하다는 것을 깨달았다. 모든 것을 받아들이든가 모든 것을 거부하든가 둘 중 하나였다. 그에게는 ‘예’와 ‘아니요’ 외에 다른 선택지가 없었다. 곰 영감은 빨랫줄까지 목록에 넣었다. 조그만 죔쇠, 널빤지, 사발, 돌멩이와 청소솔 등 모든 비품을 구두쇠답게 꼼꼼히 산정했다. 합계는 3만 프랑에 달했는데, 거기에는 인쇄소 면허증과 단골손님의 신용을 돈으로 환산한 가격도 포함되어 있었다. 다비드는 이 사업이 할 만한 것인지 아닌지에 대해 심각하게 고민했다. 아들이 금액에 대해 아무 말도 하지 않자 세샤르 영감은 불안해졌다. 그는 조용한 수락보다 격렬한 싸움을 선호했다. 이런 종류의 거래에서는 격렬하게 논쟁하며 흥정할 줄 알아야 자신의 이익을 지키는 법이다. 무엇이나 다 좋다고 하는 사람은 결국 한 푼도 내지 않는다라고 영감은 말하곤 했다. 아들의 생각을 훔쳐보면서 그는 지방에서 인쇄소 경영을 하기 위해 필요한 너절한 기계들을 열거했다. 그러고는 인쇄된 종이 뒷면의 울퉁불퉁한 자국을 눌러 없애주는 프레스기와 포스터나 광고 전단 따위의 가장자리를 재단하는 재단기 앞으로 아들을 데려가서는 그 용법과 견고성을 자랑했다.

"기계는 그저 오래된 것이 최고란다. 보석 세공사의 가게에서 그러듯이, 새것보다 이렇게 오래된 것을 더 비싸게 주고 사야 해."

결혼의 신과 사랑의 신, 삶을 상징하는 V자나 죽음을 상징하는 M자와 더불어[20] 무덤의 돌멩이를 들어 올리는 죽음의 신을 나타내는 흉측한 장식 컷, 공연 포스터에 쓰기 위한 거대한 얼굴 그림 등이 술에 취한 제롬 니콜라 세샤르의 웅변술에 의해 어마어마한 가치를 지닌 물건이 되었다. 그가 아들에게 말하길, 지방 사람들의 관습은 너무나 뿌리가 깊어서 그들에게 아무리 멋진 물건을 제공하려 해도 소용없을 거라고 했다. 제롬 니콜라 세샤르 자신도 사탕수수로 만든 싸구려 종이에 인쇄한 《리에주 연감》보다[21] 훨씬 좋은 달력을 팔려고 시

---

20) V와 M은 삶(Vie)와 죽음(Mort)의 머리글자다.

21) 17세기 초부터 프랑스 대혁명으로 리에주 공국이 막을 내린 1792까지 벨기에의 리에주에서 제작된 《리에주 연감》은 달력의 초기 형태를 보여준다. 일자별 기념일, 별자리 운세와 근거 없는 예언, 민간요법, 가사에 도움 되는 잡다한 정보를 담았으며, 문맹을 위해 상형문자로도 표기되었다. 각종 유행의 전파와 비밀결사의 소통 창구로도 쓰인 《리에주 연감》에 대해 18세기 계몽주의자들은 전통, 반혁신, 편견, 무지의 상징으로 비판했다. 그럼에

도해 보았지만, 앙굴렘 사람들은 그 멋진 달력보다 여전히 원래의 《리에주 연감》을 선호하더라는 것이었다. 다비드도 그 낡은 물건들을 가장 비싼 신제품보다 더 비싸게 팔아 보면 그것들의 중요성을 알게 될 터였다.

"허허! 얘야, 지방은 지방이고 파리는 파리다. 루모 마을 사람이 네게 결혼 청첩장을 주문했는데, 꽃장식이 달린 사랑의 신 그림도 없이 그것을 만들어준다면, 그는 결혼하는 기분이 들지 않을 것이다. 게다가 청첩장에 디도 인쇄소에서처럼 M 글자밖에 보이지 않는다면, 그 남자는 그 청첩장을 다 반품할 것이다. 디도 형제야 인쇄 업계에서 명성이 높지만, 지방에서는 100년이 지나도 그들의 발명품을 받아들이지 않을 거다. 그게 현실이란다!"

너그러운 사람은 유능한 상인이 될 수 없다. 다비드는 싸움이라면 질색하면서 상대방이 조금이라도 마음에 상처 주는 말을 할라치면 금방 양보해 버리는, 조심성 많고 다정다감한 남자였다. 고귀한 감정의 소유자인 데다가 늙은 주정뱅이가 아들에게 지배력을 행사하고 있었던 만큼, 다비드는 아버지와 돈 문제로 다툴 수 없었다. 게다가 그는 아버지의 선한 의도를 추호도 의심하지 않았다. 처음에는 아버지가 돈에 대해 과도한 욕심을 부리는 이유가 인쇄공으로서 자신이 쓰던 장비에 대한 애착 때문이라고 생각했다. 하지만 제롬 니콜라 세샤르가 홀

도 계몽수의 저술가 세바스티앵 메르시에에 따르면, 《리에주 연감》은 연간 약 6만 부가 발행될 만큼 민간에 널리 퍼져 있었다.

로된 루조 부인으로부터 장비 일습을 아시냐지폐로[22] 1만 프
랑에 인수했던 것에 비해, 현 상황에서 3만 프랑은 터무니없는
가격이었다. 아들이 외쳤다. "아버지, 제 목을 조르시는군요!"

"뭐라고? 네게 생명을 준 아비가……?" 술주정뱅이 영감은
빨랫줄 쪽으로 손을 들어 올리면서 말했다. "하지만 다비드,
넌 면허증을 얼마로 평가하느냐? 한 줄당 10수인 《판결 공보》
의 가치는 또 얼만 줄 아느냐? 《판결 공보》 하나만으로도 지
난달에 500프랑의 수익을 올렸으니 얼마나 큰 특권이냐. 얘
야, 장부를 열고 도청의 게시물과 문서들, 그리고 시청과 교구
가 단골로 맡기는 일들로 얼마나 버는지 잘 좀 보아라. 넌 도
무지 돈 벌 생각은 하지도 않는 게으름뱅이로구나. 마르사크
만큼 멋진 땅으로 데려다줄 게 분명한 말[馬]을 흥정하면서
인색하게 굴고 있다니!"

목록에는 아버지와 아들 간의 협의 내용이 담긴 계약서가
첨부되어 있었다. 지독한 영감은 6000리브르밖에[23] 안 주고
산 집을 아들에게 임대료 1200프랑을 받고 빌려주면서도 자

---

22) 아시냐지폐는 프랑스 대혁명 직후인 1789년 12월 혁명정부가 재정 궁
핍을 해결하기 위해 교회와 귀족으로부터 몰수한 토지를 담보로 발행한 공
채다. 1791년부터는 화폐와 유사한 교환가치를 가지고 유통되었으나, 과도
한 공채 발행으로 발행가 총액이 담보 토지가 총액을 넘어서서 불환(不換)
지폐가 되었다. 1796년 집정정부가 액면가의 3퍼센트만을 인정해 토지증권
과 교환해 주고 폐지했다.
23) 리브르는 앙시앵레짐 시절의 명목화폐 단위다. 대혁명 이후 리브르는
폐지되고 프랑이 도입되었으나, 1리브르의 가치는 1프랑으로 설정되어 연금
이나 급여 등을 지칭할 때는 여전히 사용되었다.

신이 무척이나 좋은 아버지인 양 행세했다. 게다가 다락방을 개조해 만든 두 개의 방 중 하나는 자기 것으로 남겨두었다. 또한 다비드 세샤르가 3만 프랑을 다 갚을 때까지 인쇄소의 수익금을 반반씩 나누기로 했다. 그러니까 아버지에게 그 돈을 다 갚게 되는 날, 비로소 다비드는 인쇄소의 유일한 주인이 되는 것이었다. 다비드는 낡아빠진 인쇄 장비들에는 관심이 없었지만, 면허증과 고객과 신문은 높이 평가했다. 그는 잘하면 빚을 다 갚을 수 있겠다는 생각에 아버지의 조건을 받아들였다.[24] 시골 사람들의 농간에는 익숙했지만 파리 사람들의 대범한 계산에 대해서는 무지했던 영감은 아들이 그렇게 빨리 결론을 내리자 깜짝 놀랐다.

‘내 아들이 부자가 되었나? 아니면 돈을 내지 않을 꿍꿍이인가?’ 그런 생각을 한 영감은 선금을 받아낼 요량으로 아들에게 돈을 좀 가지고 왔냐고 물었다. 아버지의 호기심은 아들의 의혹을 깨웠다. 그 이후 다비드는 입을 굳게 다물었다. 이튿날, 세샤르 영감은 수습공을 시켜 자기 가구들을 3층으로 옮겼다. 빈 채로 돌아가는 짐수레가 있으면 그 편에 실어 시골집에 내려보낼 생각이었다. 그는 아들을 위해 2층 방 세 개를 완전히 비웠고, 직공들의 급여는 한 푼도 내놓지 않은 채 인쇄소의 소유권을 넘겼다. 동업자 자격으로 공동경영에 필요한 자금을 투자해 달라고 아들이 간청했지만, 늙은 인쇄공은 모

---

24) 발자크는 1826년 마레 생제르맹가(현 비스콩티가 17번지)에 인쇄소를 냈다. 소설에 묘사된 조건은 당시 그가 인쇄소를 인수할 때의 조건과 유사하다. 인수 금액 3만 프랑 중 2만 2000프랑이 면허증 가격이었다.[편]

른 척했다. 인쇄소를 물려주면서 돈까지 줄 의무는 없으며, 자기 몫은 이미 투자된 것이나 다름없다는 것이었다. 아들의 논리에 밀리자, 영감은 루조 부인으로부터 인쇄소를 샀을 때 자신은 땡전 한 푼 없었지만, 난관을 잘 헤쳐나갔다고 주장했다. 무식하기 짝이 없는 자기도 성공했으니, 디도의 제자는 훨씬 더 잘할 것이 아닌가. 게다가 다비드는 늙은 아비가 땀 흘려 번 돈으로 교육받은 결과 돈을 벌었으니, 이제 그 돈을 잘 사용할 수 있을 것이다.

"네가 받은 월급은 다 어디에 썼냐?" 영감은 아들의 침묵 때문에 전날 매듭짓지 못한 문제를 분명히 하기 위해 비용 이야기를 다시 꺼냈다.

"먹고살아야 했잖아요! 책은 안 사 보나요?" 다비드가 화를 내며 대답했다.

"뭐? 책을 샀다고? 장사를 잘하긴 틀렸구먼. 책을 사 보는 사람은 책을 찍어내는 인쇄업의 적임자가 아니야." 늙은 곰이 말했다.

아버지의 폄훼하는 말에 다비드는 극심한 모멸감을 느꼈다. 그는 구두쇠 영감이 거절하기 위해 늘어놓는 장사꾼 특유의 비루하고 비굴하고 눈물겨운 온갖 핑계를 참고 들어야 했다. 의지할 곳 하나 없이 혼자라는 생각에 다비드는 마음속으로 고통을 삼켰다. 그는 아버지에게서 투기꾼의 모습을 보았다. 그러지 철학적 호기심이 생기면서 아버지에 대해 제대로 알아보고 싶어졌다. 그는 아버지에게 어머니 재산에 대해 해명을 요구한 적이 여태 한 번도 없었음을 지적했다. 그 재산이 인쇄

소 대금 청산에 사용될 수 없다면, 적어도 공동경영을 위해서
는 쓰여야 했다.

"네 엄마의 재산? 똑똑하고 예쁜 것이 재산이었지!" 세샤르
영감이 말했다.

그 대답을 듣고 다비드는 아버지의 의중을 완전히 알아챘
다. 어머니 재산의 자기 몫을 얻어내려면 소송을 걸어야 한다
는 것도 깨달았다. 하지만 소송은 불명예스러울 뿐 아니라 비
용도 많이 든다. 게다가 언제 끝날지도 모르지 않나. 아버지와
의 계약을 이행하려면 얼마나 많은 고통을 겪어야 할지 잘 알
고 있었지만, 고귀한 마음을 가진 그는 자신을 짓누르게 될 무
거운 짐을 받아들였다.

'열심히 일할 거야.' 그는 생각했다. '하긴, 나도 힘들 테지만,
아버지도 힘드셨어. 게다가 나 자신을 위해 일하는 거잖아?'

"네게 보물을 하나 남겨 주마." 아들의 침묵에 불안해진 영
감이 말했다.

다비드는 무슨 보물이냐고 물었다.

"마리옹." 아버지가 답했다.

마리옹은 인쇄소 경영에 없어서는 안 될 뚱뚱한 시골 아가
씨였다. 그녀는 종이를 적시고, 종이 가장자리를 잘라내고, 심
부름과 부엌일을 하고, 빨래하고, 마차에서 종이를 내리고, 돈
을 받으러 가고, 잉크 칠하는 헝겊 뭉치를 닦기도 했다. 마리
옹이 읽고 쓸 줄 알았더라면 세샤르 영감은 그녀에게 조판 일
도 맡겼을 것이다.

영감은 걸어서 시골로 내려갔다. 동업을 가장해 인쇄소를

팔게 되어 무척 기뻤지만, 돈 받을 일을 생각하자 불안해졌다. 팔리기 전에는 안 팔릴까 봐 걱정하다가, 일단 팔리고 나면 돈 받아낼 일이 걱정되는 법이다. 모든 열정은 본래 위선적이다. 교육받아 봐야 아무짝에도 쓸모없다고 생각해 왔던 그였지만, 이번에는 교육의 효과를 믿으려고 애썼다. 그는 교육이 아들에게 심어주었을 것이 틀림없는 명예심을 담보로 여기고 3만 프랑을 받을 수 있으리라 자신했다. 예의 바른 청년 다비드는 자신의 계약을 이행하기 위해 피땀 흘려 일할 것이고, 그가 가진 지식으로 돈 벌 방법을 찾을 수 있을 것이며, 그토록 다정다감한 태도를 보여주었으니 분명 돈을 지불할 것이다! 이렇게 행동하는 수많은 아버지들이 스스로 아버지답게 처신했다고 생각한다. 그래서 앙굴렘에서 16킬로미터 떨어진 작은 마을 마르사크에 위치한 포도원에 도착했을 즈음 세샤르 영감은 그렇게 믿기에 이르렀다. 전 주인이 지은 예쁜 집이 한 채 있는 그 소유지의 땅값은 늙은 곰이 매입한 1809년 이후 해마다 올랐다. 그곳에서 그는 인쇄기에 쏟던 정성을 포도 압착기에 쏟았다. 게다가 그 자신도 말하곤 했듯이, 아주 오래전부터 술에 취해 있었기에 포도 재배에 정통할 수밖에 없었다. 시골로 은퇴한 첫해에는 포도 넝쿨들을 받치는 버팀목 위로 근심 어린 얼굴을 내미는 그의 모습이 자주 보이곤 했다. 예전에 인쇄소 작업장 안에만 머물렀듯이, 그는 이제 포도밭에서 살았다. 예상에 없던 3만 프랑은 그해 수확한 포도주보다도 그를 더 취하게 만들었다. 그는 상상 속에서 그 돈을 손에 쥐고 만지작거렸다. 응당 받아야 할 돈이 아니었기에 더욱 더 받기를 열망했다. 그래서 그는 불안에 사로잡혀 툭하면 마르사크에서 앙굴렘으로 달려가곤 했다. 도시가 들어앉은 고지대로 이르는 바위 비탈길을 기어올라 작업장으로 들어가서는 아들이 난관을 잘 헤쳐가고 있는지 살펴보았다. 인쇄기들은 제자리에 있었다. 하나밖에 없는 수습공이 종이 모자를 쓰고 가죽 뭉치를 씻고 있었다. 늙은 곰은 인쇄기 한 대가 청첩장을 찍으면서 덜거덕거리는 소리를 들었다. 그는 자신이 쓰던 낡은 활자를 알아보았고, 아들과 감독이 각자 자기 방에서 교정쇄로 보이는 책을 읽고 있는 것도 보았다. 다비드와 저녁을 먹은 후 마르사크로 돌아가면서 그는 불안한 느낌을 되새겨 보았다. 탐욕스러운 수전노는 사랑에 빠진 사람이 그렇듯 돌연한 미래를 꿰뚫어 보는 투시력을 가져서, 미래를 내다보고 직감으로 알아챈다. 인쇄 장비들을 보면 사업이 번창하던 시절로 돌아가 황홀했지만, 작업장에서 멀어져 갈수록 포도 재배인 영감은 불안한 느낌을 떨쳐버릴 수 없었다. 아들의 인쇄소에서 사업 부진의 징조를 보았기 때문이다. 쿠앵테 형제라는 상호는 그를 두렵게 했다. 그것은 세샤르 부자라는 상호를 압도했다. 요컨대 그 노인은 불운의 냄새를 맡은 것이다. 그의 예감은 적중했다. 불운의 전조가 세샤르 인쇄소 위를 맴돌고 있었다. 수전노들에게는 하나의 수호신이 존재한다. 그런데 예기치 않은 상황들이 겹치면서 그 신은 바가지 씌워 판 인쇄소 매각 대금이 주정뱅이의 돈주머니에 남아 있지 못하게 할 것이 분명했다. 번창할 수 있는 여러 조건을 갖추었음에도, 다비드의 인쇄소가 쇠퇴하게 된 이유는 이러하다. 복고왕정이 도래한 후 혁명기에 억눌렸던 종교에 대한 정부 차원에서의 반동적 움직임이 있었다. 그러나 다비드는 그런 시류에 무관심했으며, 반대파인 자유주의에도 관심을 두지 않았다. 그는 정치적으로나 종교적으로 중립을 지켰는데, 바로 이것이 사업에 치명적으로 해를 입혔다. 다비드가 인쇄소를 경영하던 당시, 지방 상인들이 단골손님을 확보하기 위해서는 자유주의파 고객과 왕당파 고객 중 어느 한쪽을 택해야 했고, 그러려면 자신의 정치적 입장을 분명히 밝힐 필요가 있었다. 마음속에선 사랑이 싹트고 있었고, 과학적 탐구에 몰두하고 있었으며, 게다가 천성이 착한 다비드는 돈벌이에만 급급할 수 없었다. 그럴 수 있어야 진짜 장사꾼 자격이 있는 것이고, 지방의 산업과 파리의 산업을 구분하는 차이점들도 파악할 수 있었을 텐데 말이다. 지방에서는 분명히 드러나는 미묘한 차이가 파리의 거대한 움직임 속에서는 사라져버린다. 쿠앵테 형제는 군주제의 이념에 동조하기 시작했다. 그들은 공공연하게 금욕 기간을 지켰고, 교회를 드나들었으며, 사제들과 가까이 지내면서 수요가 점점 느는 것을 체감한 기본 교리 서적들을 다시 찍기 시작했다. 쿠앵테 형제는 이윤이 많이 나는 그 분야에서 앞서 갔다. 그러고는 다비드 세샤르를 자유주의자에 무신론자로 몰면서 그를 비방했다. 9월 학살에[25] 가담한 데다 술주정뱅이고

---

25) 9월 학살은 프랑스 대혁명 기간인 1792년 9월 2일부터 6일까지 파리와 인근 지역에서 발생한 사건으로, 혁명 지지자들이 감옥으로 몰려가 수감되어 있던 반혁명 세력을 즉결 처형했다. 희생자의 수는 수천에 이르렀으며 다수가 성직자와 귀족 출신이었다. 같은 시기에 다른 도시에서도 비슷한 사건

나폴레옹을 지지하는 자를 아비로 둔 사람에게 어떻게 일감을 몰아줄 수 있단 말인가? 게다가 그 구두쇠 영감은 언제고 황금 주머니를 아들에게 남겨줄 것이 아닌가? 자기들은 가난하고 부양가족도 있지만, 다비드는 총각인 데다가 엄청난 부자이니 성의 없이 일하지 않겠는가 운운. 다비드에 대한 비난에 영향을 받은 도청과 주교구는 결국 그들에게 필요한 인쇄물을 찍는 특권을 쿠앵테 형제에게 부여하게 되었다. 다비드의 무관심을 보고 대담해진 탐욕스러운 경쟁자는 제2의 소식지도 창간했다. 오래된 세샤르 인쇄소는 안내서나 알림장 등 중요하지 않은 인쇄물이나 맡는 처지로 전락했으며, 공고문 제작으로 얻는 수입도 반으로 줄었다. 교회와 신앙 관련 서적들을 인쇄해 큰돈을 번 쿠앵테 인쇄소는 급기야 도의 공고문과 재판 기록 인쇄마저 독점하기 위해, 세샤르 부자에게 그들의 신문 인쇄권을 사겠다고 제안해 왔다. 다비드가 이 소식을 아버지에게 전하자, 이미 쿠앵테 형제의 발전 속도에 경악을 금치 못하고 있던 늙은 포도 재배인은 전쟁터에서 시체의 냄새를 맡는 까마귀처럼 마르사크에서 뮈리에 광장까지 한걸음에 달려왔다.

"쿠앵테 형제는 내가 다루마. 너는 이 일에 끼어들지 마라." 그는 아들에게 말했다.

영감은 쿠앵테 형제의 속셈을 금방 알아차렸고, 명민한 통찰력으로 그들을 불안하게 만들었다. 그는 아들이 바보 같은

이 일어나 많은 희생자를 냈다.

짓을 저질렀기에 그걸 막으러 왔다고 했다. "우리가 신문을 넘기면 우리의 고객들은 어디로 가겠소? 소송대리인, 공증인, 그리고 루모의 모든 상인이 자유주의자가 될 판인데 말이오. 당신네 쿠앵테 형제는 세샤르 부자를 자유주의자로 몰아서 해를 끼치려 했지만, 결과적으로는 우리 세샤르 부자에게 최후 수단을 마련해 준 셈이 됐소. 자유주의자들의 공고문은 모두 세샤르 부자의 몫으로 남을 테니까! 신문을 팔라고……? 그러면 인쇄 장비와 면허증도 팔아야지요." 그러고는 아들을 파산시키지 않기 위해서라며, 쿠앵테 형제에게 인쇄소 값으로 6만 프랑을 요구했다. 아들을 사랑하니 아들을 지켜주어야 한다는 것이었다. 포도 재배인은 시골 사람들이 아내를 이용하듯 아들을 이용했다. 쿠앵테 형제로부터 끌어내는 조건 하나하나에 따라 자기 마음대로 아들이 원한다고 말하기도 하고 원치 않는다고 말하기도 했다. 그렇게 노력한 끝에 그는 《샤랑트 신문》의 인쇄권을 2만 2000프랑에 넘겼다. 그러나 그 대신 다비드는 그 어떤 신문도 인쇄해서는 안 되고, 약속을 어길 시 3만 프랑의 손해배상을 해야 했다. 이 거래는 세샤르 인쇄소로서는 자살과 다름없었다. 하지만 포도 재배인은 아랑곳하지 않았다. 도둑질 다음에는 으레 살인이 뒤따르게 마련이다. 영감은 그 돈으로 아들이 자신에게 지고 있는 빚을 갚게 할 생각이었다. 예상에 없던 이 횡재의 절반은 거추장스러운 아들의 몫이었던 만큼, 돈을 손에 쥐기 위해서라면 다비드까지 덤으로 내줄 판이었다. '인심 후한' 아버지는 아들에게 신문 인쇄권 판 돈의 절반만 주는 대신 인쇄소를 완전히 넘겼지만, 1200프랑이나 되는 집세는 그대로 유지했다. 쿠앵테 형제에게 신문 인쇄권을 팔아넘긴 후, 영감은 이제 너무 늙었다는 평계로 시내에는 거의 나타나지 않았다. 그러나 진짜 이유는 이제는 남의 것이 되어버린 인쇄소에 별 관심이 없어졌기 때문이다. 그렇지만 자신이 사용하던 도구들에 대해 가졌던 오랜 애착을 완전히 버릴 수는 없었다. 볼일이 있어 앙굴렘에 올 때면 옛날에 쓰던 목제 인쇄기와 아들 중 무엇에 더 마음이 끌리는지는 자신도 알 수 없었다. 아들이야 형식상 집세를 받기 위해 반드시 만나야 하는 존재가 아닌가. 과거에 세샤르 영감 밑에서 일했던 감독은 그 아버지의 관대함이 어떤 것인지 잘 알았다. 지금 그는 쿠앵테 형제 인쇄소의 감독이 되었다. 그의 말에 따르면, 교활한 여우 영감은 밀린 집세가 쌓이게 함으로써 선순위 채권자가 되어, 아들의 사업에 개입할 기회를 호시탐탐 노리고 있다는 것이었다.

다비드 세샤르가 인쇄소 사업에 무관심한 데에는 다른 이유가 있었는데, 그 이유야말로 이 젊은이의 성격을 잘 보여줄 것이다. 다비드가 아버지의 인쇄소를 맡아 운영하기 시작하고 며칠밖에 지나지 않은 어느 날, 그는 경제적으로 매우 어려운 처지에 놓인, 옛 콜레주[26] 시절 친구 하나를 만났다. 그는 스물한 살가량의 뤼시앵 샤르동이라는 청년으로, 공화국 군

---

26) 콜레주(collège)는 1802년 나폴레옹이 리세(lycée, 고등학교)를 창설하기 전까지 중등교육을 담당했던 기관이다. 오늘날의 중학교(collège)와 고등학교가 통합된 6년제로, 5년제인 초등학교 졸업 후 6학년부터 시작되었다.

대의 군의관이었다가 부상으로 퇴역한 외과 의사의 아들이었다. 타고난 기질에 따라 아버지 샤르동 씨는 화학자가 되었고, 우연한 기회에 앙굴렘에서 약국을 열었다. 그는 여러 해에 걸쳐 과학 연구에 몰두한 결과, 큰 수익을 가져다줄 어떤 발견을 했지만, 그것을 실제 돈벌이에 적용하기 위해 준비하던 중 갑자기 세상을 떠났다. 그는 모든 종류의 통풍성 관절염을 치료하고자 했다. 통풍성 관절염은 부자들의 병인바, 부자들은 건강이 나빠지면 건강을 되찾기 위해 돈을 아끼지 않는다. 그래서 약제사는 머리에 떠오르는 여러 문제 중 바로 그 문제를 해결해 보기로 했다. 과학과 경험적 의술 사이에 있던 고(故) 샤르동 씨는 과학만이 큰 재산을 보장해 주리라는 것을 간파했다. 그리하여 그는 질병의 원인을 분석했고, 모든 체질에 맞는 식이요법을 치료의 기본으로 삼았다. 그는 과학 아카데미의 승인을 받고자 파리로 올라가 체류하던 중 사망했다. 따라서 그의 연구 성과는 사라져버렸다. 미래의 큰 재산을 예측했기에 약제사는 아들과 딸의 교육을 위해 무엇 하나 소홀히 하지 않았고, 그러다 보니 약국에서 나오는 수입은 가족의 생계비로 다 들어갔다. 이렇듯 아버지는 빛나는 미래에 대한 희망 속에서 아이들을 길렀지만, 그의 죽음과 더불어 그 희망은 물거품이 되었고, 불행하게도 아이들은 가난 속에 남겨졌다. 명의(名醫)로 이름난 데플랭 박사가 치료했지만, 그도 어찌해 보지 못한 채 샤르동 씨는 세찬 경련을 일으키며 죽었다. 약제사였던 그가 야심을 가지게 된 데는 아내에 대한 열렬한 사랑이 있었다. 그의 아내는 1793년 단두대에서 처형당하기 직전에 그가 기적적으로 구해 낸 뤼방프레 가문의 마지막 후손이었다. 그 아가씨는 그의 거짓말에 동의하지 않았지만, 그는 그녀가 임신 중이라고 말함으로써 시간을 벌었다. 이렇게 하여 그녀와 결혼할 권리를 만들어낸 후, 두 사람 다 가난했음에도 그녀와 결혼했다. 사랑의 결실로 만들어진 아이가 다 그렇듯이, 아이들은 어머니로부터 놀라운 미모를 물려받았다. 그 미모는 분명 값진 선물이지만, 가난한 사람들에게는 종종 치명적 결과를 초래하기도 한다. 희망과 힘든 노동과 절망이 뒤섞인 삶을 살다 보니 샤르동 부인의 미모는 많이 망가졌고, 궁핍의 정도가 점점 더해지면서 생활 습관도 바뀌었다. 그러나 부인도 아이들도 불운에 굴하지 않고 용기 있게 행동했다. 홀로된 가난한 부인은 앙굴렘 근교의 중심지인 루모 대로에27) 위치한 약국을 팔았다. 약국 매각금으로 그녀는 300프랑의 연금을 만들 수 있었다. 부인 혼자 살기에도 부족한 액수였다. 하지만 부인과 딸은 부끄러워하지 않고 자신들의 처지를 받아들였다. 그러고는 돈을 벌기 위해 열심히 일했다. 어머니는 임산부들을 돌보았는데, 품위 있는 태도로 인해 부잣집에서 그녀를 선호했기에 그런 집에 살면서 자식들에게 한 푼도 부담 지우지 않고 하루에 20수를 벌었다. 어머니의 신분이 그렇게까지 낮아진 것을 보면 아들이 불쾌할까 봐 어머니는 샤를로트 부인이라는 가명을 썼다. 부인에게 도움을 청하려는 사람들은 샤르

---

27) 루모 대로(Grand-rue de l'Houmeau)는 오늘날 파리가(rue de Paris)로 이름이 바뀌었다.[편]

동 씨의 약국을 승계한 포스텔 씨에게 문의했다. 뤼시앵의 여동생은 올바른 품행으로 루모에서 평판이 좋은 프리외르라는 이웃집 여인의 고급 세탁소에서 일하면서 하루에 15수쯤 벌었다. 그녀는 여공들을 감독하는 일을 맡아 작업장에서 최고의 권한을 누리고 있었기에, 다른 여공들과는 지위가 약간 달랐다. 어머니와 딸의 보잘것없는 급료에, 샤르동 부인의 연금 300프랑을 더하면 한 해 수입은 얼추 800프랑이었다. 세 식구는 그 돈으로 먹고, 입고, 집세도 내야 했다. 생활비를 극도로 절약하면 겨우 살 만한 정도였다. 그나마 그중 대부분은 뤼시앵에게 들어갔다. 무함마드의 부인이 남편을 믿었듯이, 어머니와 여동생 에브는 뤼시앵을 믿었다. 그의 미래를 위한 그들의 헌신은 한도 끝도 없었다. 이 가난한 가족은 샤르동 씨의 승계인이 헐값에 세준 집에 살았다. 안마당 구석, 약제실 위층이었다. 뤼시앵은 그곳의 초라한 다락방 하나를 차지하고 있었다. 자연과학에 열광했기에 아들도 그 길을 갈 수 있도록 밀어주었던 아버지로부터 자극을 받은 뤼시앵은 앙굴렘의 콜레주에서 가장 우수한 학생에 속했다. 세샤르가 콜레주를 졸업할 무렵 뤼시앵은 3학년이었다.

우연한 기회에 이들 동문 둘이 만났을 때, 뤼시앵은 빈곤의 거친 잔을 마시기에 지쳐 극단적 선택을 하려던 참이었다. 스무 살 때는 곧잘 그런 결심을 하기 마련이다. 인쇄 감독이 전혀 필요 없었음에도 그 일을 배워보라며 다비드가 후하게 주는 월급 40프랑이 뤼시앵을 절망에서 구했다. 이렇게 다시 이어진 학창 시절의 우정은 두 사람의 닮은 운명과 다른 성격으로 인해 더욱 깊어졌다. 성공을 꿈꿨던 두 사람은 모든 분야의 최고 권위자들과 견줄 만큼 뛰어난 지성의 소유자였음에도 사회 밑바닥에 내던져져 있었다. 이 부당한 운명이 끈끈한 연대감의 밑바탕이 되었다. 게다가 두 사람은 서로 다른 길을 통해 시의 세계에 이르러 있었다. 드높은 자연과학적 사유에 따라 연구할 운명이 주어졌던 뤼시앵은 문학의 영광을 열렬히 추구했다. 그런가 하면 사색의 재능을 가진 다비드는 시인이 될 소질을 타고났지만, 취향은 정밀과학으로 향하고 있었다. 이렇게 역할이 바뀜으로써 두 사람 사이에는 정신적 우애가 싹트게 되었다. 뤼시앵은 아버지에게서 물려받은 것, 즉 과학을 산업에 적용하는 데 필요한 높은 안목을 다비드에게 전수했고, 다비드는 문학을 통해 부와 명성을 얻기 위해 가야할 새로운 길을 알려주었다. 두 젊은이의 우정은 며칠 만에 열정이 되었다. 그런 열정은 사춘기가 끝나갈 무렵에 가서야 생기는 법이다. 얼마 후 다비드는 아름다운 에브를 얼핏 보고는, 우울하고 사색적인 성향의 사람들이 그러듯이, 단숨에 그녀에게 반해 버렸다. Et nunc et semper et in secula seculorum(지금도 또 언제나 세세만년 영원하리)라는 영광송의 한 구절은 숭고한 그 두 무명 시인의 좌우명인바, 그들의 작품이야말로 마음속에서 생겨났다 사라지곤 하는 찬란한 서사시가 아니겠는가! 사랑에 빠진 다비드는 뤼시앵의 어머니와 누이가 시인의 아름다운 이마에 불어넣은 희망의 비밀을 간파했고, 그들의 맹목적 헌신을 알게 되었다. 그러자 그는 그들의 희생과 희망을 함께 나눔으로써 사랑하는 여인에게 다가가는 것이 더없이 행복하게 느껴졌다. 그리하여 다비드에게 뤼시앵은 일종의 특별히 선택된 형제가 되었다. 국왕보다 더 열렬한 왕당파가 되고 싶은 과격 왕당파처럼, 다비드는 뤼시앵의 어머니나 누이보다 훨씬 더 뤼시앵의 재능을 믿었다. 그리고 어머니가 아이에게 그러듯이 뤼시앵을 애지중지했다. 아무것도 할 수 없을 만큼 돈에 쪼들리던 그들이 젊은이라면 흔히 그러듯, 먼저 온 사람이 흔들어보았지만 열매 하나 얻지 못한 나무들을 다시 흔들어대면 빨리 돈 벌 방법이 생기지 않을까 궁리하던 중, 뤼시앵은 아버지에게서 들었던 두 가지 착상을 떠올렸다. 샤르동 씨가 말하길, 새로운 화학 작용을 이용하면 설탕 값을 반으로 줄일 수 있고, 중국에서 사용되는 원료와 유사한 식물성 원료를 아메리카에서 싼값에 수입하면 종이 값도 그만큼 떨어질 거라고 했다. 이미 디도 인쇄소에서 활발히 논의되고 있었기에 그 문제의 중요성을 익히 알았던 다비드는 그 아이디어에 완전히 매료되었다. 거기서 엄청난 수익을 내다본 다비드는 뤼시앵을 은인으로 여기면서 그에게 평생 갚지 못할 은혜를 입었다고 믿었다.

두 친구를 지배하는 생각과 내면의 삶을 보면 그들이 인쇄소를 경영하기에 얼마나 부적합한 인물들인지는 누구라도 알 만했다. 주교구의 인쇄소이자 출판사인 동시에 이제는 도내 유일의 신문이 된 《샤랑트 신문》 소유주인 쿠앵테 형제 인쇄소가 한 달에 1만 5000에서 2만 프랑의 수입을 올리는 데 반해, 세샤르 2세의 인쇄소는 겨우 월 300프랑을 벌 뿐이었다. 거기에서 감독 월급과 마리옹의 급여, 세금과 집세를 공제해야 했기에 다비드의 몫은 100프랑 정도에 불과했다. 적극적이고 부지런한 사람이라면 활자도 바꾸고, 철제 인쇄기도 사고, 파리의 출판사로부터 주문을 받아 싼값에 책을 인쇄할 수도 있었을 것이다. 하지만 주인도 감독도 지적인 일에만 몰두한 나머지, 아직까지 남아 있는 몇몇 고객이 주는 일감에 만족했다. 쿠앵테 형제는 마침내 다비드의 성격과 습관까지 다 파악해 버렸고, 그 이후에는 더 이상 다비드를 모함하지 않았다. 오히려 전략상 겨우 명맥을 유지하면서 그럭저럭 먹고살도록 내버려둠으로써 그의 인쇄소가 만만찮은 적수의 손에 넘어가지 않도록 했다. 안내서나 경조사 알림장 같은 소소한 일감을 그들에게 보내주기까지 했다. 그렇게 하여 다비드 세샤르의 인쇄소는, 상업적으로 말하자면, 경쟁자들의 능숙한 술책에 의해서만 간신히 숨이 붙어 있었다. 쿠앵테 형제는 그들이 편집 중이라 부른 다비드의 상태에 만족하면서, 겉으로는 그에게 매우 정직하고 충실한 태도를 보였다. 그러나 실제로는 진짜 경쟁자를 피하기 위해 경쟁을 꾸며내는 운송회사 관리자처럼 행동했다.

곰 영감이 한 번도 집의 내부를 수리한 적 없었기에, 실내에 배어든 지독한 인색함은 집의 외관에서도 그대로 드러났다. 비와 햇볕, 각 계절의 악천후 등으로 인해 골목으로 난 문은 고목 줄기 같은 모습이었고, 고르지 않은 균열의 흔적이 곳곳에 있었다. 돌과 벽돌을 아무렇게나 섞어 만든 집 정면은 프랑스 남부 지방 어디서나 볼 수 있는 오목기와가 겹겹이 쌓인 헐어빠진 지붕 무게에 짓눌려 휘어진 것처럼 보였다. 낡은 유리창에는 창살을 촘촘히 박은 커다란 겉창이 달려 있었는데, 더운 날씨 때문에 그 지방에서는 그런 겉창이 꼭 필요하다. 앙굴렘 전체에서 시멘트의 힘만으로 겨우 지탱되고 있는 그 집만큼 균열이 많이 간 집을 찾아보긴 어려울 것이다. 양쪽 끝은 환하고, 가운데는 어두컴컴하며, 벽에는 온갖 벽보며 포스터가 덕지덕지 붙어 있고, 그 벽의 아래쪽은 30년 전부터 일꾼들이 스치고 지나다녀 갈색으로 번들거리고, 천장에는 밧줄이 늘어져 있고, 여기저기에 종이 더미와 낡은 인쇄기들과 젖은 종이를 눌러놓은 돌멩이들이 있으며, 활자 케이스들이 열을 지어 늘어서 있는 작업장을 상상해 보라. 그 공간의 맨 안쪽 골방 두 개를 주인과 감독이 각각 하나씩 차지하고 있었다. 이런 광경을 상상한다면 당신은 두 친구의 생활을 짐작할 수 있을 것이다.

1821년 5월 초, 다비드와 뤼시앵은 안뜰을 향해 나 있는 창문 가까이에 있었다. 너덧 명의 일꾼이 점심을 먹기 위해 작업장을 떠난 오후 2시경이었다. 거리에 면한, 초인종 달린 문을 닫고 수습공이 나가자, 다비드는 뤼시앵을 안뜰로 데려갔다. 종이와 잉크, 인쇄기와 낡은 목판 등의 냄새가 뤼시앵의 비위에 거슬릴 것으로 생각했기 때문이다. 두 친구는 넝쿨 식물을 올린 지지대 밑에 앉았다. 그곳에서는 작업장으로 들어오는 사람들을 관찰할 수 있었다. 포도 넝쿨들 사이로 들어오는 햇빛이 후광처럼 두 시인을 감싸 그들을 부드럽게 어루만졌다. 그 순간 두 친구의 대조적인 성격과 얼굴 모습이 더없이 강렬히 드러났기에, 위대한 화가라면 누구나 붓을 들고 싶었으리

라. 다비드는 빛나는 것이든 은밀한 것이든 위대한 투쟁을 하
도록 운명 지워진 사람들에게 자연이 부여한 외모를 지니고
있었다. 건장한 체형과 조화를 이루는 튼튼한 어깨는 그의 넓
은 가슴을 받쳐주었다. 혈색 좋고 윤기가 흐르는 갈색 톤의 얼
굴은 두툼한 목이 지탱하고 있었고, 숲처럼 무성한 검은 머리
칼로 뒤덮여, 언뜻 보면 부알로가 노래한[28] 성당참사회 신부
의 얼굴과 비슷했다. 하지만 다시 한번 자세히 관찰하면 두꺼
운 입술의 주름과 턱의 보조개와 콧등이 휘면서 생긴 움푹
파인 각진 코의 생김새에서, 무엇보다도 그의 눈에서, 유일한
사랑에 대한 꾸준한 열정과 사색가의 명민함과 정신의 심오
한 우수가 드러났다. 그 정신은 사유의 양극단을 아우르며 그
모든 굴곡까지 꿰뚫어 볼 수 있었고, 관념적 쾌락을 명철하게
분석한 후에는 그것에 쉽게 싫증을 느끼곤 했다. 그의 얼굴에
선 천재성이 번득이는 것이 보였지만 화산 옆에 쌓인 타버린
재처럼 내면의 고통도 보였다. 뛰어난 재능을 가졌음에도 보잘
것없는 집안에서 태어나고 재산 없는 환경에 처한 많은 이들
이 느끼는 사회적 허무감으로 인해 희망이 꺼져가고 있었던
것이다. 지적 노동에 가까운 일임에도 자신의 직업을 못 견뎌
했던 이 가엾은 인쇄업자는 과학과 시가 담긴 술잔을 조금씩
기울이면서 의지할 사람 하나 없이 지방 생활의 불행을 잊기
위해 술에 취해 사는 실레노스와도[29] 같았다. 그런 다비드 옆

---

28) 프랑스의 시인이자 비평가인 니콜라 부알로(Nicolas Boileau,
1636~1711)의 풍자 서사시 『뤼트랭(Le Lutrin)』을 말한다.[편]
29) 실레노스는 그리스 신화에 등장하는 사티로스(숲의 정령) 중 하나다.

에서 뤼시앵은 인도의 바쿠스를[30] 조각하기 위해 조각가들이 찾아낸 모델 같은 우아한 자태를 뽐내고 있었다. 그의 얼굴에서는 고대 미인들에게서나 볼 수 있는 뚜렷한 윤곽이 돋보였다. 그리스인의 이마와 코를 가졌고, 피부는 여인처럼 희고 부드러웠다. 검어 보일 정도로 짙은 푸른 눈에는 사랑이 가득했고, 눈의 흰자위는 너무 맑아서 마치 아이의 눈 같았다. 아름다운 눈 위에는 중국 붓으로 그린 듯한 눈썹과 눈을 따라 가지런히 붙은 밤색의 긴 속눈썹이 있었다. 양 볼을 따라 비단처럼 부드러운 솜털이 빛났으며, 그 색깔은 자연스럽게 구불거리는 금발 머리와 아주 잘 어울렸다. 금빛이 도는 흰 관자놀이는 숭고한 우아미를 풍겼고, 자연스레 위로 쳐들린 짧은 턱에는 비길 데 없는 귀티가 배어 있었다. 아름다운 치아로 인해 더욱 돋보이는 산호색 입술 위로는 슬픈 천사의 미소가 맴돌았다. 그의 손은 고귀한 집안에서 태어난 남자의 손처럼 우아했기에, 그 손짓 하나면 남자들은 그에게 복종할 것이며 여자들은 그 손에 입 맞추고 싶을 것이다. 뤼시앵은 중키에 몸

반인반수에 배불뚝이 노인으로 추남의 대명사지만, 예언 능력을 가졌으며, 주신(酒神) 디오니소스를 양육한 스승이기도 하다.
30) 디오니소스는 로마 신화에서 바쿠스로 변용되면서, 동방 원정을 떠난 바쿠스가 인도까지 여행하고 돌아오는 모험 이야기가 헬레니즘기에 생겨난다. 이로부터 '인도의 바쿠스' 모티프로 다양한 미술품이 제작되었는데, 대개 헐렁한 토가 차림에 수염이 텁수룩한 중년 남성의 모습을 하고 있다. 여기서 발자크는 '바쿠스'를 디오니소스와 같은 의미로 쓴 듯하다. 디오니소스는 전승 신화에 따라 모습이 제각각인데, 중성적 미모의 청년으로 묘사되는 경우도 있다.

은 날씬했다. 그의 발을 보면, 변장한 여자의 발이라고 생각할 만했으며, 깜찍하다고까지는 말할 수 없더라도 영악한 남자들 대부분이 그러하듯 허리는 여자 허리처럼 잘록했다. 틀리는 법이 거의 없는 이러한 표징은 뤼시앵에게 실제로 잘 들어맞았다. 그래서 그가 사회의 시류 세태를 분석할 때면, 동요되기 쉬운 그의 성향은 아무리 수치스러운 방법이라 할지라도 성공만 한다면 모든 수단과 방법이 정당화된다고 믿는 책략가들 특유의 타락으로 그를 이끌곤 했다. 위대한 지성의 소유자들이 겪는 불행 중 하나는 그들이 모든 것을, 미덕뿐 아니라 악덕까지도 필연적으로 납득하게 된다는 점이다.

이 두 청년은 신분이 낮았던 만큼 당당하게 사회를 심판했다. 진가를 인정받지 못하는 사람들은 오만한 통찰력을 가지고 자신들의 비천한 처지에 복수를 가하기 때문이다. 하지만 현실적 운명이 이끄는 방향으로 너무나 빠르게 휩쓸려 가고 있었기에, 그들의 절망은 한층 더 쓰라릴 수밖에 없었다. 뤼시앵은 독서를 많이 했고 비교도 많이 했던 반면, 다비드는 생각과 명상을 많이 했다. 건장한 촌사람처럼 보이는 외모와 달리, 인쇄업자는 천성적으로 우울하고 병약했으며 자신에 대해 회의적이었다. 반면에 적극적이지만 변덕스러운 뤼시앵은 허약해 보일 정도로 연약하고 여자처럼 우아한 외모와 걸맞지 않게 대담했다. 가스코뉴 사람다운 기질을 타고난 그는 과감하고 겁이 없었으며, 모험을 좋아했고, 좋은 것은 과장하고 나쁜 것은 최소화했다. 이득이 보이면 나쁜 행동 앞에서도 물러서지 않았고, 성공의 발판이 된다면 악덕도 마다하지 않았

다. 그때까지만 해도 이 야심가의 기질은 젊은 시절의 아름다
운 환상 때문에, 즉 명예욕에 사로잡힌 사람들이 가장 먼저
의지하는 고상한 수단을 통해서만 성공하겠다는 열망 때문
에 억눌려 있었다. 아직은 인생의 어려움이 아니라 오직 자신
의 욕망에 맞서 싸웠으며, 변덕스러운 이들의 숙명적 속성인
비열함에 맞서기 보다는 내면의 힘을 다스리는 데 몰두했다.
뤼시앵의 번득이는 재치에 완전히 매료된 다비드는 프랑스인
특유의 격정 때문에 범하게 되는 잘못들을 바로잡아 주면서
도 그를 찬미했다. 성품이 올곧은 다비드는 강인한 체격과는
어울리지 않게 수줍은 편이었지만 북쪽 사람 특유의 끈기도
있었다. 그 어떤 어려움이 닥친다 해도 포기하지 않고 그것을
극복하리라 다짐했으며, 진정한 사도처럼 엄격했음에도 끝없
이 관용을 베풀면서 그 엄격함을 누그러뜨렸다. 엄격함이란
진정한 사도의 미덕이 아니겠는가. 이미 오래된 그들의 우정
속에서 둘 중 하나가 우상을 숭배하듯 상대방을 사랑했다면,
그 한 사람은 바로 다비드였다. 그래서 뤼시앵은 자신이 사랑
받고 있음을 잘 아는 여인처럼 상대방에게 명령을 내렸고, 다
비드는 기쁜 마음으로 그에게 복종했다. 친구의 육체적 아름
다움에는 일종의 우월함이 내포되어 있었기에, 스스로를 거
칠고 평범하다고 생각했던 다비드는 친구의 우월함을 받아들
였다.

'소에게는 인내심이 필요한 농사를, 새에게는 무사태평한 삶
을!' 인쇄업자는 생각했다. '나는 소가 될 것이고, 뤼시앵은 독
수리가 될 것이다.'

약 3년 전부터[31] 두 친구는 찬란히 빛날 미래의 운명을 같이했다. 그들은 평화가 도래한 이후 쏟아져 나온 실러, 괴테, 바이런 경, 월터 스콧, 장 파울, 베르길리우스, 험프리 데이비, 퀴비에, 라마르틴 등의 문학이나 과학 관련 서적들을 읽었다. 그 위대하고 찬란한 광휘에 고조되어 여러 작품을 써보기도 하고, 실패하면 버려두었다가 다시 집어 들어 열정적으로 고쳐 써보기도 했다. 그들은 고갈되지 않는 젊음의 활력으로 꾸준히 공부했다. 두 사람 모두 똑같이 가난했지만, 예술과 과학에 대한 열정에 사로잡혀 미래의 명성을 위한 기초를 다지는 데 몰두하면서 현재의 가난을 잊었다.

"뤼시앵, 내가 방금 파리에서 무슨 책을 받았는지 알아?" 인쇄업자가 주머니에서 18절 크기의 문고 한 권을 꺼내며 말했다. "들어봐!"

다비드는 앙드레 셰니에의[32] 전원시 「네에르」를, 그다음엔 「젊은 환자」를, 그리고 자살에 대한 고대풍 비가(悲歌)와 그의 마지막 작품인 두 개의 풍자시를 시인이 시를 낭독하듯이

---

31) 다비드가 앙굴렘으로 돌아온 것은 1819년 말이고, 인쇄소를 살 당시 뤼시앵과 다시 만났다. 그러니까 3년 후면 1822년 말이나 1823년 초가 되어야 한다. 하지만 소설 속 현재는 1821년이다. 원래 원고에서는 1818년에 다비드가 앙굴렘으로 돌아온 것으로 되어 있었으나 퓌른판에서 1819년 말로 수정되었다. 발자크가 바뀐 연대의 수정을 잊은 듯하다.[편]

32) 앙드레 셰니에(André Chénier, 1762~1794)는 프랑스 시인이자 언론인으로, 낭만주의 문학의 선구자 중 하나다. 공포정치가 끝나기 불과 사흘 전, 반역죄로 처형되었다. 작품으로는 『전원시집』『비가시집』 그리고 옥중에서 쓴 『풍자시집』 등이 있다.

읽었다.

"앙드레 셰니에가 이런 작가였어?" 뤼시앵은 여러 차례에 걸쳐 그렇게 소리쳤다. "도저히 따라갈 수 없을 것 같아!" 그가 세 번째로 이렇게 외치자, 너무나 감동한 다비드는 더 이상 낭독을 계속할 수 없었기에 뤼시앵에게 책을 넘겨주었다.

"시인에 의해 재발견된 시인이라!" 뤼시앵은 라투슈가[33] 서문을 쓴 것을 보고 말했다.

"이런 시집을 내놓고도 셰니에는 자기가 출판할 가치가 있는 글을 하나도 못 썼다고 생각했다는군." 다비드가 말을 이었다.

이번에는 뤼시앵이 「맹인」의 한 구절과 몇 개의 비가를 읽었다.

그들에게 행복이 없다면, 지상에는 행복이 있을까?

이 구절에 이르자 뤼시앵은 책에 입을 맞추었고, 두 친구는 함께 울었다. 두 사람 다 누군가를 맹목적으로 사랑하고 있었기 때문이다. 포도나무 가지는 붉게 물들었고, 갈라 터지고 움푹 패고 우둘투둘한 균열투성이 낡은 벽은 이름 모를 어느 요정 건축가의 손길 아래서 세로 홈과 돌기와 돋을새김 장식판으로 뒤덮인 걸작이 되었다. 환상의 여신은 어두컴컴한 작은 뜰에 꽃과 루비를 뿌려놓았다. 앙드레 셰니에의 '카미유'는 다

---

33) 앙리 드 라투슈(Henri de Latouche, 1785~1851)는 프랑스 작가, 시인, 극작가, 기자다. 앙드레 셰니에를 세상에 알렸다.

비드에게는 사랑하는 에브였고, 뤼시앵에게는 그가 구애 중인 어느 귀부인이었다. 시의 여신은 인쇄소의 원숭이들과 곰들이 오만상을 쓰며 일하는 작업장에 반짝이는 드레스의 위풍당당한 옷자락을 휘날렸던 것이다. 5시를 알리는 종이 울렸지만, 두 친구는 배가 고프지도 목이 마르지도 않았다. 그들에게 삶은 황금빛으로 물든 꿈이었으며, 발밑에는 지상의 온갖 보물이 쌓여 있었다. 그들은 파란만장한 삶을 사는 사람들에게 희망의 여신이 손가락으로 가리키는 푸르스름한 지평선의 한 조각을 보았다. 그들에게는 세이렌의 목소리가 들리는 듯했다. "자! 날아요! 황금과 은과 청금석 가득한 이 공간에서 불행은 사라질 거예요." 바로 그때, 파리의 부랑아였던 아이를 다비드가 가르쳐 앙굴렘으로 데려온 세리제라는 수습공이 뜰을 향해 난 유리창 달린 작업장의 작은 문을 열고는 어떤 낯선 이에게 그들을 가리켰다. 그 사내는 그들에게 다가와 인사했다.

"사장님," 그는 가방에서 두꺼운 노트를 꺼내면서 다비드에게 말했다. "이 논문을 인쇄하고 싶은데, 가격이 얼마나 될지 알 수 있을까요?"

"우리는 이렇게 방대한 원고는 인쇄하지 않습니다." 다비드는 그의 원고를 보지도 않고 말했다. "쿠앵테 인쇄소로 가보세요."

"하지만 우리에게는 이 논문에 적합한 아주 예쁜 활자가 있습니다." 뤼시앵이 원고를 들고 말했다. "수고스러우시겠지만 내일 다시 오셔야겠습니다. 인쇄비를 계산해 봐야 하니 원고는 두고 가세요."

"혹시 뤼시앵 샤르동 씨 아닌가요? 그렇다면 영광……."

"네, 그렇습니다." 인쇄 감독이 대답했다.

"선생님, 그토록 찬란한 미래가 약속된 젊은 시인을 만나게 되어 기쁩니다. 저는 바르주통 부인이 보내서 왔습니다."

그 이름을 듣자 뤼시앵의 얼굴이 빨개졌고, 바르주통 부인이 그에게 보여준 호의에 대한 감사를 표할 때는 말을 더듬었다. 다비드는 얼굴을 붉히며 당황하는 친구를 보고는, 그 시골 신사와 대화를 계속하도록 내버려두었다. 양잠업에 대한 논문의 저자인 그는 농협 동료들에게 읽히고 싶다는 허영심 때문에 자비로 그 논문을 인쇄하고자 했다.

"어이, 뤼시앵," 신사가 떠나가자 다비드가 말했다. "설마 바르주통 부인을 사랑하는 거야?"

"미치도록!"

"하지만 너와 부인은, 사회적 편견에 따르자면, 완전히 다른 세계에 살고 있잖아! 그녀는 베이징에, 너는 그린란드에 있는 것처럼 말이야."

"사랑하는 사람들은 의지로 모든 것을 이겨낼 수 있어." 뤼시앵은 시선을 떨구며 말했다.

"넌 우리를 잊어버릴 거야." 아름다운 에브의 소심한 연인이 그렇게 응수했다.

"어쩌면 그 반대로, 내가 연인을 희생시켰는지 몰라." 뤼시앵이 소리쳤다.

"그게 무슨 말이야?"

"그녀를 사랑하고 있고, 그녀 집을 자유롭게 드나들게 되면 내게 여러모로 이득이 되는 데도, 나는 나보다 훨씬 뛰어나고 장래가 촉망되는 나의 형제이자 친구인 다비드 세샤르가 그 집에 받아들여지지 않는다면 다시는 그곳에 가지 않겠다고 말했거든. 집에 가면 답이 와 있을 거야. 하지만 이 도시의 모든 귀족이 오늘 저녁 나의 시 낭송에 초대되었다고 해도, 그녀가 부정적인 답을 보낸다면 나는 절대로 다시는 바르주통 부인의 집에 발을 들여놓지 않겠어."

다비드는 눈물을 훔치고서 뤼시앵의 손을 힘껏 잡았다. 6시 종이 울렸다.

"에브가 걱정하겠다. 갈게." 뤼시앵이 불쑥 말했다.

그는 격한 감동에 사로잡혀 있는 다비드를 놔두고 가버렸다. 그 나이에만, 특히 지방 생활에서 아직은 날개가 꺾이지 않은 두 마리의 젊은 백조가[34] 처해 있는 상황에서만 온전히 느낄 수 있는 감동이었다.

"정말 좋은 친구야!" 다비드는 작업장을 가로질러 가는 뤼시앵을 바라보며 큰 소리로 말했다.

뤼시앵은 아름다운 보리외 산책로와 미나주 거리와 생피에르 문을 지나 루모 마을로 내려왔다. 이렇게 가장 긴 노선을 선택한 이유는 바르주통 부인의 집이 그 중간에 있기 때문이었다. 부인 모르게 그 집 창문 밑을 지나는 것은 그에게 너무나 큰 행복이었기에, 벌써 두 달째 팔레 문을 통해 루모 마을

---

34) 프랑스어에서 백조(le cygne)는 작가, 시인, 예술가를 빗댈 때 흔히 쓰인다.

로 내려가지 않고 있었다.

보리외 산책로의 가로수 밑에 이르렀을 때, 뤼시앵은 서로 분리된 앙굴렘과 루모 사이의 거리를 곰곰이 생각했다. 그가 내려온 비탈길과는 다른 차원에서, 그 지방의 풍습은 넘기 어려운 정신적 장벽을 쌓아 올렸다. 도심과 변두리 마을 사이에 명예라는 가교를 놓음으로써 이제 막 바르주통 저택에 받아들여진 이 젊은 야심가는 자신의 세력을 넓히려고 시도한 후 총애를 잃을까 봐 노심초사하는 총신처럼, 애인이 내릴 결정에 불안해하고 있었다. 상부와 하부로 나뉜 이 도시의 독특한 풍습을 관찰해 보지 않은 사람들에게는 이 말이 막연하게 들릴 것이다. 하지만 이 이야기의 주요 인물 중 하나인 바르주통 부인을 이해하려면 앙굴렘에 대한 약간의 설명이 필요하다.

앙굴렘은 샤랑트강이 흐르는 초원을 굽어보는 화강암 바위산 위에 세워진 구도시다. 이 바위산 자락은 페리고르 지방 쪽으로 길게 이어진 언덕과 맞닿아 있는데, 그 언덕은 파리와 보르도를 잇는 도로에서 갑자기 끊기며 세 개의 아름다운 계곡이 일종의 갑(岬)과 같은 형상을 만들어낸다. 종교전쟁 시절에 이 도시가 가졌던 중요성은 성벽과 성문과 바위산 봉우리에 세워진 성채들에 의해 증명된다. 이러한 지리적 특성으로 인해 그곳은 그 당시 가톨릭교도들과 칼뱅주의자들에게 똑같이 중요한 전략적 요충지가 되었다.[35] 그러나 과거의 그러한

강점은 지금에 와서는 오히려 약점으로 작용했다. 성벽과 가파른 경사 때문에, 도시는 샤랑트강 쪽으로 확장되지 못하고 치명적인 정체 상태에 빠지고 말았던 것이다. 이 이야기가 펼쳐지던 당시, 정부는 언덕을 따라 도청 건물과 해양학교, 군사 시설 등을 세우면서 페리고르 지방 쪽으로 도시를 확장하려고 노력했다. 그러나 그보다 먼저 다른 쪽에 상권이 형성되고 있었다. 오래전부터 변두리의 루모 마을은 바위산 밑, 파리 보르도 간 국도가 지나는 길을 따라 강 유역에서 급속히 성장했다. 앙굴렘 제지업의 명성을 모르는 사람은 없었으니, 3세기 전부터 폭포수가 있는 샤랑트 강변과 그 지류를 따라 필연적으로 제지 공장들이 들어섰기 때문이다. 정부는 해군용 대포 제작을 위해 뤼엘에 가장 큰 규모의 제련소를 세웠다.[36] 운송 회사, 역참, 주막들, 수레 제작 공장, 승합마차 회사들 등 도로와 강을 기반으로 하는 모든 산업은 접근의 어려움을 피하고자 앙굴렘의 아랫마을에 모이게 되었다. 물론 가죽 공장이나 세탁 공장 등 물이 필요한 장사들도 샤랑트강 가까이에 자리 잡았다. 그리고 증류주 창고와 강을 통해 운반되는 모든 원료

틸레의 집에 몇 달간 숨어 지냈다. 그런가 하면 1569년 봄, 국왕 샤를 9세의 동생이자 훗날 앙리 3세가 되는 앙주 공작은 샤랑트강 좌안에 진을 치고, 프랑스 서남부(앙굴렘에서부터 해안 지역까지)를 장악하고 있던 신교도 콩데와 콜리니의 군대를 공격했으며, 이 전쟁으로 콩데 공은 사망했다.[편]
36) 1750년 앙굴렘에서 7킬로미터 떨어진 뤼엘에 방앗간과 제지 공장이 있었던바, 그 자리에 몽탈랑베르 후작이 세운 제련소는 국왕의 동생 다르투아 백작에게 넘어간 후 1776년 국왕 루이 16세의 소유가 된다. 다르투아 백작은 훗날 프랑스 국왕 샤를 10세가 된다.[편]

의 저장고, 그러니까 모든 종류의 화물 수송 관련 시설들 역시 샤랑트강을 따라 늘어섰다. 그리하여 루모 지역은 부유한 산업도시이자 제2의 앙굴렘이 되었다. 정부 기관과 주교관과 법원이 있고 귀족들이 사는 상부 도시 앙굴렘은 루모를 시기하고 질투했다. 그러다 보니 놀라울 만큼 세력이 커졌음에도 루모는 앙굴렘의 부속 도시일 뿐이었다. 상부에는 귀족과 권력, 하부에는 상업과 돈이 있었다. 어디서나 사회적으로 나뉜 두 지역은 끊임없이 적대 관계에 있게 된다. 따라서 그들 중 누가 더 상대방을 증오하는지 알아맞히기는 매우 어렵다. 제정 시대에 비교적 평온했던 상황은 복고왕정이 도래한 9년 전부터 악화되었다.[37) 상부 도시 앙굴렘에 있는 대부분의 집에는 귀족 가문 또는 재산에서 나오는 수입으로 사는 유서 깊은 부르주아 가문 사람들이 살았다. 그들은 일종의 토착민 사회를 구성하고 있었기에, 이방인은 절대 그 안으로 들어갈 수 없었다. 인접한 지방의 어떤 가문이 그곳에서 200년을 살았거나 아니면 아주 오래전부터 그곳에 살아온 가문과 인척이 되어 겨우 받아들여진대도, 토착민들에게 그 가문은 바로 어제 이 지방에 도착한 것처럼 보이는 판이었다. 40년 전부터, 자리를 승계하며 이곳에 온 지사들과 세무서장들과 행정관들은 의심 많은 까마귀처럼 높은 바위산에 붙어사는 오래된 가문 사람들을 개화하려 노력해 보았다. 하지만 이 사람들은 그들이 주최

---

37) 1814년 나폴레옹의 몰락 이후 부르봉 왕가가 복귀하면서 복고왕정기가 도래한다. 즉, 9년 전 복고왕정이 시작됐다면 소설의 시간적 배경이 1823년이어야 하는데, 1821년으로 서술되었다. 역시 작가의 착오로 보인다.

하는 연회나 만찬의 초대에는 응하면서도 그들을 자기 집으로 맞아들이는 일은 절대 용납하지 않았다. 빈정거리고, 남을 헐뜯고, 시샘하고, 인색한 그들은 결혼도 자기들끼리 했으며, 촘촘한 무리를 이루면서 아무도 들어오거나 나가지 못하게 했다. 그들은 최신 유행인 새로운 사치품에 대해서는 아무것도 몰랐다. 그들에게 자식을 파리로 보낸다는 것은 그 아이를 파멸시키겠다는 것과 같았다. 이러한 신중함은 그 가문들의 시대착오적 풍습과 습관을 생생하게 드러낸다. 우둔한 왕정주의 사상에 젖은 그들은 자신들의 도시나 바위산처럼 절대로 변하지 않은 채로, 신앙이 아닌 종교 의례에 열중하면서 그렇게 살았다. 그러나 교육에 관한 한 앙굴렘은 주변 지역에서 좋은 평판을 얻고 있었다. 인근 도시들에서는 딸들을 그곳의 기숙사나 수녀원으로 보냈다. 앙굴렘과 루모를 갈라놓는 감정에는 계급의식이 얼마나 큰 영향을 미치는지 쉽게 알 수 있다. 상인은 부자였고, 귀족은 보통 가난했다. 그들은 누가 더하다 할 것 없이 서로를 경멸하면서 상대방에게 복수했다. 앙굴렘에 사는 부르주아들도 이 싸움에 참전했다. 상부 도시의 소매 상인은 하부 도시의 도매상에 대해 야릇한 어조로 "저 친구는 루모 사람이야!"라고 말하곤 했다. 왕정복고는 프랑스에서 귀족의 지위를 확고히 했고, 사회 전체가 전복되지 않고는 실현될 수 없는 미래에 대한 희망을 귀족들에게 제시했기에, 앙굴렘과 루모 간의 정신적 거리는 지리적 거리보다도 더 멀어졌다. 당시 정부와 결탁한 앙굴렘의 귀족 사회는 프랑스의 다른 어느 지역보다도 배타적이었다. 그들에게 루모의 주민은 천민과 다름없었다. 그러다 보니 암암리에 증오심이 깊어지면서 1830년 봉기 때에는 루모 지역 주민들이 무서울 정도로 일치단결하게 되었고, 프랑스에서 오래 지속되어 온 사회적 지위에 대한 개념들을 파괴해 버렸다. 궁정 귀족의 교만이 지방 귀족으로 하여금 왕국에 대한 충성심을 버리게 했다면, 지방 귀족의 교만은 부르주아들의 자존심을 짓밟음으로써 그들의 마음을 잃었던 것이다. 따라서 약국집 아들인 루모의 청년이 바르주통 부인 댁에 들어온 것은 하나의 작은 혁명이었다. 누가 그 혁명을 가능케 했나? 그들은 라마르틴과 빅토르 위고, 카시미르 들라비뉴와 카날리스, 베랑제와 샤토브리앙, 빌맹과 M. 에냥, 수메와 티소, 에티엔과 다브리니, 뱅자맹 콩스탕과 라므네, 쿠쟁과 미쇼 등으로, 늙었건 젊었건 자유주의자건 왕정주의자건, 모두가 저명한 문학 인사들이다. 바르주통 부인은 문학과 예술을 사랑했는데, 그런 그녀의 취향이 앙굴렘에서는 괴상하고 개탄스러운 괴벽으로 여겨졌다. 하지만 이름을 날릴 수 있을 만큼의 재능을 가지고 태어났으나 숙명적으로 어두운 상황 속에 억눌려 있던 그 여인의 삶을 개괄적으로 그려봄으로써, 그녀가 그런 취향을 가질 수밖에 없었던 정황을 언급할 필요가 있다. 게다가 그녀의 그런 취향은 뤼시앵의 운명에 결정적 영향을 미치게 된다.

바르주통 씨는 미로라는 이름을 가진 보르도 시정관(市政官)의 증손자였다.[38] 그 시정관은 자신의 직책을 오랫동안 수

---

38) 이어지는 설명을 보면, 바르주통 씨는 시종관의 증손자가 아니라 5대손

행한 끝에 루이 13세로부터 귀족 작위를 받았다. 루이 14세 때 미로 드 바르주통이 된 그의 아들은 성문 근위대의 장교가 되었고, 무척 부유한 집안의 딸과 결혼함으로써 그의 아들은 루이 15세 치하에서 아무 조건 없이 드 바르주통이라는 귀족 이름으로 불리게 되었다. 시종관 미로의 손자인 드 바르주통 씨는 완벽한 귀족으로 행세하다가 집안 재산을 다 탕진했고 가세가 기울었다. 그의 동생들, 즉 이 이야기에 등장하는 바르주통 씨의 작은할아버지들은 다시 상인이 되었다. 이 때문에 보르도의 상업계에는 미로라는 이름을 가진 사람이 몇몇 있다. 그리고 낭비가(狼鼻家) 드 바르주통의 손자가 앙구무아도(道)의 로슈푸코 영지에 속한 바르주통 가문 영지와 바르주통 저택이라 불리는 앙굴렘의 집에 대한 대리상속인으로[39] 지정되어 양쪽 재산을 모두 물려받았다. 그러나 1789년 대혁명이 일어나자 재산에 대한 실제적 권리를 상실했기에, 그에게는 토지에서 나오는 1만 리브르 가량의 소득이 전부였다. 그의 조부가 바르주통 1세와 바르주통 2세의 위대한 행적을 모범으로 삼았더라면, '벙어리'라는 별명을 가질 만도 한 바르주통 5세는 후작이 될 수도 있었을 것이다. 그런 후 몇몇 명문

이다. 시종관 미로 바르주통(1대) — 아들, 드 바르주통(2대) — 낭비가 드 바르주통(3대) — (4대) — 손자 바르주통 씨(5대).

39) 대리상속인 제도는 유언에 의한 조처로서, 한 명의 상속자에게 일정 재산에 대한 관리권을 부여하는 것이다. 그가 사망할 경우, 또 다른 상속자에게 동등한 권리를 부여할 수 있다. 가문의 재산을 보존하기 위해 장자에게 우선권을 주었던 이 제도는 대혁명 이후 1792년에 폐지되었다.[편]

가 집안과 인척이 되어, 다른 많은 이들처럼 공작은 물론이고 귀족원 의원도 될 수도 있었으리라. 그러나 그는 1805년, 프랑스 남부 지방에서 아주 유서 깊은 가문의 방계 혈족임에도 긴 세월 시골의 작은 성에 묻혀 살아 세간에 잊힌 한 귀족의 딸 마리 루이즈 아나이스 드 네그르플리스 양과 결혼하게 된 것을 무척 자랑스럽게 여겼다. 성왕 루이와[40] 함께 인질로 잡혔던 사람 중에 네그르플리스라는 이름이 있었다. 그런데 그 가문의 종손은 앙리 4세 시절 데스파르라는 명문가의 상속녀와 결혼함으로써 그 명문가의 일원이 되었다. 그 집안 차남의 차남이었던 시골 귀족은 아내의 재산인 바르브지외 근처의 조그만 영지를 기막히게 잘 경작하면서 거기서 나오는 수입으로 살았다. 시장에 가서 밀을 팔았고, 직접 포도주를 증류해 브랜디를 만들었다. 돈을 모아 때때로 영지를 확장할 수만 있다면 사람들이 비웃어도 아랑곳하지 않았다. 시골구석에서는 흔치 않은 환경 덕에 바르주통 부인은 음악과 문학에 대한 취미를 갖게 되었다. 종교가 박해받던 대혁명기에, 음악 교육자로 명성이 높았던 로즈 신부의[41] 수제자 니올랑 신부는 작곡가의 가방을 들고 에스카르바스의 작은 성으로 피신했다. 신부는 노귀족의 딸을 교육함으로써 그의 호의에 충분히 보답

---

40) 루이 9세를 가리킨다. 신앙심이 두터웠던 그는 십자군 원정을 두 차례나 직접 이끌었는데, 1250년 원정 때 이집트 술탄의 인질로 잡힌 적이 있다. 사후에 로마가톨릭 성인으로 추대되어 성왕(聖王) 루이로도 불린다.
41) 작곡가이자 음악 이론가이기도 했던 나콜라 로즈 신부(L'abbé Nicolas Roze, 1745~1819)는 특히 음악 교육자로 이름을 날렸다.[편]

했다. 그녀의 이름은 아나이스이고 약칭 나이스로 불렸다. 이러한 사건이 없었더라면 그녀는 그냥 방치되었거나 아니면 더욱 불행하게도 어느 못된 하녀의 손에 맡겨졌을 터였다. 신부는 음악가였을 뿐 아니라 문학에 대한 조예도 깊었고, 이탈리아어와 독일어도 할 줄 알았다. 그래서 그는 네그르플리스 양에게 그 두 언어와 대위법을 가르쳤다. 프랑스와 이탈리아와 독일의 위대한 문학 작품을 설명해 주었고, 모든 대가의 악보를 함께 해석하기도 했다. 정치적 격변의 시기에 어쩔 수 없이 깊은 고독 속에서 살아야 하는 무력감과 싸우기 위해 신부는 제자에게 그리스어와 라틴어를 가르쳤고, 피상적으로나마 자연과학에 대한 지식도 알려주었다. 어머니조차 딸에 대한 남성적 교육에 반대하거나 그 방식을 바꿀 수 없었다. 시골에서 마음대로 자라면서 이미 그녀의 독립적 성향이 무척 강해졌기 때문이다. 열정적이고 시적인 영혼의 소유자인 니올랑 신부는 특히 예술가적 기질이 풍부한 인물이었다. 예술가 특유의 그런 기질과 정신은 무시할 수 없는 여러 장점을 가지지만, 자유로운 판단과 넓은 통찰력으로 인해 통상적 사고를 넘어서기도 한다. 사회에서는 그 독창적인 깊이로 인해 그와 같은 정신의 무모함이 용서받을 수 있지만, 개인의 사생활에서는 그것이 야기하는 일탈로 인해 해로워 보일 수 있다. 신부는 따뜻한 마음을 가진 사람이었기에, 그의 생각은 어린 소녀에게 전염되었다. 소녀들이란 원래 열광하기 쉬운 법, 게다가 시골에서의 고독 때문에 그녀는 더욱 열광했다. 니올랑 신부는 제자에게 과감한 분석력과 능숙한 판단력을 길러주었다. 남자에게는 꼭 필요한 그러한 장점이 가정주부가 되도록 운명 지워진 여성에게는 커다란 결점이 된다는 사실은 고려하지 않았다. 신부는 지식이 쌓일수록 더욱 친절하고 겸손해야 한다고 제자에게 누누이 당부했지만, 네그르플리스 양은 스스로를 탁월한 존재로 여기면서 사람들을 경멸하고 무시했다. 그녀의 주위에는 자기보다 신분이 낮은 사람들이나 자기에게 무조건 복종하는 사람들만 있었기에, 그녀는 귀부인처럼 거만했다. 그녀에게는 귀부인들이 예절 속에 감추고 있는 부드러운 간교함이 없었다. 작가가 작품을 통해 자기 자신에 대해 감탄하듯, 제자를 보며 자기도취에 빠진 신부 때문에 그녀는 끝 모를 자만심에 빠져 우쭐댔고, 불행하게도 자신을 제대로 판단할 수 있게 도와줄 어떤 비교 대상도 만나지 못했다. 또래 친구가 없다는 것은 시골 생활의 가장 큰 단점 중 하나다. 옷차림이나 화장이 요구하는 아주 사소한 노력조차 남을 위한 것이라는 생각을 하지 못하기에, 다른 사람을 위해 불편함을 참는 습관을 잃어버린다. 그리하여 외양도 정신도 망가지게 된다. 사회와 교류하면서 절제를 배울 기회가 없었던 네그르플리스 양의 대담한 사고방식은 그녀의 태도나 시선에서 여실히 드러났다. 언뜻 보아서는 독창적이라 사교계의 스타 같기도 하지만, 실은 자유분방한 삶을 사는 여자에게나 어울리는 태도였다. 상류사회였다면 그녀가 받은 교육의 까칠한 면이 세련되게 다듬어졌을 텐데, 앙굴렘에서는 그 교육이 그녀를 웃음거리로 만들 수밖에 없었다. 그녀의 잘못된 행실은 젊은 나이에나 우아해 보일 뿐이고, 그녀의 숭배자들도 결국은 그녀를 떠받들지 않게 될 터였다. 그녀의 아버지 네그르플리스 씨는 병든 소한 마리를 살리기 위해서라면 딸이 가진 책 전부를 팔아버릴 위인이었다. 그는 너무도 인색해서 딸의 교육에 꼭 필요한 하찮은 것을 사주어야 할 때조차 딸이 의당 받아야 하는 액수 이상은 한 푼도 내놓으려 하지 않았다. 신부는 사랑하는 제자가 결혼하기 전인 1802년에 사망했다. 살아 있었더라면 반대했을 결혼이었다. 신부가 죽자, 노귀족은 딸을 어찌해야 할지 몰라 난감했다. 인색한 자신과 무위도식하면서도 성격은 독립적인 딸 사이에 벌어질 싸움을 감당하기에는 스스로가 너무 약하다고 생각했다. 여자들이 가야 할 정해진 길에서 벗어난 모든 젊은 여성들처럼, 나이스는 결혼에 대해 비판적이었고 관심도 별로 없었다. 이제까지 보아온, 인격적 탁월함이 없는 하찮은 남자에게 자신의 지성과 인격을 맡겨야 한다는 사실이 혐오스러웠다. 명령하고 싶은데 복종해야만 한다니! 남자들의 거친 변덕을 받아들이고 그녀의 취향에 대해 너그럽지 않은 그들에게 복종할 것이냐, 아니면 마음에 드는 애인과 도망할 것이냐, 양자택일 해야 했다면, 그녀는 조금도 망설이지 않았을 것이다. 네그르플리스 씨는 여전히 귀족 신분을 유지하고 있었기에, 신분이 낮은 사람과의 결혼은 꺼렸다. 많은 아버지가 그러듯이, 그는 딸을 위해서라기보다 자신의 편안한 삶을 위해 딸을 결혼시키기로 작정했다. 사위가 될 남자는 귀족이거나 신사고, 적당히 멍청해서 딸에게 주려는 후견인 보고서 내용을 놓고 인색하게 굴거나 트집 잡을 능력이 없고, 나이스가 제멋대로 행동해도 좋을 만큼 아둔하고 자기

생각도 없어야 하고, 지참금 없는 결혼이 가능할 만큼 욕심
이 없는 사람이어야 했다. 그런 남자가 있다면 최고의 사윗감
이겠지만, 아버지 마음에도 들고 딸 마음에도 드는 그런 사
윗감을 어떻게 찾는단 말인가? 이러한 이중의 이해관계 속에
서 네그르플리스 씨는 그 지방에 사는 남자들을 조사해 보
았고, 그 결과 바르주통 씨가 자신의 계획에 들어맞는 유일한
인물처럼 보였다. 바르주통 씨는 젊은 시절의 방탕으로 몸이
많이 망가진 40대 남자였는데, 무척이나 무능한 사람으로 알
려져 있었다. 그러나 그런 그에게도 재산을 관리할 만한 분별
력은 있었고, 서툰 실수나 어리석은 짓을 하지 않고 앙굴렘
사교계에 남아 있을 정도로는 예의범절을 지켰다. 네그르플
리스 씨는 딸에게 자신이 제안하는 남편감의 부정적 가치를
노골적으로 말해 주었고, 그 부정적 가치를 잘 이용하면 행
복하게 살 수 있음을 깨닫게 했다. 그녀는 200년이나 된 문장
을 가진 가문과 결혼하게 되는 것이었다. 바르주통 가의 문장
은 4분할된 바탕 중 황금색 두 면에는 뿔들을 서로 잇대고 있는 붉
은 수사슴 셋과 검은 황소 셋이 위아래로 각각 둘과 하나, 하나와 둘
그려져 있고, 나머지 두 면에는 청색과 은색 가로띠가 교대로 들어가
있는데, 그중 청색 띠들 위에는 황금 조개껍질 여섯 개가 각각 세 개,
두 개, 한 개씩 그려져 있었다. 남편이라는 수행원이 생기면 사
회적으로 보호받을 수 있을 것이고, 게다가 그녀의 재치와 미
모를 통해 파리에서 얻게 될 여러 인간관계의 도움을 받는다
면 그녀는 마음껏 자신의 운명을 개척할 수 있을 터였다. 나
이스는 그러한 자유를 그리면서 아버지의 제안에 혹했다. 바

르주통 씨는 아주 멋진 결혼을 한다고 생각했는데, 머지않아 장인 영감은 세상을 떠날 것이고, 그러면 그동안 장인이 애지중지 불려놓은 땅을 자신에게 물려줄 것이라고 믿었기 때문이다. 그러나 지금 상황으로 보아서는, 네그르플리스 씨가 사위의 묘비명을 써야 할 판이었다.

뤼시앵이 그 집을 드나들던 당시 바르주통 부인의 나이는 서른여섯이었고, 남편은 쉰여덟이었다. 그런데 둘은 나이 차가 훨씬 더 나 보였다. 바르주통 씨는 70대 노인처럼 보이는 데 반해, 그의 아내는 미혼인 척하면서 장밋빛 옷을 입고 머리매무새를 어린애들처럼 해도 아무 문제가 없을 정도로 젊어 보였다. 그들은 연 수입이 1만 2000리브르가 넘지 않았음에도, 구도시 앙굴렘에서 상인들과 관리들을 제외하고는 6대 부자 중 하나로 꼽혔다. 바르주통 부인은 아버지의 유산을 받으면 파리로 갈 생각에 아버지와의 관계를 돈독히 할 필요가 있었다. 따라서 바르주통 부부는 앙굴렘에 살아야 했다. 한데 너무 오랫동안 유산을 기다리던 중 아버지보다 남편이 먼저 죽고 말았다. 앙굴렘에서는 나이스의 마음속에 감추어진 빛나는 재치와 있는 그대로의 풍부한 재능이 아무 결실 없이 사라져버리게 되고, 그것들은 시간이 흐를수록 우스꽝스럽게 변해버릴 터였다. 사실 우리가 우스꽝스럽다고 여기는 것들은 많은 경우, 아름다운 감정이나 미덕 혹은 재능이 극단으로 치달을 때 생긴다. 상류사회의 관습 속에서 다듬어지지 않는 한, 자존심은 고귀한 감정의 영역으로 확장되기보다 사소한 것들과 결부되면서 완고해진다. 미덕 중의 미덕이라 할 수 있는 정신의 고양은 성녀를 낳고 숨은 헌신과 빛나는 시적 정취를 불러일으키지만, 그것이 지방의 하찮은 일에 매달리게 되면 과도함이 되고 만다. 위대한 정신이 빛나고 다양한 사상으로 가득하고 모든 것이 새로워지는 중앙과 멀리 떨어져 있으면, 지식은 시대에 뒤처지게 되고 취향은 고인 물처럼 변질된다. 정열을 쏟을 기회가 없다 보니 사소한 일에도 과장된 의미를 부여하기에, 열정은 초라해지고 만다. 그래서 사람들은 인색해지고 남을 비방하게 되고, 그럼으로써 지방 생활을 타락시킨다. 정열도 발휘할 기회가 없다 보면 작은 것에 연연하다 초라해지고 마는 법이다. 바로 이런 이유로 지방에서는 삶을 타락시키는 인색과 험담이 만연하게 되는 것이다. 그러다 보면 뛰어난 사람도 다른 사람들의 편협한 사고와 졸렬한 태도를 모방하게 된다. 그리하여 위대한 인물로 태어난 남자들이나, 사교계의 가르침에 따라 바른길로 인도되고 탁월한 정신을 가진 사람의 지도하에 단련되었다면 매력적일 수도 있었을 여자들이 모두 몰락해 버린다. 바르주통 부인은 개인적인 시와 공적인 시를 구분하지 못하고, 하찮은 것에 대해서까지 시적 표현을 남발했다. 사실 누구에게나 남들은 이해하지 못하는, 혼자 마음속에 간직해야 하는 자기만의 감정이 있는 법이다. 석양은 위대한 시의 소재임이 분명하지만, 어떤 여자가 평범한 사람들에게 그 광경을 거창한 단어로 묘사한다면 우스꽝스러워 보이지 않겠는가? 시인들끼리든 마음이 통하는 사람들끼리든 둘만이 맛볼 수 있는 감미로운 쾌락이 있다. 그녀에게는 과장된 단어로 뒤덮인 거창한 문장을 구사하는 결점이 있었다. 그런 문장을 언론계에서는 능청스럽게 버터 바른 빵이라고 불렀는데, 신문은 매일 아침 구독자들에게 소화 안 되는 그 빵을 만들어 주고, 구독자들은 그 빵을 삼킨다. 그녀는 대화하면서 시도 때도 없이 최상급을 남발했기에, 그녀가 하는 말을 듣다 보면 아주 사소한 것도 어마어마한 중요성을 지니게 된다. 그리고 이때부터 그녀는 모든 것을 유형화하고, 개별화하고, 종합하고, 드라마화하고, 서열화하고, 분석하고, 시화하고, 산문화하고, 거창화하고, 천사화하고, 신조어화하고, 비극화하기 시작한다. 몇몇 여인들에게서 발견되는 새로운 나쁜 버릇을 묘사하려면 잠시나마 이렇게 언어를 망가뜨릴 수밖에 없다. 게다가 그녀의 언어가 불타듯 그녀의 정신도 불타올랐다. 그녀의 가슴과 입술에서는 격정적인 서정시가 흘러나왔다. 가슴이 뛰었고, 정신이 몽롱해졌으며, 모든 사건에 열광했다. 어느 애덕수녀회 수녀의 헌신이나 포세 형제의 처형에도, 루이스의 『아나콘다』나 다를랭쿠르의 『입시보에』에도, 라발레트의 탈옥에도, 큰 소리를 질러 도둑들을 쫓아버린 한 여자 친구에 대해서도.[42] 그녀

---

42) 세자르와 콩스탕탱 포세(César et Constantin Faucher, 1760~1815) 쌍둥이 형제는 나폴레옹의 백일천하 시절 나폴레옹군에 복무했다는 이유로 1815년 9월 처형되었다. 앙투안 마리 샤망, 라발레트 백작(Antoine Marie Chamans, comte de Lavalette, 1769~1830) 역시 엘바섬을 탈출한 나폴레옹을 위해 봉사했다는 이유로 사형선고를 받았으나, 처형 전날 아내의 도움으로 감옥에서 도망쳤다. 당시 이 두 사건은 큰 반향을 일으켰다. 샤를 빅토르 프레보 다를랭쿠르 자작(Charles Victor-Prévot d'Arlincourt, 1789~1856)의 해하소설 『입시보에(Ipsiboé)』는 1823년에 출판되었다. 영국 작가 매슈 그레고리 루이스(Matthew Gregory Lewis, 1775~1818)의 고딕

에게는 모든 것이 숭고했고, 특별했고, 놀라웠고, 신성했고, 경이로웠다. 그녀는 활기가 넘쳤다, 격노했다, 스스로에게 낙담했다. 신나 하다가도 금세 의기소침해졌고, 하늘이나 땅을 바라보았으며, 눈에는 눈물이 가득 고이곤 했다. 그녀는 끊임없이 감탄하느라 인생을 허비했고, 이상한 경멸감에 사로잡혀 자신을 소모했다. 이오안니나의 파샤를 떠올리고는 그의 궁정에서 그에 맞서 싸우는 상상을 했다. 그러고는 자루에 묶인 채 물속에 던져진다면 얼마나 멋진 일일까 생각했다. 그녀는 사막의 모험가이자 여성 작가인 에스터 스탠호프 부인을 부러워했다. 생트카미유 수도회의 수녀가 되어 바르셀로나로 가서 병자들을 치료하다 황열병에 걸려 죽고 싶다는 생각도 했다.[43] 그런 것이야말로 위대하고 고귀한 운명이 아닌가! 말하자면 그녀는 잡초 속에 감춰진 맑은 물 같은 자기 삶과는 다른 모든 것들에 목말랐다. 그녀는 바이런 경을, 장 자크 루소를, 그

소설 『아나콘다』가 프랑스에 소개된 것은 1822년이다.[편]

43) 이오안니나는 그리스 북서부의 지방인데, 1430년부터 오스만튀르크의 통치를 받았다. 여기서 '이오안니나의 파샤(총독, 통치자)'는 테펠레네의 알리 파샤(Ali Pasha Tepelenë, 1741~1822)를 말한다. 알바니아의 도적 출신으로 이오안니나의 태수가 되었다가, 중앙집권화를 추진한 술탄 마흐무드 2세(Mahmud II, 1785~1839)에 의해 처형되었다. 에스터 스탠호프(Esther Stanhope, 1776~1839)는 영국 총리 피트의 조카로, 상류사회 여인의 삶을 살다가 1810년 동방으로 여행을 떠나 용감하고 신비로운 모험가로 이름을 날렸다. 생트카미유 수녀회는 나폴레옹 제정기인 1819년 르네 모누아 부인에 의해 창설된 병자들을 위한 수녀회로, 황비 조제핀의 보호 아래, 나폴레옹 전쟁의 부상병들을 돌보았다. 1821년 바르셀로나에 페스트가 창궐하자 생트카미유 수녀회 소속 수녀 두 명이 그곳으로 파견되었다.[편]

리고 시적이고 극적인 삶을 살았던 모든 이를 숭배했다. 모든 불행에 눈물을 흘렸고, 모든 승리에 팡파르를 울렸다. 패배한 나폴레옹에, 이집트의 폭군들을 살육한 무함마드 알리에[44] 공감했다. 요컨대 그녀는 천재들 뒤로 후광을 둘러주었고, 그들이 향기와 빛을 먹고 산다고 생각했다. 많은 이들에게 그녀는 미친 사람으로 보였지만, 그들은 그 광기가 위험하지는 않다고 생각했다. 그러나 통찰력 있는 관찰자의 눈에 그런 것들은 생겼다 금방 사라져버린 굉장한 사랑의 잔해, 성스러운 예루살렘의 유적들, 말하자면 애인 없는 사랑처럼 보였을 것이다. 그리고 그것은 사실이었다. 바르주통 부인의 결혼 후 18년간의 이야기는 몇 마디로 요약할 수 있다. 처음 얼마 동안, 그녀는 자신의 감정을 자양분 삼아 먼 훗날에 대한 희망으로 살았다. 그러다가 보잘것없는 자기 재산으로는 그토록 동경하던 파리에서의 삶이 불가능하다는 사실을 깨닫자 주변 사람들을 관찰하기 시작했고, 결국 자신의 고독에 전율했다. 그녀의 주변에는 여인들이 출구도 사건도 흥미도 없는 삶에 절망한 나머지 빠지게 되는 광적인 사랑을 불러일으킬 만한 남자가 하나도 없었다. 그녀는 아무것도, 우연마저도 기대할 수 없

44) 무함마드 알리(Muhammad Ali, 1769~1849)는 오스만 제국 마케도니아 출신으로, 이집트의 파샤였다가 부왕(副王)까지 오른 인물이다. 18세기 말 이집트는 기존 통치 세력이었던 맘루크 왕조 출신 행정관들의 무능과 부패로 1789년 나폴레옹에게 점령되었다. 이에 무함마드 알리가 1811년 대대적인 맘루크 학살을 통해 권력을 강화하고 이집트를 오스만튀르크그로부디 독립시켰다. 적극적 개혁 정책으로 이집트를 근대화한 통치자로 평가된다.

었다. 우연이 없는 인생도 있는 법이니까. 제국이 영광의 절정에 이르렀던 시절, 나폴레옹이 정예부대를 이끌고 에스파냐로 진군하기 위해 앙굴렘을 지나게 되자, 그때까지 포기하고 있던 그녀의 희망이 되살아났다. 호기심에 이끌린 그녀는 당연히 그 영웅들을 보러 가고자 했다. 그날그날의 한마디 명령에 따라 전 유럽을 정복하고 기사도의 경이로운 무훈을 다시 보여준 영웅들이 아닌가. 가장 인색하고, 나폴레옹에 가장 적대적인 도시라 할지라도 황실 근위대를 환대하지 않을 수 없었다. 시장과 지사는 근위대 앞으로 나가 왕정을 위해 그랬듯이 지루한 연설을 늘어놓았다. 한 연대가 도시에서 개최한 무도회에 참석한 바르주통 부인은 어떤 귀족 청년에게 반해 버렸다. 일개 소위였음에도, 영악한 나폴레옹이 그에게 총사령관의 지휘봉을 보여주며 야심을 자극했다는 인물이었다. 너무도 쉽게 만났다가 헤어지곤 하는 당시의 사랑 풍속과는 대조적이었던, 고귀하고 위대하면서도 억제된 그 열정은 순결을 유지한 채 죽음을 통해 신성화되었다. 바그람 전투에서 한 발의 포탄이 캉트 크루아 후작의 가슴에 매달린 바르주통 부인의 초상화를 박살 내고 말았던 것이다. 부인의 아름다움을 증명해 주는 유일한 초상화였다. 그녀는 오랫동안 그 미남 청년의 죽음을 애도했다. 명예심과 사랑으로 불타올라 두 차례의 원정을 통해 대령으로 승진했던 그는 황제의 훈장보다도 나이스가 보낸 편지를 더 소중히 여긴 사내였다. 고통으로 인해 그녀의 얼굴에는 슬픔의 베일이 드리워졌다. 그 먹구름은 여자에게는 가혹한 나이에 이르러서야 사라졌다. 그때가 되면 여인들은 즐

겨보지도 못한 채 지나버린 아름다운 시절을 후회하기 시작하
고, 장미처럼 아름다웠던 자신이 시들어가는 것을 인식하며,
젊은 시절의 마지막 미소를 연장하려는 욕심에 사랑의 욕망이
다시 생겨나기도 한다. 지방 생활의 무미건조함이 그녀를 엄습
하자 그녀의 탁월함은 마음속에 상처가 되었다. 저녁 식사 후
돈 몇 푼을 걸고 도박할 생각만 하는 남자들과 어울리다 혹
여나 몸을 더럽히기라도 했다면 그녀는 흰 담비처럼 슬퍼하다
죽었을 것이다. 그녀의 자존심은 지방의 시시한 사랑으로부터
그녀를 지켜주었다. 그녀를 둘러싸고 있는 무능한 남자들과
죽음 사이에서 선택해야 했다면, 그녀처럼 탁월한 여인은 죽
음을 택했을 것이다. 따라서 그녀에게 결혼이나 사교계는 수
녀원과 다르지 않았다. 카르멜회 수녀가 종교에 귀의하여 살
듯이 그녀는 시에 몰두하며 살았다. 1815년에서 1821년 사이
에 출판되었으나 그때까지 프랑스에는 알려지지 않았던 저명
한 외국 작가의 작품들, 뛰어난 두 사상가 보날드와 메스트르
의 논문들,[45] 그리고 그 첫 번째 새싹이 힘차게 뻗어나간 프
랑스 문학 중 덜 웅장한 작품들, 이 모든 것이 그녀의 고독을
아름답게 만들었지만, 그렇다고 해서 그녀의 정신이 유연해지
거나 성격이 온순해지지는 않았다. 그녀는 벼락에도 쓰러지
지 않고 버텨낸 나무처럼 곧고 강했다. 자존심은 점점 더 단

---

45) 루이 드 보날드(Louis de Bonald, 1754~1840)와 조제프 드 메스트르
(Joseph de Maistre, 1753~1821)는 프랑스혁명기의 대표적 왕정주의 정치
인이자 철학자들로, 전통의 회복과 신정(神政)으로의 복귀를 주장한 저서
들로 유명하다.

단해졌고, 지배권을 갖게 됨으로써 고귀하고 탁월한 여자가 되었다. 그렇고 그런 아첨꾼들의 숭배를 받는 여인들처럼 그녀는 여러 결점을 가지고도 앙굴렘의 사교계에서 군림했다. 이것이 바르주통 부인의 과거다. 감동적이랄 것 없는 이야기지만, 다분히 이상한 연유로 그 집에 드나들게 된 뤼시앵과의 관계를 이해하기 위해서는 말해 둘 필요가 있었던 것이다. 지난겨울, 앙굴렘에는 바르주통 부인의 무료한 삶에 활기를 불어넣어 준 한 사람이 나타났다. 앙굴렘의 간접세 담당 국장 자리가 비어 있었기에 총괄 간접세무서장 바랑트 씨는 그 자리에 한 남자를 보냈다. 그런데 그 남자의 파란만장한 운명이 여인들의 호기심을 자극하면서 그에게 유리하게 작용했고, 덕분에 그는 그 지방 여왕의 살롱을 드나드는 통행증을 얻게 되었다.

식스트 샤틀레라는 보잘것없는 이름으로 태어났지만, 1806년부터 수완을 발휘하여 '므시외 뒤 샤틀레'가 된 그는 태양 황제 나폴레옹의 측근으로 있으면서 숱한 징집을 다 피해 갈 수 있었던, 소위 호감 가는 젊은이 중 하나였다. 그는 제정기에 어느 공주의 선임 비서관으로 공직을 시작했다. 샤틀레 씨는 그 자리가 요구하는 모든 종류의 무능함을 다 갖추고 있었다. 잘빠진 몸매에 얼굴은 미남이고, 춤도 잘 추고 당구도 잘 치며, 모든 운동을 다 잘하지만, 사교계에서는 그저 평범한 인물이고, 연가를 잘 부르고, 재치 있는 말에 박수갈채를 보내고, 모든 것을 할 준비가 되어 있고, 유순하지만 시기심도 많은 그는 모르는 것도 없었고, 아는 것도 없었다. 음악에는 문외한이었지만, 사람들의 환심을 사려는 여인이 한 달 동안 힘들게 배운 연가를 부르고자 하면, 피아노로 그럭저럭 반주를 쳐주기도 했다. 시적 감흥을 느낄 줄은 몰랐지만, 대담하게도 산책하며 즉흥시를 지어 올 테니 10분만 달라고 요구하기도 했다. 그러나 그가 짓는 시는 의미는 없고 각운만 있는, 바람 새는 풀무처럼 밋밋한 4행시에 불과했다. 게다가 샤틀레 씨는 공주가 시작한 태피스트리의 꽃무늬 장식을 수놓는 일을 끝마치게 하는 데에도 타고난 재능이 있었다. 그는 완곡한 표현 속에 은근히 음담패설이 섞여 있는 시시한 이야기를 하면서 공주가 감는 실타래를 무척이나 우아하게 잡아주곤 했던 것이다. 미술에는 문외한이었지만, 풍경화를 모사하고 연필로 프로필을 그리고 의상을 스케치한 후 색칠할 줄은 알았다. 말하자면 그는 여러 면에서 사람들이 생각하는 것보다 여인들이 더 큰 영향력을 가졌던 시대에, 출세에 이를 수 있는 주요 수단인 온갖 잔재주를 가지고 있었다. 그는 자신이 외교에 능하다고 주장했다. 외교술이란 아무런 재주도 없고 극도로 무능하기만 한 사람들의 기술이다. 게다가 높은 지위에 있으면서 활동함으로써만 드러난다는 점에서, 그리고 신중함을 요구하는 일인지라 무식한 자들도 말없이 신비로운 고갯짓만으로 자신을 방어할 수 있다는 점에서 매우 편리한 기술이다. 결국 이 기술에 가장 능한 사람은 그가 지휘하는 것처럼 보이는 사건들의 흐름이라는 강물 위로 머리를 쳐들고 헤엄칠 수 있는 자다. 그러니까 여기서 중요한 점은 무엇보다도 가벼워야 한다는 것이다. 예술 분야에서와 마찬가지로 외교에서도,

천 명의 범인(凡人) 중 천재는 한 명뿐이다. 그는 공주 곁에서 일상적이고 평범한 일부터 특별한 일까지 가리지 않고 봉사하면서 후원자의 신임을 얻었음에도 국사원에[46] 자리 하나 얻지 못했다. 여느 사람들처럼 청원심사관이라는 달콤한 직책을 감당할 능력이 없어서가 아니라, 공주가 그를 다른 곳이 아닌 자기 곁에 붙들어두고자 했기 때문이다. 그러나 그는 결국 남작 작위를 받고 특사로 임명되어 베스트팔렌 왕국의[47] 수도 카셀로 갔고, 그곳에서 과연 특별한 역량을 발휘했다. 요컨대, 위기의 순간 나폴레옹이 그를 외교 특사로 활용했던 것이다. 제국이 멸망할 즈음, 샤틀레 남작은 베스트팔렌 왕국 공사로 임명되어 제롬 왕 곁에 있기로 약속되었더랬다. 그러나 왕국이 해체됨에 따라, 소위 왕족의 측근 외교관으로 임명될 기회를 놓친 그는 절망에 빠졌다. 그리하여 아르망 몽리보 장군과 함께 이집트 여행을 떠났다. 이상한 사건들로 인해 일행과 헤어진 그는 2년간 이 사막에서 저 사막으로, 이 부족에서 저 부족으로 헤매고 다니다가 아랍인들의 포로가 되어, 재능을 발휘해 보지도 못한 채 여기저기로 팔려 다녔다. 몽리보가 탕헤

---

46) 국사원(Conseil d'Etat)은 1799년 나폴레옹이 창설한 정부 기구로, 행정 감사원 및 최고 행정법원에 해당한다.

47) 베스트팔렌 왕국은 1807년 프로이센 국왕 빌헬름 3세와 나폴레옹이 체결한 틸지트 강화조약에 따라, 프로이센 왕국이 양도한 여러 영토를 병합해서 만든 국가다. 나폴레옹은 막냇동생 제롬 보나파르트(Gérôme Bonaparte, 1784~1860)를 국왕으로 임명했다. 그러나 1813년 10월 나폴레옹이 라이프치히 전투에서 패하자, 대프랑스동맹국들이 소집한 빈 회의에서 왕국의 해체를 결정했다.

르 방향으로 가고 있는 사이, 마침내 샤틀레는 무스카트의 어느 이맘의 영지에 다다랐다.[48] 그리고 운좋게도 무스카트에서 막 떠나려던 영국 선박을 만나 일행보다 1년 먼저 파리로 돌아올 수 있었다. 최근에 겪은 불행들과 과거의 인연들, 그리고 당시 정부의 신임을 얻고 있는 인물들을 예전에 도와주었던 이력 덕분에 그는 총리에게 천거되었고, 총리는 기관장급 공석이 생길 때까지 그가 바랑트 씨 밑에 있게 했다. 황족 곁에서 그가 수행한 역할, 여복 있는 남자라는 평판, 여행 중 겪은 기이한 사건들과 그동안의 고초, 이 모든 것이 앙굴렘 여인들의 호기심을 자극했다. 상부 도시의 관습을 파악한 후, 식스트 뒤 샤틀레 남작은 적절히 처신했다. 환자인 척했고, 세상일에 진저리를 치면서 만사 귀찮다는 표정을 지었다. 그간의 고초로 인해 상습적 두통을 앓게 된 양, 수시로 머리를 부여잡았다. 자신의 여행을 상기시켜 사람들의 관심을 끌려는 유치한 술책이었다. 그는 장군, 도지사, 세무서장, 주교 등 고위층 인사들 집을 방문했다. 그러나 지금은 권력자의 후의를 기다리며 자신에게 걸맞지 않은 자리에 있는 사람처럼, 어디에서나 예절 바르고 냉정하고 약간은 거만하게 행동했다. 그는 자신의 사교 재능을 티 냈지만, 이를 인정받지 못한 것이 되레 그에게 유리하게 작용했다. 사람들의 호기심을 지나치지 않을 정도로만 자극해 주목받은 후, 그 도시에 변변한 남자가 하나

---

48) 아라비아반도 남동부 해안에 위치한 도시 무스카트는 알 부사이드 왕조가 집권한 1749년부터 오만 왕국의 수도가 되었다. 아프리카 서북부에 위치한 탕헤르 쪽과 무스카트 쪽은 정반대 방향이다.

도 없다는 것을 알아차린 그는 일요일마다 성당에서 여인들을 열심히 관찰한 끝에, 바르주통 부인만이 친하게 지낼 가치가 있는 여자임을 파악했다. 그는 이방인에게는 출입이 금지된 저택의 문을 열기 위해 음악을 이용하기로 했다. 그래서 미루아르가 연주한 미사곡[49] 악보를 몰래 구해서 피아노로 연습했다. 그리고 어느 화창한 일요일, 앙굴렘 사교계 전체가 미사에 참석했을 때 오르간을 연주해 문외한들을 황홀하게 했다. 그러고는 하급 성직자들 사이에서 그의 이름이 암암리에 돌아다니게 함으로써 사람들이 그에게 가졌던 호기심과 흥미를 다시 일깨웠다. 교회에서 나오는 길에 바르주통 부인은 그에게 찬사를 보냈고, 그와 함께 연주할 기회가 없음을 아쉬워했다. 우연인 양 기획된 이 만남을 통해 그는 자신이 요구했더라면 절대 얻지 못했을 통행증을 자연스레 손에 쥐었다. 능수능란한 남작은 앙굴렘 여왕의 저택을 드나들게 되었고, 그녀에게 과할 정도로 정성을 쏟았다. 마흔다섯 살이니 늙었다고도 볼 수 있는 이 미남은 그녀에게서 되찾을 수 있는 젊음을, 활용 가치 있는 보물을, 장래의 부유한 과부를 보았다. 그렇게 되면 자신도 네그르플리스 가문의 일원이 되어 파리에서 데스파르 후작 부인을 가까이할 기회를 얻을 테고, 후작 부인의 신임을 얻으면 다시 정치의 길로 들어설 수 있을 터였다. 시커멓고 무성한 기생식물이 아름다운 나무를 망치는 격

---

49) 당시 미루아르라는 이름의 오르간 연주자가 많았는데, 그중 가장 유명했던 연주자는 엘루아 니콜라 마리 미루아르(Eloi-Nicolas-Marie Miroir, 1746~1851)다.[편]

이었지만, 그는 그 나무에 꼭 달라붙어서 가지를 쳐내고 잘 가꾸어 멋진 열매를 수확하겠노라 다짐했다. 앙굴렘 귀족들은 군주의 성채에 이교도가 들어온 것을 보고 경악을 금치 못했다. 바르주통 부인의 살롱은 이물질이 섞이지 않은 순수 귀족들만의 사교 모임이었기 때문이다. 주교만이 규칙적으로 왕래했고, 도지사는 1년에 두세 번 초대되었으며, 세무서장은 절대 발을 들여놓을 수 없었다. 바르주통 부인은 세무서장이 주최하는 파티나 음악회에는 갔지만, 그의 집에서 저녁 식사를 한 적은 한 번도 없었다. 세무서장은 인정하지 않으면서 간접세 담당 국장에 불과한 사람을 받아들이는 것은 서열에 어긋나는 일이니만큼, 무시당한 고위층들로서는 그 상황을 도저히 용납할 수 없었다.

사회 어디서나 볼 수 있는 이러한 옹졸한 생각이나 행동을 이해할 수 있는 사람이라면 분명 바르주통 부인의 저택이 앙굴렘 부르주아들에게 얼마나 위압적이었는지 이해할 수 있을 것이다. 그러나 루모 사람들에게 이 축소된 루브르궁의 웅장함이나 앙굴렘의 랑부예 저택이라[50] 할 그 저택의 영광은 태양만큼 먼 곳에서만 빛을 발할 뿐이었다. 사방 수 킬로미터 내에서 모여드는 그 살롱의 붙박이 손님들은 하나같이 딱하도록 재치 없고, 우둔하기 그지없고, 더할 나위 없이 가련한 귀족 나리들이었다. 그곳에서는 수다스럽고 열정적이지만 진부

---

50) 랑부예 저택은 17세기에 카트린 드 비본, 랑부예 후작 부인(Catherine de Vivonne, marquise de Rambouillet, 1588~1665)이 주최한 문학 살롱으로 유명했다.

하기 짝이 없는 정치 논쟁이 한없이 이어졌는데, 그들에게는 왕당파 신문인 《라코티디엔》도 너무 미적지근했으며, 비교적 온건했던 루이 18세는 자코뱅 취급을 당했다. 여자들은 대부분 맹하고, 기품이 없고, 옷 입을 줄도 몰랐다. 다들 어딘가 모르게 불완전하고 결점이 많았다. 대화며 옷차림, 정신과 육체, 어디 하나 완벽한 구석이 없었다. 바르주통 부인에 대한 엉큼한 계획이 없었더라면, 샤틀레는 그곳을 견디지 못했을 것이다. 그럼에도 특권층의 매너와 정신, 귀족적 태도, 작은 성채를 소유한 귀족의 긍지, 예의범절에 대한 지식 등이 다른 모든 문제점을 덮어주었다. 그곳에서 고귀한 감성은 파리 상류사회에서보다 훨씬 더 실체적이었다. 미우나 고우나 부르봉 왕가를 향한 존경 어린 애착이 두드러졌다. 이 사교계는, 이런 비유가 허락된다면, 오래되어 시커매졌어도 여전히 묵직한 멋이 있는 구식 은식기에 비견될 것이다. 그들의 확고부동한 정치적 견해는 충성심을 닮아 있었다. 사교계와 부르주아 사이의 간격, 사교계 진입의 어려움 등은 그들을 고귀한 존재로 보이게 했고, 그들에게 관습적 가치를 부여했다. 밤바라의 흑인들에게는 조개껍질이 돈을 나타내듯이,51) 주민들에게 귀족들 하나하나는 각기 그 나름의 가치를 지녔다. 앙굴렘의 몇몇 여자들은 샤틀레의 아첨으로 우쭐해져서, 자기네 사교계 남자들에게는 없는 탁월함을 그에게서 발견하고 자존심이 상했음에

---

51) 발자크는 1821년 르네 카이에(René Caillié, 1799~1838)의 탐험기에서 아프리카 밤바라족이 조개껍질을 화폐로 사용한다는 기사를 읽은 것으로 추정된다.[편]

도 마음을 누그러뜨렸다. 내심 그들은 모두 황실 공주의 뒤를 잇고 싶었으리라. 순수성을 고집하는 정통주의자들은 바르주통 부인 댁에서는 불청객을 볼 수 있을지언정, 다른 어느 집에서도 그를 받아들이지 않을 것으로 생각했다. 샤틀레는 여러 차례에 걸쳐 무례한 말을 들었지만, 주교와의 관계를 돈독히 함으로써 자신의 지위를 잘 유지했다. 또 앙굴렘 여왕이 지방에서 느끼는 결핍을 헤아려, 그녀에게 신간 서적을 가져다주고 새로 나온 시들을 읽어주고 했다. 두 사람은 함께 젊은 시인들의 작품을 읽으면서 경탄해 마지않았다. 그녀는 진심으로, 그는 지루했지만 인내심으로, 낭만주의 시인들의 작품을 읽었다. 제정 시대 인물인 그는 낭만주의를 거의 이해할 수 없었다. 바르주통 부인은 백합으로 상징되는 부르봉 왕가의 영향으로 부흥한 낭만주의 문학에 열광하면서, 빅토르 위고를 '숭고한 아이'라고 불렀다는 이유로 샤토브리앙을 좋아했다. 그리고 그저 멀리서만 천재들을 그려볼 뿐이라는 사실을 애석해하며, 위대한 인간들이 사는 파리를 동경했다. 이에 샤틀레 씨는 앙굴렘에도 또 하나의 숭고한 아이가, 본인은 자신의 진가를 모르지만 파리의 반짝이는 별들보다 더 눈부신 젊은 시인이 있다는 사실을 그녀에게 알려주면 놀라운 효과가 있으리라 생각했다. 루모에도 미래의 위인 하나가 태어나 있지 않은가! 콜레주 교장이 남작에게 감탄할 만한 시 몇 편을 보여준 적이 있었다. 가난하고 보잘것없는 그 소년은 채터턴[52] 같은,

---

52) 영국 시인 토머스 채터턴(Thomas Chatterton, 1752~1770)은 중세 수

하지만 영국 시인의 정치적 비굴함도, 은인들을 비방하는 팸플릿을 쓰도록 부추기는 사회적 강자들에 대한 증오심도 없는, 비운의 시인이었다. 앙굴렘 사교계에는 바르주통 부인처럼 문학과 예술에 관심을 가지는 사람이 대여섯 명은 되었다. 그들 중 어떤 이는 음악을 좀 한답시고 바이올린을 서툴게 연주했고, 또 어떤 이는 화가라도 되는 양 흰 도화지에 세피아 물감을 칠해 댔으며, 이 사람은 농협 회장의 자격으로 떠들어댔고, 저 사람은 베이스 톤으로 사냥꾼이 소리 지르듯 「당신 몸속에 숨결이 있다면」을[53] 목청껏 불러젖혔다. 이처럼 환상 속에 살고 있는 괴상하고 엉뚱한 사람들 사이에서 바르주통 부인은 마분지로 만든 음식을 앞에 두고 허기를 느끼는 무대 위의 배우 같았다. 따라서 그녀가 그 소식을 들었을 때의 기쁨이란 이루 말할 수 없었다. 그녀는 그 시인을, 그 천사를 만나보고 싶었다! 그 시인에 푹 빠져 흥분해선 몇 시간이고 그 시인 이야기만 했다. 이틀 후, 전직 외교 특사는 교장을 만나 바르주통 부인 댁에 뤼시앵을 소개하는 일을 상의했다.

　가엾은 지방 천민들이여, 파리에서는 점점 줄어들고 있는 계층 간 사회적 거리를 뛰어넘는 것이 훨씬 어려운 지방에 사는 당신들, 쇠창살을 사이에 두고 서로를 배척하고 상대방을

도사의 이름을 필명으로 시를 발표했으나, 당시 문학계 거물들로부터 위작이라는 비난을 받았다. 가난으로 고통받던 그는 17세의 나이에 음독자살했고, 이후 낭만주의자들에게 무명의 천재 시인을 상징하는 인물이 되었다.
53) 도메니코 치마로사(Domenico Cimarosa, 1740~1801)의 오페라 『비밀 결혼』(1792) 2막 1장에 나오는 이중창이다.

바보라 부르면서 그 쇠창살의 무게에 짓눌려 있는 당신들만이 근엄하신 교장 선생님께서 뤼시앵에게 바르주통 부인 댁의 문이 열릴 거라고 말씀하셨을 때 그 청년의 머리와 가슴에 내려친 충격을 이해할 수 있을 것이다. 그의 명성이 상부 도시의 문을 열게 한 것이다! 저녁이면 다비드와 함께 보리외가를 산책하면서, 신분 낮은 사람들의 학문에는 아무 관심도 없는 그 귀족들의 귀에까지 자기들 이름이 가닿는 일은 절대 없을 것이라 말하곤 했었는데, 그때 그의 시선을 끌었던 바로 그 오래된 합각머리 지붕 저택에서 그는 환대 받게 될 터였다. 그는 누이에게만 그 비밀을 알려주었다. 살림도 잘하고 눈치도 빠른 에브는 오빠를 위해 저금해 두었던 금화 몇 개를 가지고 앙굴렘 최고의 구두점에서 구두를 샀고, 제일 유명한 양복점에서 새 옷도 한 벌 사 주었다. 가장 좋은 셔츠에 손수 빨아 주름 잡은 가슴장식을 달아주기도 했다. 그렇게 차려입은 오빠의 모습을 보았을 때 그녀는 얼마나 기뻤던가! 오빠가 얼마나 자랑스러웠던가! 얼마나 많은 충고를 해주었던가! 오빠가 이런저런 사소한 실수를 저지를 게 뻔했던 것이다. 뤼시앵에게는 걸핏하면 사색에 잠겨 자리에 앉자마자 팔꿈치를 괴는 습관이 있었다. 몸을 기대려고 책상을 끌어당기기도 했다. 에브는 성소와도 같은 귀족들의 저택에서는 그렇게 스스럼없이 행동하지 말 것을 당부했다. 그녀는 생피에르 성문까지 오빠를 배웅하려다 거의 성당 문 앞까지 갔고, 샤틀레가 기다리는 산책로를 향해 보리외가로 접어드는 오빠를 지켜보았다, 그 가없은 여인은 무슨 큰일이라도 치른 듯 가슴이 뭉클해져서는 그곳에 잠시 머물러 있었다. 바르주통 부인 댁에 초대 받은 것이 에브에게는 행운의 시작을 의미했다. 이 고결한 여인은 야망이 싹트는 곳에서 순수한 감정은 사라진다는 사실을 몰랐다. 미나주가에 도착한 뤼시앵은 저택의 외관을 보고 별로 놀라지 않았다. 상상 속에서 그토록 크게 보였던 이 루브르궁은 그 지방 특유의 무른 돌로 지어진 고색창연한 저택이었다. 거리에서 보이는 외관은 초라했고, 내부는 소박했다. 지방에서 흔히 볼 수 있는 안마당은 생기는 없었지만 깔끔했고, 수도원처럼 검소한 건축물은 잘 보존되어 있었다. 뤼시앵은 난간이 밤나무 목재인 낡은 계단을 올라갔는데, 2층부터는 계단도 돌이 아니었다. 초라한 전실(前室)과 채광이 좋지 않은 커다란 살롱을 지나자, 지난 세기의 취향으로 조각되고 회색 페인트 칠한 목재로 내벽을 두른 작은 살롱에 여왕이 있었다. 출입문 상단에는 단색화가 그려져 있었다. 별다른 장식 없이, 붉은색 낡은 다마스쿠스 천만이 벽면을 장식하고 있었고, 구식 가구는 붉은색과 흰색 격자무늬 커버 밑에 처량하게 감추어져 있었다. 초록 융단으로 덮인 둥근 탁자 앞, 조그만 누빈 방석이 깔린 소파에 앉아 있는 바르주통 부인이 시인의 눈에 들어왔다. 갓이 달린 구식 촛대의 두 촛불이 그녀를 비추고 있었다. 여왕은 자리에 앉은 채로 미소 지으며 무척이나 매력적으로 몸을 꼬았는데, 뱀처럼 너울거리는 그녀의 몸동작이 그의 마음을 뒤흔들었다. 그는 그 동작이 매우 우아하다고 생각했다. 뤼시앵의 뛰어난 미모, 그의 수줍은 태도와 목소리 등 모든 것이 바르주통 부인을 사로잡았다. 시인은 그 자체로 이미 한 편의 시였다. 젊은이는 눈에 뜨이지 않게 신중한 눈짓으로 그 여인을 살펴보았다. 과연 그녀는 명성에 걸맞아 보였다. 그가 가지고 있던 귀부인에 대한 관념에 한 치의 어긋남도 없었다. 그녀는 당시 유행에 따라 홈이 파인 검은 벨벳 베레모를 쓰고 있었다. 중세의 추억이 담긴 그 모자는 여인을 더욱 위엄 있어 보이게 했기에, 젊은 청년에게 경외심을 불러일으켰다. 모자 밑으로 삐져나온 붉은빛 도는 금발은 흐트러진 채로 빛을 받아 금빛을 띠었고, 곱슬머리 끝부분은 불꽃처럼 이글거렸다. 여인에게 황갈색 머리칼은 단점일 수 있으나, 눈부시게 환한 그녀의 얼굴빛으로 인해 그 불리한 점이 상쇄되었다. 회색빛 두 눈은 반짝였고, 눈 위로는 이미 주름지긴 했으나 대담하게 각진, 넓고 하얀 이마가 자리하고 있었다. 눈가는 어두운 진주모 빛깔이었고, 코 양쪽 끝의 푸른 핏줄 두 개가 섬세한 얼굴의 흰빛을 더욱 두드러져 보이게 했다. 코는 부르봉 왕족들의 코처럼 구부러졌는데, 이것이 콩데 가문의 왕족다운 특징을 드러내는 찬란한 요소로 작용해 그녀의 갸름한 얼굴을 더욱 열정적으로 보이게 했다. 머리카락 사이로는 목이 살짝 드러났다. 느슨하게 여민 옷섶 사이로 눈처럼 하얀 가슴이 보여서 그 안에 자리한 순결한 젖가슴을 상상할 수 있었다. 바르주통 부인은 끝을 뾰족하게 잘 손질한, 다소 마른 손가락으로 젊은 시인에게 다정하게 손짓하면서 자기 옆에 놓인 의자를 권했다. 샤틀레 씨는 소파에 앉았다. 그제야 뤼시앵은 그곳에 그들 외에 다른 사람은 아무도 없다는 사실을 알아차렸다. 바르주통 부인과의 대화는 루모의 시인을 도취시켰다. 부인 곁에서 보낸 3시간은 뤼시앵에게 영원히 지속되기를 바라는 꿈과 같았다. 그는 부인에게서 말랐다기보다는 수척해진 여인, 애인 없이 사랑에 빠진 여인, 힘이 넘침에도 병약해 보이는 여인의 모습을 보았다. 과장된 태도 때문에 더욱 두드러져 보이는 그녀의 결점마저도 그의 마음에 들었다. 젊은이들은 고매한 정신을 가진 여인들이 꾸며대는 과장된 태도를 사랑하는 경향이 있기 때문이다. 광대뼈 위로 붉은 반점이 생긴 그녀의 뺨은 권태와 고통으로 불그레한 색조를 띠면서 퇴색했지만, 뤼시앵의 눈에는 그런 것이 하나도 보이지 않았다. 온갖 상상에 빠진 그는 무엇보다도 그녀의 열정적인 눈과 빛을 발하는 우아한 곱슬머리와 눈부시게 하얀 피부에 사로잡혔고, 촛불을 향해 달려드는 나방처럼 그 찬란한 요소들에 이끌렸다. 게다가 그녀의 영혼이 그의 영혼을 향해 너무도 많은 말을 하고 있었기에, 그 여인을 제대로 판단할 수 없었다. 열광하는 여인의 활기와, 아주 오래전부터 되풀이해 와서 진부하기 짝이 없지만 그에게는 새롭기만 한 문장들에서 느껴지는 시적 감흥이 뤼시앵을 매료시켰다. 모든 것을 좋게만 보고 싶었던 만큼 더더욱 그러했다. 그는 낭독할 시를 한 편도 가져오지 않았는데, 그것이 문제되지는 않았다. 다시 올 권리를 얻을 속셈으로 일부러 시를 두고 왔던 것이다. 바르주통 부인도 다른 날 낭독시킬 요량으로 그 점에 대해 별말 하지 않았다. 이것이야말로 첫 번째 공모를 의미하는 것이 아니겠나? 식스트 뒤 샤틀레는 이 접견이 못마땅했다. 그는 이 미남 청년이 연적임을 뒤늦게 알아차리고, 자신의 술책에 끌어들일 심산으로 뤼시앵을 보리외가 아래, 비탈길의 첫 번째 모퉁이까지 데려다주었다. 자기가 그를 부인 댁에 소개했다고 간접세 담당 국장이 생색내며 늘어놓는 이런저런 충고에 뤼시앵은 적잖이 놀랐다.

"당신이 나보다 나은 대접을 받았더라면 좋았을 텐데! 궁정도 저 얼간이들의 사교계만큼 무례하진 않았답니다. 이곳에서 치명적인 상처도 입었고, 지독한 멸시도 당했지요. 그들이 스스로 개혁하지 않는다면 1789년의 대혁명은 다시 일어날 겁니다. 그럼에도 계속 이 집을 드나드는 이유는 바르주통 부인을 좋아하기 때문이지요. 앙굴렘에서 유일하게 깔끔한 여자거든요. 처음에는 그저 심심풀이로 그녀에게 구애했지만, 지금은 미치도록 사랑에 빠져버렸답니다. 머지않아 그녀를 차지할 겁니다. 그녀도 나를 사랑하고 있으니, 충분히 예상할 수 있지요. 저 오만한 여왕이 굴복한다면, 이곳 시골 귀족들 모두에 대한 유일한 복수가 될 겁니다."

샤틀레는 연적을 만난다면 그게 누구든 다 죽여버릴 수 있는 남자의 열정을 드러냈다. 제정 시대의 늙은 바람둥이는 온 힘을 다해 이 가엾은 시인에게 덤벼들면서, 자신의 위세로 그를 짓밟고 그에게 겁주려 했다. 여행 중 겪었던 위험을 잔뜩 부풀려 이야기하면서 자신을 무척이나 위대한 인물로 만들기도 했다. 하지만 그의 말이 시인의 상상력을 자극했는지는 몰라도 연적을 겁먹게 하지는 못했다.

그날 저녁 이후, 뤼시앵은 거들먹거리는 늙은이를 무시한 채, 그가 위협적인 태도를 보이며 자객처럼 저급하게 굴어도 개의치 않고 바르주통 부인 댁을 드나들었다. 처음에는 루모 사람으로서 조심스럽게 행동했지만, 엄청난 호의로 보였던 것에 금방 익숙해지면서 점점 더 자주 그녀를 보러 갔다. 그곳 사교계 사람들에게 약사의 아들은 보잘것없는 인물로 여겨졌다. 처음 얼마 동안은 나이스 집을 방문한 신사들이나 숙녀들이 뤼시앵을 만나면 마치 아랫사람에게 하듯이 지나칠 정도로 깍듯이 대했다. 뤼시앵은 그들이 무척 상냥하다고 생각했지만, 결국 그들이 보인 기만적 예의가 어디서 비롯되었는지 깨달았다. 보호자연하는 그들의 태도를 간파하자 곧이어 그의 마음에 원한이 생기면서 증오심에 불타는 공화주의 사상이 확고해졌다. 미래에 특권층에 속하게 되는 많은 이들이 처음에는 상류사회에 대해 그런 생각을 가진다. 하지만 사람들이 나이스라 부르는 저 여인을 위해 그는 얼마나 많은 고통을 견뎌야 할 것인가! 에스파냐의 대귀족들이나 빈의 **상류사회** 명사들 사이에서 그러듯이, 같은 당파의 친한 사람들끼리는 남녀 불문하고 다들 서로 애칭으로 부르곤 했는데, 이는 앙굴렘 귀족들이 스스로에게 이른바 우월 의식을 부여하기 위해 고안된 최고의 뉘앙스였다.

뤼시앵은 젊은이가 자기에게 환상을 품게 한 첫 여인을 사랑하듯이 나이스를 사랑했다. 나이스는 뤼시앵에게 눈부신 미래와 찬란한 영광이 도래할 거라고 판단했다. 바르주통 부인은 자신의 시인이 자기 집에 드나들 수 있게 하려고 갖은 술책을 썼다. 넘치도록 그를 찬양했고, 더 나아가 자기가 키워주고 싶은 가난한 청년의 전형으로 여겼다. 그를 붙잡아두려고 그를 하찮은 인물로 보이게 했으며, 낭독자나 비서로 삼기도 했다. 하지만 그녀는 그를 사랑하고 있었다. 그녀에게 닥쳤던 그 끔찍한 비련 이후로 누군가를 이토록 사랑할 수 있을까 싶을 만큼 그를 사랑했다. 속으로 자신을 나무라면서, 스무 살의 청년을, 게다가 지위로 보아도 자신과 너무 차이 나는 젊은이를 사랑하는 것은 미친 짓이라고 생각했다. 그러다 보니, 친밀하게 굴다가도 불안감이 엄습하면 자존심이 상해 변덕을 부리면서 갑자기 냉정해지기도 했다. 오만하게 굴며 보호자를 자처하다가, 다정하게 애교를 부리기도 했다. 처음에는 이 여인의 높은 지위에 주눅이 들었던 뤼시앵은 첫사랑을 괴롭히는 두려움과 희망과 절망을 맛보았으며, 고통과 쾌락이 번갈아 가하는 충격으로 인해 그 모든 감정이 그의 가슴속 깊이 새겨졌다. 처음 두 달 동안은 그녀를 어머니처럼 자신을 보살펴 줄 은인으로 생각했다. 그러다가 그들만의 속내 이야기를 나누기 시작했다. 바르주통 부인은 시인을 '사랑하는 뤼시앵'이라 부르다가, 그다음에는 그냥 '내 사랑'이라 불렀다. 대담해진 시인은 그 귀부인을 나이스라 불렀다. 그러자 그녀는 아이처럼 화를 내면서 모든 사람이 사용하는 이름으로 자기를 부르냐고 그를 나무라는 것이었다. 자존심 강하고 고귀한 네그르플리스 가문의 여인은 이 아름다운 천사에게 새로운 이름을 제안했다. 그녀는 뤼시앵에게 '루이즈'가 되고자 했다. 이제까지 그녀를 그렇게 부른 사람은 아무도 없었다. 뤼시앵은 세 번째 천국에 다다른 기분이었다. 어느 날 저녁, 누군가의 초상화를 바라보던 루이즈는 뤼시앵이 방으로 들어오자 얼른 그것을 감추었다. 뤼시앵은 그 초상화를 보고 싶었다. 처음 느끼는 질투에 절망하는 그를 달래기 위해 루이즈는 젊은 캉트 크루아의 초상화를 보여주고는 눈물을 글썽이며, 너무나 순수했지만 잔인하게 끝나버린 고통스러운 사랑 이야기를 들려주었다. 죽은 연인에 대한 배신이 가능한지를 스스로 시험했던 것일까? 아니면 그 초상화를 가지고 뤼시앵에게 연적을 만들어주려 했던 것일까? 사랑하는 여인의 마음을 분석하고 읽어내기에는 너무 어렸던 뤼시앵은 순진하게도 절망에 빠졌다. 그녀가 일종의 군사작전을 시작했던 것이다. 이런 싸움에서 여인들은 능숙한 솜씨로 조신함이라는 요새를 단단히 쌓아 올리고는, 남자가 맹렬히 공격하도록 유도한다. 의무와 예절과 종교를 두고 벌어지는 토론은 말하자면 철통 방벽이고, 여인들은 그것이 공략당하는 것을 보기를 즐긴다. 순진한 뤼시앵에게는 환심을 사기 위한 교태가 필요하지 않았으니, 그는 당연히 싸우러 나갈 터였다.

"나는 죽지 않을 겁니다. 나는 당신을 위해 살 겁니다." 어느 날 저녁 그는 캉트 크루아와의 문제를 매듭짓고자 대담하게 말하면서 극도의 열정을 담은 시선을 루이즈에게 던졌다.

이 새로운 사랑이 자신에게 또 시인에게 그토록 빨리 진전된 데 놀란 부인은 시집 첫 페이지를 장식하기로 약속한 시를 요구했다. 시 쓰기가 지연되고 있다면 시빗거리를 찾아낼 요량이었다. 그러나 다음과 같은 두 개의 시절(詩節)을 읽는 그녀의 마음은 어떠했을까? 그녀는 당연히 귀족 시인 카날리스의 가장 훌륭한 시보다 뤼시앵의 시가 훨씬 더 아름답다고 생각했다.

마술 화필도, 허황된 시의 여신도
언제나 나의 얇은 꽃잎들로 장식할 수 없으리라
충실한 독피지를.
또한 아름다운 내 연인의 은밀한 연필은
종종 내게 말해 주리라, 그녀의 비밀스러운 희열을
혹은 그녀의 말 없는 슬픔을.

아! 무거운 그녀의 손가락이 퇴색한 나의 시에게
미래에 닥칠
다채로운 운명의 이유를 물어본다면
사랑의 여신이여, 이 아름다운 여행으로
풍성해진 추억을
구름 한 점 없는 하늘처럼 감미롭게 바라보게 하소서!

"이런 시를 쓰게 만든 사람이 정말 나란 말인가요?" 그녀가
물었다.

의심하는 듯한 이런 질문은 불장난을 좋아하는 여인의 교
태에서 나온 것이었지만, 뤼시앵의 눈에는 눈물이 글썽거렸
다. 그녀는 그를 달래면서 처음으로 그의 이마에 키스했다. 뤼
시앵은 진정 그녀가 키워주고 싶은 위대한 인물이었다. 그녀는
그에게 이탈리아어와 독일어를 가르치고, 예의범절을 다듬어
주어야겠다고 생각했다. 그러면 귀찮은 아첨꾼들 앞에서 보란
듯이 그를 옆에 붙들어둘 수 있는 핑계가 될 터였다. 얼마나
의미 있는 삶인가! 그녀는 시인을 위해 다시 음악을 시작했

고, 그에게 음악의 세계를 보여주었다. 아름다운 선율의 베토벤 곡 몇 개를 연주하자 그는 황홀해졌다. 그가 기뻐하자 행복해진 그녀는 반쯤 넋이 나간 뤼시앵을 보면서 위선적으로 말했다. "이렇게 행복하다면 더 이상 바랄 게 없지 않겠어요?" 가없은 시인은 바보처럼 "네."라고 대답했다.

마침내, 일주일 전에는 루이즈가 뤼시앵을 식사에 초대해 남편 바르주통 씨와 셋이 저녁을 먹기까지 했다. 매우 조심했음에도 이 사실은 앙굴렘 전체에 알려졌고, 사람들은 이렇게 선을 넘은 행동이 실제로 있었는지 서로서로 물어보았다. 소문은 무섭게 퍼졌다. 몇몇 사람에게는 세상이 뒤집히기 직전처럼 보였고, 또 어떤 사람들은 "바로 이것이 자유주의 사상의 결과다."라고 외쳤다. 질투에 사로잡힌 샤틀레는 산모를 돌보는 샤를로트 부인이 바로 샤르동 부인, '루모 마을 샤토브리앙의 어머니'라는 사실을 퍼뜨렸는데, 그것이 재치 있는 표현으로 여겨졌다. 샹두르 부인이 제일 먼저 바르주통 부인의 집으로 달려왔다.

"아세요, 나이스? 앙굴렘 전체가 온통 그 이야기뿐인 것을? 그 애송이 시인의 어머니가 두 달 전 해산한 우리 올케를 돌봐주었던 샤를로트 부인이랍니다."

"그게 뭐 어때서요?" 바르주통 부인은 위엄 있는 태도로 말했다. "그 부인은 약제사의 홀로된 부인이 아닌가요? 뤼방프레 가문 출신 여인으로서는 가련한 운명이지요. 우리에게 재산이 한 푼도 없다고 가정해 보세요. 우린들 살기 위해 무엇을 할 수 있을까요? 당신이라면 아이들을 어떻게 먹여 살리겠어요?"

바르주통 부인의 냉랭한 태도에 귀족들은 개탄을 멈추었다. 위대한 영혼의 소유자는 언제나 불행을 미덕으로 바꿀 준비가 되어 있다. 그리고 사람들이 비난하는 선행을 고집스럽게 베푸는 일에 물리칠 수 없는 매력을 느끼곤 한다. 순수함에는 악덕이라는 가시가 존재하기 마련이다. 그날 저녁, 바르주통 부인의 살롱은 그녀를 질책하러 온 친구들로 가득했다. 그녀는 마음껏 재치를 부리며 그들을 신랄하게 비꼬았다. 그녀는 귀족 자신이 몰리에르, 라신, 루소, 볼테르, 마시용, 보마르셰, 디드로가 못 된다면, 위대한 인물이 될 아이들의 아버지인 태피스트리 직조공, 시계 제작자, 날붙이 장인을 받아들이기라도 해야 한다고 말했다. 천재는 언제나 귀족이라고도 했다. 그러고는 자기들에게 진정 이익이 되는 것이 무엇인지조차 잘 모르는 시골 귀족들을 꾸짖었다. 결국 조금 덜 멍청한 사람들에게는 도움이 될 수도 있었을 허튼소리를 많이 했지만, 그곳에 모인 이들은 그녀의 기발한 생각에 그저 감탄할 뿐이었다. 아무튼 이렇게 해서 그녀는 포격으로 폭풍우를 잠재웠다. 뤼시앵이 부인의 부름을 받고 처음으로 낡고 볼품없는 살롱에 들어갔을 때, 사람들은 네 개의 테이블에서 휘스트 게임을 하고 있었다. 부인은 그를 친절하게 맞이하면서, 복종 받고 싶은 여왕의 태도로 사람들에게 그를 소개했다. 그녀는 간접세 담당 국장을 '므시외 샤틀레'라고 부름으로써 그가 귀족 칭호 '뒤'를 부당하게 사용하고 있음을 안다는 사실을 노골적으로 드러내 샤틀레를 아연실색케 했다. 그날 저녁부터 뤼시앵은 바르주통 부인이 주최하는 사교계를 뻔질나게 드나들었다. 하지만 사교계 사람들은 모두 그를 일종의 독성 물질로 여겼고, 무례라는 시약으로 시험한 뒤에 추방하리라 다짐하면서 그를 받아들였다. 그녀는 승리를 거두었지만, 자신의 제국을 상실했다. 망명을 시도하는 이탈자들이 생겨났다. 샤틀레의 충고에 따라 샹두르 부인 아멜리가 매주 수요일 자기 집에 사람들을 초대함으로써 바르주통 부인의 제단에 대항하는 새로운 제단을 세울 결심을 했다. 바르주통 부인은 매일 저녁 살롱을 열었기에 그 집에 오는 사람들은 너무도 습관적이었다. 그들은 똑같은 도박대 앞에 앉아 똑같은 주사위 놀이를 하고, 똑같은 사람들과 촛대를 바라보고, 똑같은 복도에 외투와 신발과 모자를 벗어놓는 데 너무도 익숙해졌기에, 그 집의 안주인만큼이나 그 집 계단을 좋아했다. 그래서 그들은 모두 이 성스러운 숲에서 샤르도느레가[54] 떠드는 소리를 참고 견디기로 했다고 알렉상드르 드 브레비앙이 농담조로 말했다. 결국 농협 회장이 현학적인 소견을 제시함으로써 소요는 진정되었다.

"혁명이 일어나기 전에도 대귀족들은 뒤클로, 그림, 크레비용[55] 등 저 루모의 애송이 시인처럼 보잘것없는 신분의 사람

---

54) 방울새를 뜻하는 샤르도느레(chardonneret)에는 뤼시앵의 성 샤르동(Chardon)이 들어 있다.

55) 샤를 피노 뒤클로(Charles Pinot Duclos, 1704~1772)는 18세기 프랑스 사회 풍속을 예리하게 묘사한 백과전서파 소설가다. 프리드리히 멜키오르 폰 그림(Friedrich Melchior von Grimm, 1723~1807) 역시 백과전서파로서 프랑스에서 활동한 독일 출신 작가이자 외교관이다. 클로드 프로스페르 졸리오 드 크레비용(Claude Prosper Jolyot de Crébillon, 1707~1777, 비극 작가 크레비용의 아들)은 프랑스의 소설가다.

들을 받아들였지요. 하지만 인두세 징세관은 절대 받아들이지 않았답니다. 요컨대 샤틀레 같은 사람 말입니다."

결국 샤르동 대신 샤틀레가 희생되었고, 모두가 그를 차갑게 대했다. 바르주통 부인이 그를 '샤틀레'라고 부른 순간 그녀를 반드시 자기 여자로 만들겠노라 다짐했던 간접세 담당 국장은 자신이 공격받고 있음을 느끼자 안주인에게 동조했다. 자신이 젊은 시인의 친구라 선언하고 그를 지지했다. 황제가 어설프게 놓쳤던 이 위대한 수완가는 뤼시앵에게 호의를 보이면서 친구를 자처했다. 시인을 세상에 알리기 위해 그는 지사, 세무서장, 주둔 부대의 연대장, 해군 사관학교장, 법원장 등 고위 공직자가 모두 참석하는 만찬을 열었다. 보잘것없는 시인에겐 지나치도록 큰 환대였으니, 스물두 살 청년이 아니었다면 누구라도 그를 기만하기 위해 퍼부어대는 찬사에 감춰진 속임수를 의심했을 것이다. 후식 시간에 샤틀레는 자신의 연적에게 당시 걸작으로 여겨지던, 죽어가는 사르다나팔루스에서 영감을 받은[56] 송시(頌詩)를 낭송시켰다. 웬만해서는 동요

---

56) 그리스식 이름 사르다나팔로스(라틴어로는 사르다나팔루스)로 서유럽에 알려진, 고대 아시리아 제국의 아슈르바니팔(기원전 668∼625) 왕에 대한 전설은 19세기에 여러 예술가들에게 영감을 주었다. 영국 시인 바이런은 전쟁에서 참패한 사르다나팔로스가 궁정의 모든 보물과 자신의 정부들, 그리고 노예들과 함께 스스로 불타 죽었다는 전설을 낭만적으로 각색한 시극(詩劇) 『사르다나팔루스』(1821)를 썼고, 발자크의 친구이기도 했던 들라크루아는 바이런의 극에 감명받아 「사르다나팔루스의 죽음」(1827)을 그렸다. 소설에서 뤼시앵이 쓴 지작시는 비로 이 들리그루이의 그림에서 영감을 받은 것으로 묘사되었다.

하지 않는 교장도 그 시를 듣고는 손뼉을 치면서 장 바티스트 루소도[57] 이보다 더 시를 잘 쓰지는 못했다고 말했다. 식스트 샤틀레 남작은 이 풋내기 꼬마 시인이 언제고 찬사로 가득한 뜨거운 온실 속에서 타 죽거나, 아니면 미리 성공에 취해 무례하게 굴다가 원래의 무명 시인으로 되돌아가리라 생각했다. 그는 천재의 죽음을 기다리는 동안 바르주통 부인에 대한 자신의 야심을 포기한 척했다. 하지만 교활한 사내다운 능숙함으로 계획을 잠시 중단하고 전략적 계산에 따라 뤼시앵을 쫓아낼 기회를 엿보면서 두 연인의 동정을 살폈다. 그날 이후 앙굴렘과 그 주변 지역에 앙굴렘에 위대한 인물이 났다는 소문이 퍼졌다. 바르주통 부인은 젊은 천재를 돌보면서 그를 위해 헌신한다는 사실로 인해 많은 이들에게 칭송받았다. 일단 자신의 행위가 인정받게 되자 모두의 승인을 받고 싶어졌다. 그녀는 아이스크림과 다과를 대접하는 파티를 열겠다고 요란스럽게 도내에 알렸다. 차[茶]가 여전히 소화불량에 복용하는 약처럼 약국에서 팔리던 지역에서 그것은 대단히 혁신적인 파티였다. 뤼시앵이 낭송할 위대한 시 감상을 위해 최상층 귀족들이 초대되었다. 루이즈는 그동안 극복해 온 어려움을 뤼시앵에게 감추어왔지만, 사람들이 그에 대해 꾸미고 있는 음모에 대해서는 살짝 귀띔해 주었다. 천재가 헤쳐 나가야 할 역경을 그가 모르게 내버려둘 수 없었을 뿐 아니라, 웬만한 용기

---

57) 장 바티스트 루소(Jean-Baptiste Rousseau, 1670~1741)는 프랑스 시인, 극작가다.

로는 그 길에서 만날 장애물들을 뛰어넘을 수 없을 테니 말이다. 지난번의 승리를 통해 교훈을 얻은 그녀는 끊임없는 고통으로부터 획득한 명성의 예를 보여주었고, 헤치고 나가야 할 순교자의 화형대를 말했으며, 가장 아름다운 장광설을 늘어놓았고, 지극히 화려하고도 과장된 표현으로 자기 말을 장식했다. 그것은 소설 『코린』을 훼손하는 즉흥 연설을 모방한 것이었다.[58] 루이즈는 자신의 능숙한 말솜씨에 한없이 우쭐해져서 자신에게 영감을 준 뱅자맹을[59] 더욱 사랑하게 되었다. 그녀는 아버지의 성을 과감히 버리고 어머니의 귀족 성 뤼방프레를 쓰라고 조언했다. 국왕이 곧 승인해 줄 테니, 개명에 대해 이러쿵저러쿵하는 소리는 신경 쓸 필요 없다고도 했다. 블라몽 쇼브리 가문 출신으로 궁정에서 꽤 신뢰를 얻고 있는 데스파르 부인과 자신이 친척이니, 국왕으로부터 그러한 특혜를 받아내 주겠다는 것이었다. 국왕이니 데스파르 후작 부인이니 궁정이니 하는 소리에 뤼시앵은 불꽃놀이는 보는 것 같았다. 개명의 필요성은 입증되었다.

---

58) 『코린』은 스위스 출신의 사상가이자 작가인 스탈 부인(Madame de Staël, 1766~1817)이 1807년에 발표한 소설이다. 주인공 코린은 로마 시민들 앞에서 예술의 위대함, 여성 예술가의 지성과 감성, 자유와 사랑 등에 대해 즉흥 연설을 하면서, 여성도 이성과 예술과 철학의 주체가 될 수 있음을 주장한다. 그러나 감정의 과잉과 수사적 과장이 두드러지는 코린의 장황한 연설은 소설의 완성도를 떨어뜨린다는 비판을 받았다.
59) 스탈 부인의 연인으로, 작가이자 자유주의 성향 정치가였던 뱅자맹 콩스탕(Benjamin Constant, 1767~1830)을 암시한다. 그는 1804년에 완성된 나폴레옹 민법 집필에 참여한 바 있다.

"귀여운 사람!" 루이즈는 다정하면서도 놀리는 듯한 투로 말했다. "빠를수록 국왕의 승인도 빠를 거예요."

그녀는 사회적 지위와 계층을 하나하나 열거하면서, 그러한 능숙한 결정을 통해 얼마나 여러 단계를 단숨에 뛰어넘게 될 것인가를 깨닫게 했다. 순식간에 그녀는 뤼시앵으로 하여금 1793년의 허황된 이념인 평등에 대한 하층민의 생각을 버리게 했고, 다비드의 냉철한 이성이 잠재웠던 귀족에 대한 갈망을 일깨웠으며, 그가 있어야 할 유일한 무대는 상류사회임을 보여주었다. 증오에 찬 자유주의자는 마음속으로 왕정주의자가 되었다. 뤼시앵은 귀족의 호사와 명성이라는 사과를 깨물었다. 영주 부인의 발밑에, 피로 물든 것일지라도 반드시 영예의 화관을 갖다 바치리라 맹세했다. 무슨 수를 써서라도 반드시 그 화관을 손에 넣고 말 것이다. 자신의 용기를 증명하기 위해 그는 이제까지 루이즈에게 숨겨왔던 현재의 고통을 이야기했다. 사랑의 감정이 싹트는 초기에는 뭐라 정의할 수 없는 부끄러움을 느끼게 되고, 그 부끄러움 때문에 젊은이는 자신의 위대함을 마음대로 늘어놓지 못하는 법이기에, 이제까지 자기 이야기를 하지 않았더랬다. 자기를 드러내지 않고도 자신의 정신이 높게 평가되기를 바랐던 것이다. 자존심으로 견뎌왔던 가난의 압박을, 다비드 인쇄소에서 했던 일을, 연구에 바친 수많은 밤 등을 이야기했다. 젊은이의 열정은 바르주통 부인에게 스물여섯 살의 연대장을 떠올리게 했기에, 그녀의 시선이 부드러워졌다. 당당하던 연인이 약해지는 것을 보고 뤼시앵은 그녀의 손을 잡았고 그녀는 그가 하는 대로 내버려두었다. 그는 시인의, 젊은이의, 연인의 격정으로 그녀의 손에 키스를 퍼부었다. 루이즈는 약사 아들의 떨리는 입술이 그녀의 이마에 다가와 키스하는 것까지 허락했다.

"세상에! 어린애 같으니라고! 누가 보면 내가 얼마나 우스울까!" 그녀는 황홀한 마비 상태에서 깨어나며 말했다.

그날 저녁 내내 바르주통 부인은 재치를 발휘해 그녀가 '뤼시앵의 편견'이라 명명한 모든 것을 무너뜨렸다. 그녀의 말에 따르면, 천재들에게는 형제도 자매도 아버지도 어머니도 없다. 천재들은 위대한 업적을 이루기 위해 확실한 이기주의자가 되어야 하며, 자신의 위대함을 위해서는 모든 걸 희생해야 한다. 가족들도 처음에는 거대한 두뇌를 가진 천재의 탐욕스러운 요구로 인해 고통받지만, 나중에는 결국 승리의 열매를 함께 나눔으로써, 패권을 지키기 위해 싸우면서 치렀던 희생의 대가를 백배로 돌려받는다. 천재는 그 누구의 지배도 받지 않으며, 오로지 그만이 자기가 사용한 수단을 심판할 수 있다. 그 목적을 본인만 알기 때문이다. 법을 고치라는 부름을 받은 만큼, 그는 법 위에 존재해야 한다. 자신의 시대를 지배할 수 있는 사람은 모든 것을 가질 수 있고, 위험을 감수하고서라도 모든 것을 감행할 수 있다. 모든 것이 다 그의 것이기 때문이다. 그녀는 베르나르 드 팔리시, 루이 11세, 폭스, 나폴레옹, 크리스토퍼 콜럼버스, 카이사르 등 도박사처럼 위험을 무릅썼던 인물들의 인생 초기를 예로 들었다. 그들도 처음에는 빚투성이였거나 비참할 정도로 가난했고, 이해받지 못했으며, 미친놈, 불효자식, 나쁜 아버지, 못된 형제로 취급받았지만, 나중에는 가족과 국가와 세계의 자랑거리가 되지 않았나. 이러한 논리는 뤼시앵의 내부에 자리했던 은밀한 악덕과 잘 들어맞았기에 그의 마음속에서 꿈틀대던 타락을 부추겼다. 격렬한 욕망에 불타오른 그는 이것저것 따지지 않고 모든 수단과 방법을 다 받아들였다. 하지만 성공하지 못한다면 그것이야말로 사회적인 대역죄다. 패배자는 사회를 지탱하는 모든 시민적 덕목을 유린한 것이 아닌가? 그래서 사회는 자신의 폐허 앞에 주저앉은 마리우스[60] 같은 패전자들을 공포에 질려 쫓아내는 것이다. 감옥의 치욕과 천재의 영광 사이에서 우왕좌왕하던 뤼시앵은 고모라의 끔찍한 수의(壽衣)라 할 수 있는 사해(死海)는 굽어보지 않은 채, 예언자들이 사는 시나이산 위를 떠돌고 있었다.[61]

루이즈는 지방에서 시인의 마음과 정신을 뒤덮고 있던 배내옷의 굴레를 완전히 벗겨냈다. 그러자 뤼시앵은 거절당하는 수치를 겪지 않고 이 고귀한 먹잇감을 정복할 수 있을지 알아보기 위해 바르주통 부인을 시험하고 싶어졌다. 예고된 파티는 그것을 시험해 볼 좋은 기회였다. 그의 사랑에는 야망이

---

60) 가이우스 마리우스(Gaius Marius, 기원전 157~86)는 로마 공화정기의 평민 출신 장군이자 정치가다. 7번이나 집정관으로 당선되었으며, 로마 군단을 개혁한 인물로 유명하다. 게르만족의 침략을 격퇴해 로마에서 제3의 건국자로 불린다. 그러나 기원전 88년의 내전에서 귀족 출신 장군 루키우스 코르넬리우스 술라(Lucius Cornelius Sulla, 기원전 138~78)에 의해 패배한 후 아프리카로 도주한 바 있다.
61) 성경 속 악덕의 도시 소돔과 고모라는 이스라엘 내륙의 사해 인근이었던 것으로 전해진다. 이집트 시나이반도 남단에 위치한 시나이산은 모세가 야훼의 음성을 듣고 십계명을 받은 성스러운 장소다.

뒤섞여 있었다. 그는 사랑했고, 출세도 하고 싶었다. 사랑하는 마음을 만족시켜야 하고 궁핍과도 싸워야 하는 젊은이에게는 너무도 당연한 이중의 욕망이리라. 오늘날의 사회는 모든 아이를 똑같은 향연에 초대함으로써 인생 초기부터 그들의 야망을 일깨운다. 그리하여 사회는 젊은이들에게서 매력을 박탈하고 그들에게 타산적인 마음을 갖게 함으로써, 그들의 고귀한 감정 대부분을 타락시킨다. 시는 그렇게 되지 않기를 바랄 것이다. 하지만 젊은이를 19세기 당대의 청년들과 다르게 묘사하고자 허구를 지어내고 또 그걸 믿으려 믿으려 해도, 현실이 그 허구를 부정하는 경우는 너무나 많다. 뤼시앵은 계산적인 속셈에서 비롯한 자신의 행동을 다비드에 대한 우정이라는 아름다운 감정의 발로로 여겼다.

뤼시앵은 루이즈에게 장문의 편지를 썼다. 입으로 말하는 것보다 펜으로 쓸 때 더 대담해지기 때문이다. 세 번이나 고쳐 쓴 열두 장의 편지에서 그는 아버지의 재능과 사라져버린 희망, 그리고 그가 겪었던 끔찍한 가난을 이야기했다. 누이를 천사로, 다비드를 미래의 퀴비에로[62] 그리면서, 다비드가 위대한 인물이기에 앞서 자신의 아버지요 형제요 친구라고 썼다. 다비드에게도 자신에게와 똑같은 호의를 베풀어 달라고 그녀에게 부탁하지 않는다면, 최초의 영광인 루이즈의 사랑을 받을 자격이 없다고 생각한다고도 했다. 다비드 세샤르를 배신

---

62) 조르주 퀴비에(Georges Cuvier, 1769~1832)는 프랑스의 동물학자이자 정치가다. 비교해부학적 연구법으로 화석을 조사하고 고생물학을 창시했다.

하느니 차라리 모든 것을 포기하겠으며, 다비드가 자신의 성
공을 곁에서 지켜보길 바란다고 했다. 거절하면 권총 자살하
겠다는 젊은이들 말처럼 유치한 궤변이 가득하고, 아름다운
영혼의 무분별한 논리로 점철된 정신 나간 편지였다. 그것은
쓰는 사람 자신도 모르게 마음으로부터 우러나오는 순진한
고백으로 장식된 감미로운 객설이었다. 그런데 여인들은 그런
것을 무척이나 좋아한다. 부인의 하녀에게 그 편지를 전한 후,
인쇄소로 돌아온 뤼시앵은 다비드에게는 아무 말도 하지 않
은 채 원고를 교정하고, 몇 가지 일을 지시하고, 사소한 일들
을 정리하면서 하루를 보냈다. 젊은이들이 아직 어린이의 마
음을 가지고 있을 때는 숭고한 신중함을 유지할 줄 안다. 그리
고 어쩌면 뤼시앵은 다비드가 잘 다루는 포키온의 도끼를[63]
두려워하기 시작했는지도 모른다. 아니면 영혼 깊숙이 파고드
는 그의 투명한 시선을 두려워했는지도 모른다. 셰니에의 시
를 낭송한 후 뤼시앵은 마음속에 간직하던 비밀을 발설하고
말았으니, 아마도 의사가 손으로 상처를 만지는 것처럼 다비
드가 자신을 질책하는 것 같은 느낌이 들어서였을 것이다.

　이제 뤼시앵이 앙굴렘에서 루모로 내려오는 동안 그를 괴
롭혔던 생각들을 살펴보자. 그 귀부인은 화가 났을까? 다비드

---

63) 아테네의 군인이자, 엄격하면서도 통찰력 있는 정치가였던 포키온
(Phocion, 기원전 402~317)은 공개 토론에서 다수 의견에 거침없이 반대
의견을 피력한 것으로 유명하다. 이에 그와 대립하던 데모스테네스가 포키
온을 일컬어 "나의 연설을 도끼로 난도질하는 자"라고 불렀다. 날카로운 비
판에 능하다는 의미다.

를 자기 집에 받아들일까? 야심을 부렸다가 루모의 구덩이로 추락해 버리는 것은 아닐까? 루이즈의 이마에 키스하기 전에는 여왕과 총아 사이에 너무나 먼 거리가 존재함을 느꼈음에도, 자기가 다섯 달이나 걸려 넘어간 그 간극을 다비드는 한 순간에 뛰어넘지 말란 법이 없다고 생각했다. 하층민에 대해 사용하는 배척이라는 말이 얼마나 절대적인지 모르는 뤼시앵은 자신에 이어 다비드까지 불러들인다면 부인은 파멸임을 알 수 없었다. 천한 사람들과 교제함으로써 품위를 떨어뜨렸음이 입증되면, 그녀가 속한 계급의 사람들은 중세에 나환자를 피했듯이 그녀를 피할 것이고, 루이즈는 그 도시를 떠날 수밖에 없을 것이다. 나이스가 다른 어떤 과오를 범한다면 순수 귀족 집단은 그녀를 방어해 줄 것이고 주교까지도 그녀를 옹호할 테지만, 천한 무리와 어울린다면 절대로 용서받지 못할 것이다. 권력자는 과오를 저질러도 용서받지만, 권력을 내준 후에는 처벌받기 마련이다. 그런데 다비드를 받아들인다면 그것은 권력을 포기하는 것이 아닌가? 뤼시앵은 그런 문제까지 파악할 수 없었지만, 귀족적 본능에 따라 다른 여러 어려움을 예감했기에 불안하기 짝이 없었다. 고귀한 감정을 가졌다고 해서 반드시 태도까지 고귀한 것은 아니다. 라신이 고귀한 궁정인의 풍채를 지녔다면, 코르네유는 소 장수와 많이 닮았고, 데카르트는 유능한 네덜란드 상인의 모습이었다. 라브레드 성의[64] 방문객이 어깨에 갈퀴를 둘러메고 머리에는 나이트캡을

---

64) 프랑스 남서부 지롱드 지역의 라브레드에 있는 성으로, 철학자 샤

쓰고 있는 몽테스키외와 마주칠 때면, 그를 보잘것없는 정원사로 여기곤 했다. 사교계의 예법이란, 고귀한 출생 덕분에 타고났거나 젖을 빨면서 혹은 피를 통해 전달되지 않았다면, 우아한 몸매와 수려한 용모와 목소리의 매력적인 음색 덕분에 우연히 얻게 되는 하나의 '소양'이다. 사소하면서도 중요한 이것들을 다비드는 갖추지 못했던 반면, 그의 친구 뤼시앵은 그걸 갖고 태어났다. 어머니 쪽으로 귀족의 피가 흐르는 뤼시앵은 프랑크족 특유의 볼록한 발을 가지고 있었던 반면, 다비드의 발은 갈리아족 혹은 켈트족의 발처럼 평평했으며, 인쇄공인 아버지의 풍채를 지니고 있었다.[65] 뤼시앵에게는 다비드를 향해 쏟아지는 야유가 들렸고, 웃음을 참고 있는 바르주통 부인의 모습이 보이는 듯했다. 결국, 형제 같은 친구에 대해 수치심을 느낀 것은 아니었지만, 그를 초대하려는 처음의 생각을 고집하지 말고 그 문제에 관해서는 나중에 다시 논의하리라 마음먹었다. 이렇듯 시와 헌신의 시간이 지나고, 새로운 태양

를 루이 드 세콩다 몽테스키외(Charles Louis de Secondat Montesquieu, 1689~1755)가 태어나고 자란 곳이다. 보르도의 명문가로, 라브레드와 몽테스키외의 남작(baron de la Brède et de Montesquieu)이었던 그는 젊은 시절 보르도 법원장 등을 지냈고, 파리 사교계에 진출해 명성을 날렸으나, 3년에 걸친 유럽 일주 여행을 마치고 돌아와 그동안 구상한 책을 집필하기 위해 고향인 라브레드의 성에 칩거했다. 그가 20년에 걸쳐 쓴 대표작 『법의 정신』(1748)은 근대 법학 및 정치학의 근간이 되었다.

65) 라인강 유역을 거점으로 활동했던 서게르만족인 프랑크족이 고대로부터 원주민이었던 갈리아족 혹은 켈트족을 정복했다. 그런데 갈리아족이나 켈트족의 발은 평평했던 반면, 프랑크족의 발은 볼록했기에, 정복자였던 프랑크족은 납작한 발을 경멸했다고 한다.

아래 밝게 빛나는 문학 세계를 두 친구에게 보여준 낭독의 시간도 지난 후, 뤼시앵에게는 정치와 타산의 시간이 도래했다. 루모로 돌아가면서 그는 그런 편지를 쓴 것을 후회했다. 사교계의 냉혹한 규범을 금방 깨달았으니 그 편지를 돌려받고 싶었으리라. 야망을 달성하는 데 있어서 그가 얻은 행운이 얼마나 큰 도움이 될지 잘 아는 그로서는 영광에 이르기 위해 올라가야 할 사다리의 첫 칸을 밟기도 전에 발을 빼는 것이 너무도 괴로운 일이었다. 그때 싱싱한 꽃에 비유할 수 있는 아름다운 감정이 넘치는 단순하고도 평온한 삶의 이미지가 떠올랐다. 고결한 마음씨로 그를 도우면서 필요하다면 목숨까지도 내줄 천재적인 다비드, 몰락했음에도 여전히 고귀함을 간직한 채 아들이 영특할 뿐 아니라 착하기도 하다고 믿고 있는 어머니, 체념 속에서도 우아함을 잃지 않는 여동생, 너무도 순수한 유년기와 아직은 오염되지 않은 그의 양심, 어떤 삭풍도 그 잎을 떨어뜨리지 못한 그의 희망들, 이 모든 것이 그의 추억 속에서 다시 피어났다. 그러자 한 여인의 호의 덕분에 출세하는 것보다, 혼자 힘으로 성공해 수많은 귀족이나 부르주아 무리를 무찌르는 편이 훨씬 멋지다는 생각이 들었다. 사회를 정복했던 선배들의 천재성이 빛났듯이 그의 천재성은 언제고 빛날 것이고, 그때가 되면 여인들도 그를 사랑하게 되리라! 19세기에 너무도 치명적이었기에 그토록 많은 평범한 이들에게 야망을 불어넣었던 나폴레옹의 예를 떠올린 뤼시앵은 타산적이었던 자신을 책망하면서 앞서 가졌던 생각을 내던져 버렸다. 뤼시앵은 그런 사람이었다. 악에서 선으로 갈 때도, 선에서 악으로 갈 때처럼 쉽게 넘어갔다. 지식인들은 자신의 안식처를 사랑한다. 하지만 한 달 전부터 뤼시앵은 약국을 보면 수치심을 느꼈다. 약국 문 앞에 초록 바탕에 노란 글씨로 다음과 같이 쓰여 있었기 때문이다.

포스텔 약국, 샤르동의 계승자

온갖 마차들이 지나다니는 장소에 이렇게 적힌 아버지의 이름이 눈에 거슬렸다. 저녁때 조악한 격자 쇠창살이 달린 작은 문을 지나 보리외가로 가서, 상부 도시의 가장 우아한 젊은이들 틈에서 바르주통 부인의 팔짱을 낄 때면, 이 집과 자기 앞에 놓인 행운이 부합하지 않는다는 사실을 깨달으면서 무척이나 속이 상했다.

'바르주통 부인을 사랑하고 이제 곧 그녀를 차지할지도 모르는데, 이렇게 비좁고 지저분한 집에서 살다니!' 그는 오솔길을 통해 작은 안뜰로 들어서며 생각했다. 삶은 약초 더미가 벽을 따라 널려 있고, 수습공은 실험 냄비를 문질러 닦고 있었으며, 약제사 앞치마를 두른 포스텔은 증류기를 손에 들고 눈으로는 연방 가게를 흘긋거리며 화학물질을 시험하고 있었다. 그의 눈은 지극히 신중하게 화학물질을 지켜보는 듯했지만 그의 귀는 초인종 소리로 향했다. 카모마일과 민트와 여러 가지 정제된 식물의 향이 안뜰과 수수한 아파트를 가득 채우고 있었다. 그곳으로 가려면 방앗간 계단이라 불리는 일직선으로 뻗은 계단을 올라가야 했는데, 그 계단에는 두 개의 밧줄 외에 다른 난간이 없었다. 그 위로 하나뿐인 다락방이 있었고, 뤼시앵이 그 방을 썼다.

"이제 들어오나, 아들?" 포스텔이 말했다. 그는 지방에서 흔히 볼 수 있는 전형적인 상점 주인의 모습이었다. "어디 아픈 데는 없고? 내가 방금 당밀을 가지고 실험했다네. 내가 찾는 것을 발견하려면 자네 부친이 계셨어야 해. 대단한 분이셨지! 통풍 치료에 관한 그분의 비법을 알았더라면, 오늘날 우리는 둘 다 돈 걱정 없이 살았을 텐데!"

좋은 사람이긴 했지만 그만큼 눈치도 없었던 약사는 아버지가 발명의 비법을 철저히 비밀에 부쳤다는 치명적인 사실을 말함으로써 뤼시앵의 가슴을 후벼 파지 않고는 한 주도 그냥 넘어가는 법이 없었다.

"참으로 안타까운 일이지요." 아버지의 제자를 아주 시시하게 여기기 시작한 뤼시앵이 짤막하게 대답했다. 전에는 종종 그에게 고마움을 표시하곤 했었다. 성실한 포스텔이 여러 차례에 걸쳐 옛 주인의 홀로된 부인과 아이들에게 도움을 주었기 때문이다.

"무슨 볼일이라도 있나?" 실험용 테이블 위에 시험관을 내려놓으며 포스텔이 물었다.

"혹시 제게 편지 온 거 있나요?"

"응, 있어. 그런데 편지에서 향기가 나던데! 계산대 위 내 책상 옆에 있네."

바르주통 부인의 편지가 약병 사이에 섞여 있다니! 뤼시앵은 약국 안으로 뛰어 들어갔다.

“빨리 와, 오빠! 저녁 먹어야지. 1시간 전부터 기다리고 있었어. 음식이 식겠어.” 반쯤 열린 창을 통해 에브가 예쁜 목소리로 소리쳤지만 뤼시앵의 귀에는 아무것도 들리지 않았다.

“오빠는 지금 정신이 나갔답니다, 아가씨.” 포스텔이 고개를 들고 말했다.

불그레한 마맛자국으로 덮인 얼굴을 작은 브랜디 통 위에 올려둔 듯한, 어떤 화가의 기발한 인물화를 닮은 그 독신자는 에브를 바라보며 정중하고도 상냥한 표정을 지었다. 그 태도로 보아 그는 마음속에서 사랑과 이해타산 사이의 싸움을 끝내지 못한 채, 전임자 딸과의 결혼을 고려하고 있음이 분명해 보였다. 그래서 뤼시앵이 그의 옆을 지날 때마다 웃으면서 종종 하던 말을 다시 했다. “자네 동생은 정말 예뻐! 자네도 잘생겼지! 자네 아버지는 뭐든지 다 잘하셨다니까.”

에브는 갈색 피부에 검은 머리와 푸른 눈을 가진 늘씬한 여인이었다. 남성적인 성격을 지닌 것처럼 보였지만, 부드럽고 상냥하고 헌신적이었다. 천진난만함, 순진함, 힘든 삶에 대한 조용한 체념, 나무랄 데 없는 현명함, 이런 것들이 다비드 세샤르의 마음을 사로잡았을 것이다. 그래서 처음 만났을 때부터 두 사람 사이에는 독일식의 조용하고도 단순한 열정이 싹텄다. 요란한 의사표시도, 서둘러 하는 고백도 없었다. 그들은 마치 자기들의 사랑으로 상처 입은 질투심 많은 남편 때문에 어쩔 수 없이 헤어지기라도 한 듯이 남몰래 서로를 생각했다. 두 사람 다 뤼시앵에게는 아무 말도 하지 않았다. 혹여 그에게 해가 될까 걱정했기 때문이다. 다비드는 에브의 마음에 들지 않을까 두려웠고, 에브는 가난 때문에 소심해져 있었다. 진짜 여공이었다면 과감했을 것이다. 그러나 몰락한 귀족 가문의 후예로 예의 바른 소녀였던 에브는 자신의 슬픈 운명에 순응했다. 겉으로는 겸손해 보였지만 실제로는 자존심이 강했기에 부자로 알려진 사람의 아들에게 달려들고 싶지 않았다. 그 당시, 부동산의 치솟는 가치를 아는 사람들은 세샤르 영감의 마르사크 땅을 8만 프랑 이상으로 평가했다. 저축으로 부자가 되고, 수확에서 많은 이윤을 남기고, 매매에 능한 그 영감이 기회를 노리면서 추가로 사들였을 토지를 제외하더라도 말이다. 아마도 다비드만이 자기 아버지의 재산에 대해 아무것도 모르고 있을 것이다. 그에게 마르사크는 1810년에 아버지가 1만 5000인가 6000프랑을 주고 산 누추한 집에 불과했으며, 1년에 한 번 추수철이면 아버지가 포도밭 사이로 데리고 다니면서 수확을 자랑하던 곳이었다. 하지만 다비드는 관심이 없었기에 수확한 포도를 쳐다보지도 않았다. 고독에 익숙한 학자는 사랑의 어려움을 과장되게 느끼면서도, 그 감정을 키워갔고, 자신의 사랑이 응원받기를 바랐다. 다비드에게 에브는 일개 수습공이 선망하는 귀부인보다 더 위엄 있고 당당한 여인이었다. 사랑하는 우상 곁에서는 서툴고 불안해져서 도착하자마자 서둘러 떠나기에 바쁜 인쇄업자는 자신의 열정을 표현하지 못한 채 마음에 담아두고 있었다. 저녁때가 되면 그는 종종 뤼시앵을 보러 갈 핑계를 만들어낸 후 뮈리에 광장으로 내려가 팔레 문을 통해 루모까지 내려가서도, 초록 쇠창살 문 앞에 이르면 너무 늦게 오지 않았나 걱정하면서, 혹은 아마도 이미 잠자리에 들었을지도 모르는 에브가 귀찮아하지 않을까 염려하면서 도망치곤 했다. 그의 위대한 사랑은 사소한 것들에서 드러날 뿐이었지만, 에브는 그것을 잘 이해했다. 다비드의 시선, 다비드의 말, 다비드의 태도를 통해 자신이 깊이 존경받고 있음을 알고 기분이 좋았지만, 그것에 대해 자만하지는 않았다. 인쇄업자의 가장 큰 매력은 뤼시앵에 대한 광신이었다. 그는 에브의 마음을 끌 수 있는 최고의 수단을 간파했던 것이다. 그 말 없는 사랑의 환희가 떠들썩한 열정과 어떤 점에서 다른지 말하려면, 화단에 핀 눈부신 꽃과 들꽃을 비교해 보면 될 것이다. 물 위에 떠 있는 푸른 연꽃처럼 부드럽고 섬세한 시선, 찔레꽃의 은은한 향기처럼 순간적으로 스치고 지나가는 표정들, 이끼처럼 부드러운 애수! 그들은 비옥하고 풍요롭고 변치 않는 땅에서 태어난 아름다운 영혼을 가진 두 송이 꽃이었다. 에브는 이미 여러 차례 그의 소심한 성격 밑에 감추어진 용기와 힘을 파악했다. 그녀는 다비드가 차마 하지 못한 말까지도 헤아릴 수 있었기에 극히 사소한 사건만으로도 그들의 영혼은 더욱 긴밀히 이어질 수 있었다.

에브가 방문을 열어놓은 것을 보고 뤼시앵은 아무 말 없이 식탁보도 덮이지 않은 엑스 자형 다리의 작은 테이블 앞에 앉았다. 식탁 위에는 식기들이 놓여 있었다. 가난하고 보잘것없는 살림이라 은 식기는 세 벌뿐이었는데, 에브는 사랑하는 오빠를 위해 그것들을 전부 사용했다.

"뭘 읽고 있어?" 그녀는 불에서 꺼낸 음식을 식탁에 놓고 이동식 화로에 쇠뚜껑을 덮어 불을 끈 후에 물었다.

뤼시앵은 대답하지 않았다. 에브는 포도 잎이 예쁘게 그려진 작은 접시를 집어 크림이 잔뜩 담긴 사발과 함께 식탁 위에 놓았다.

"자, 오빠, 오빠를 위해 딸기를 샀어."

편지를 읽느라 너무도 열중해 있었기에 뤼시앵의 귀에는 아무 말도 들리지 않았다. 그래서 에브는 말없이 오빠 옆으로 가서 앉았다. 오빠가 자신을 허물없이 대하는 것이 여동생에게는 커다란 기쁨이었다.

"도대체 무슨 일이야?" 그녀는 오빠의 눈에 눈물이 고이는 것을 보고 놀라서 물었다.

"아니, 아무것도 아니야, 에브." 그는 에브의 허리를 잡고 자기 쪽으로 끌어당긴 후 그녀의 이마와 머리칼과 목에 놀랄 만큼 열정적인 키스를 퍼부으면서 대답했다.

"내게 뭔가를 감추고 있구나."

"저기 말이야, 그녀가 날 사랑해!"

"오빠가 키스한 사람이 내가 아니라는 건 알겠어." 가엾은 누이는 얼굴을 붉히면서 토라진 투로 말했다.

"우린 모두 행복해질 거야." 뤼시앵은 수프를 듬뿍 떠먹으면서 소리쳤다.

"우리라고?" 에브는 '우리'라는 뤼시앵의 말을 되풀이했다. 다비드를 사로잡았던 것과 똑같은 예감이 든 그녀가 이렇게 덧붙였다. "오빠는 우리를 덜 사랑하게 될 거야!"

"나를 잘 알면서 어떻게 그런 생각을 할 수 있어?"

에브는 손을 내밀어 오빠의 손을 꼭 잡았다. 그러고는 빈

접시와 흙으로 빚은 수프 그릇을 치운 후 준비한 요리를 내밀었다. 음식은 거들떠보지도 않은 채 뤼시앵은 바르주통 부인의 편지를 다시 읽었다. 신중한 에브는 편지를 보여달라는 말을 하지 않았다. 그만큼 오빠를 존중했다. 오빠가 보여주고 싶다면 보여줄 때까지 기다려야 하고, 그렇지 않다면 어떻게 그것을 요구하겠는가? 그녀는 기다렸다. 편지 내용은 다음과 같았다.

친구여, 내가 당신께 드렸던 도움을 학문적으로 당신의 형제라 할 뛰어난 분에게 거절할 리 있나요? 내가 볼 때, 재능을 가진 사람들은 모두 동등한 권리를 가지고 있어요. 하지만 당신은 내가 속한 사교계 사람들의 편견을 몰라요. 무식함에 있어 가히 탁월하다 할 만한 그 사람들에게는 정신의 고귀함을 인식시켜 줄 수 없을 겁니다. 그들에게 다비드 세샤르 씨를 받아들이게 할 만큼의 힘이 내게 없다면 나는 당신을 위해 기꺼이 그 불쌍한 사람들을 희생시키겠어요. 그것은 고대에 행해졌던 인간 제물과도 같을 겁니다. 하지만 친구여, 당신은 설마 생각이나 태도에 있어 내 마음에 들지 않을 수도 있는 사람을 친구로 받아들이라는 것은 아니겠지요? 그 친구에 대해 과도한 칭찬을 늘어놓는 것을 보면서, 우정으로 인해 얼마나 쉽게 판단력이 흐려질 수 있는지 알겠더군요! 당신의 의견에 동의하기 전에 한 가지 조건을 제시한다면 나를 원망하겠어요? 당신이 오해하지 않는다면, 내가 직접 당신의 친구를 보고 그를 판단하면서, 당신이 착각하고 있는 건 아닌지 알아보고 싶어요. 당신의 미래

를 위해서지요. 이것이야말로, 나의 사랑하는 시인이여, 당신을
위해 가져야 하는 어머니의 임무이자 배려가 아닐까요?

루이즈 드 네그르플리스

상류사회에서는 '아니요'라고 말하기 위해 '네'라는 말을,
'네'라고 말하기 위해 '아니요'라는 말을 얼마나 기술적으로
사용하는지 뤼시앵으로서는 알 턱이 없었다. 그에게 이 편지
는 승리를 의미했다. 다비드는 바르주통 부인 댁으로 갈 것이
고, 그곳에서 위풍당당하게 천재성을 발휘할 것이다. 자기의
영향력을 믿게 만든 승리에 취한 뤼시앵은 자신만만한 태도
를 보였다. 희망에 넘친 그의 얼굴에서 찬란한 광채가 빛나고
있었기에, 여동생은 오빠가 너무 멋지다고 말하지 않을 수 없
었다.

"그 부인이 총명하다면, 분명 오빠를 사랑할 거야! 하지만
오늘 저녁에는 애가 탈걸. 온갖 여자들이 오빠에게 갖은 애교
를 다 부릴 테니까. 오빠가 쓴 시 '밧모의 성 요한'을[66] 낭독할
때 오빠는 정말 멋있을 거야. 나도 생쥐가 되어 그곳으로 몰래
들어가고 싶다! 엄마 방에 오빠 옷을 준비해 두었으니 가 봐."

그 방은 초라했지만 단정했다. 하얀 커튼이 드리워진 호두
나무 침대가 하나 있었고, 그 밑에는 얇은 초록색 융단이 펼
쳐져 있었다. 가구라고는 거울 달린 목제 서랍장 하나와 호두

---

66) 사도 요한은 예수가 가장 사랑하는 제자 중 하나였으며, 그가 그리스
밧모(Patmos) 섬에 유배되었을 때 받은 다분히 환상적인 계시를 적은 것이
신약성경의 「요한계시록」이다.

나무 의자뿐이었다. 벽난로 위에 걸려 있는 추시계는 유복했던 지난 시절을 회상케 했다. 창문에는 흰색 커튼이 쳐 있고, 벽은 회색 꽃무늬 벽지가 발려 있었으며, 바닥은 에브가 색을 칠하고 열심히 왁스를 칠해 깨끗하고 반들거렸다. 방 한가운데에 자리한 작은 원탁 위에는 리모주산 도자기 찻잔 세 개와 설탕 그릇이 놓인, 금빛 장미 무늬의 붉은 쟁반이 있었다. 에브는 바로 옆에 있는 작은 방에서 지냈는데, 좁은 침대 하나와 낡은 안락의자 하나, 그리고 창문 가까이에는 작업용 책상이 있었다. 선실처럼 옹색했기에 환기를 위해서는 유리창이 달린 방문을 항상 열어두어야 했다. 그 방의 물건들에서는 궁핍함이 드러났지만, 근면한 삶의 검소함이 느껴졌다. 어머니와 두 자녀를 아는 사람들은 그 광경에서 애처로우면서도 조화로운 삶의 모습을 보곤 했다.

뤼시앵이 넥타이를 매고 있을 때, 작은 안뜰로부터 다비드의 발소리가 들렸다. 인쇄업자는 금방 나타났다. 빨리 오려고 서둔 듯한 표정과 걸음걸이였다.

"다비드, 우리가 승리했어. 그녀는 날 사랑해! 너도 갈 수 있어." 야심가가 소리쳤다.

"아니야." 인쇄업자는 당황해하면서 말했다. "네 우정에 감사하려고 온 거야. 네가 애쓰는 것을 보고 진지하게 고민해 봤어. 뤼시앵, 내 인생은 이미 정해져 있어. 나는 앙굴렘의 왕실 인쇄업자 다비드 세샤르야. 내 이름은 곳곳에 나붙은 벽보들 하단에 박혀 있어. 그 계급 사람들에게 나는 일개 장인에 불과해. 말하자면 장사꾼이지. 뭐리에 광장 한구석에 있는 보리외가에 상점을 가진 사업자 정도랄까. 나는 아직 은행가 켈러만큼 부자도 아니고, 명의(名醫) 데플랭처럼 명성이 높지도 않아. 두 사람은 두 종류의 권력을 상징하지. 그런데 귀족들은 그 두 사람의 권력조차 인정하려 들지 않거든. 사실, 이 점에서는 나도 동의하지만, 그들도 처세술과 귀족다운 태도가 없다면 아무것도 아닌 사람들이야. 하물며 나는 무엇으로 이 갑작스러운 출세를 정당화할 수 있겠어? 귀족들뿐만 아니라 부르주아들도 나를 조롱할걸. 하지만 넌 달라. 인쇄 감독은 아무것에도 얽매이지 않아. 성공을 위해 필요한 지식을 얻으려 일하고 있을 뿐이니, 지금 하는 일은 네 미래를 위한 것이라고 설명할 수 있거든. 게다가 너는 당장 내일이라도 다른 일을 할 수 있어. 법학이나 외교학을 공부하거나 관공서에 들어갈 수 있잖아. 그러니까 너는 아직 제대로 평가되지도, 일자리가 확정되지도 않은 거야. 사회적으로 아무런 때도 묻지 않은 지금의 상태를 잘 이용하면서 혼자 전진해 영광을 거머쥐어! 기꺼이 온갖 쾌락을 맛보라고. 허영으로부터 나온 쾌락일지라도 말이야. 행복해지라고! 나는 너의 성공을 즐길게, 너는 또 다른 내가 될 테니. 그래. 나는 마음속으로 네가 되어 네 삶을 살겠어. 파티와 사교계의 화려함과 그곳에서 벌어지는 책략은 너의 몫이야. 나는 상인의 근면하고 소박한 삶을 살면서 과학이라는 느린 작업을 택할게. 너는 우리의 귀족이 되는 거야." 그는 에브를 쳐다보면서 말했다. "네가 비틀거리면 내 팔로 너를 잡아줄게. 누군가의 배신으로 고통받는다면, 우리의 마음에서 안식을 구할 것이고, 변치 않는 사랑을 발견하게 될 거야. 보호도 호의도 선의도, 두 사람에게 나눠주어야 한다면 사람들도 지칠 것이고, 그러면 우리는 서로에게 해를 끼치게 돼. 앞으로 나아가! 필요하다면 나를 끌고 들어가도 돼. 부러워하기는커녕 난 너를 위해 모든 걸 바치겠어. 네 후원자, 아니 연인을 잃게 될 위험을 무릅쓰고까지, 나를 버리거나 부인하지 않고 나를 위해 네가 한 일, 극히 사소해 보이지만 실은 엄청나게 큰 그 일이 우리를 영원히 결속시켜 줄 거야. 물론 우리는 이미 형제처럼 지내고 있지만. 더 좋은 몫을 차지한 것처럼 보인다고 해서 양심의 가책을 느끼거나 걱정할 필요 없어. 한쪽이 다 가져가는 불공정한 몽고메리식[67] 배분이 내 취향에는 딱 맞거든. 네가 내게 고통을 줄지라도, 나는 언제나 너에게 고마워할 거야." 그 말을 하면서 다비드는 에브를 향해 수줍은 시선을 보냈다. 모든 것을 다 알아차렸기에, 그녀의 눈에는 눈물이 고였다. 그는 놀란 표정을 짓고 있는 뤼시앵에게 말했다. "넌 잘생겼고 몸매도 날씬하고 옷도 잘 입잖아. 평범한 난징산(産) 무명 바지에 노란 단추가 달린 푸른 연미복만 입어도 귀족처럼 보인다니까. 반면에 나는 사교계 사람들 사이에서 노동자로 보일 거야. 서툴고 어색해서 바보 같은 말만 해 대거나, 아니면 아무 말도 못 할걸. 이름이 주는 편견을 따르려면 너는 어머니 성을 따라 뤼시앵 드 뤼방프레라는 이름을 사용할 수도 있어. 하지만 나는 다비드 세샤르이고 앞으로도

---

67) 몽고메리는 노르망디의 가장 유서 깊은 가문의 하나고, 노르망디에는 장자에게 전 재산을 몰아주는 풍습이 있다.[편]

영원히 다비드 세샤르일 거야. 네가 가는 사교계에서는 모든 것이 네게 도움이 되겠지만, 내게는 해가 될 뿐이야. 너는 그곳에서 성공하도록 태어났어. 여자들은 천사 같은 네 얼굴을 흠모하겠지. 그렇지 않아요, 에브?"

뤼시앵은 다비드에 달려들어 뜨겁게 포옹했다. 그의 겸손함 덕분에 많은 의혹과 많은 어려움이 해소되었다. 자신은 야망을 위해 깊이 고민했건만 그는 우정을 위해 똑같은 고민을 했다니, 그런 친구를 어떻게 두 배로 사랑하지 않을 수 있을까? 야심가도 사랑에 빠진 자도 앞길이 평탄하게 느껴졌고, 두 청년의 마음은 밝아졌다. 그것은 인생을 살다 보면 아주 드물게 경험하는 순간, 모든 힘이 서서히 모이고, 모든 악기의 줄이 떨리면서 충만한 소리를 내는 그런 순간이었다. 하지만 그토록 아름다운 영혼을 가진 이의 현명한 태도 앞에서도 뤼시앵은 모든 것을 자기와 결부시켜 유리하게 해석했다. 우리는 모두 어느 정도 루이 14세처럼 "짐은 국가다!"라고 말한다. 어머니와 누이의 절대적 애정과 다비드의 헌신, 자신을 그 세 사람의 숨은 노력의 대상으로 생각하는 습관은 그를 버릇 나쁜 아이로 만들었고, 고귀함을 좀먹는 이기심을 길러냈다. 이에 더해 바르주통 부인이 누이와 어머니와 다비드에 대한 의무나 도리를 잊으라고 부추겨 그의 이기심을 북돋웠다. 그는 아직 그렇게까지는 되지 않았다. 하지만 야망의 범위를 넓혀 나가고 그 자리를 지키기 위해서는 오로지 자기 자신만 생각해야 한다는 사실에 두려움을 느껴야 하지 않을까?

감동의 시간이 지나자, 다비드는 뤼시앵에게 '밧모의 성 요한'은 너무 성경적이라 묵시록 같은 시에 익숙지 않은 사교계 사람들 앞에서 읽기엔 별로라고 지적해 주었다. 샤랑트도(道)에서 가장 까다로운 관중 앞에 등장하는 뤼시앵은 불안해 보였다. 다비드는 그에게 앙드레 셰니에의 시를 가져가, 불확실한 즐거움 대신 확실한 즐거움을 제공하라고 충고했다. 뤼시앵의 시 낭송은 완벽하니 사람들은 분명 그가 읽는 시를 좋아할 테고, 남의 시를 읽는 겸손한 태도도 좋게 보일 것이다. 대부분의 젊은이들이 생각하듯, 그들도 사교계 사람들은 지성과 미덕을 갖추었을 것으로 생각했다. 아직 실패를 겪어본 적 없는 젊은이가 다른 사람들의 잘못에 관대하지 않다면, 그것은 그들 또한 자기처럼 훌륭한 신념을 가지고 있다고 생각하기 때문이다. '이해한다는 것은 동등하다는 것이다'라는 화가 라파엘로의 명언을 깨닫기 위해서는 인생의 수많은 경험이 필요하다. 일반적으로 프랑스에는 시를 이해하는 데 필요한 감각을 가진 사람이 드물다. 프랑스에서는 황홀경 속에서 흐르는 성스러운 눈물의 원천이 재치로 인해 빨리 고갈되며, 아무도 숭고함을 개척하고 그것의 깊이를 측정해 무한성을 밝혀내려 하지 않는다. 뤼시앵은 그처럼 무식하고 냉정한 사교계 사람들을 처음으로 경험하려는 참이었다! 그는 시집을 가지러 다비드의 집으로 갔다.

두 연인만 남게 되자 다비드는 인생의 그 어느 순간보다도 더 당황스러웠다. 어색하고 불안해진 그는 그녀의 칭찬을 원하면서도 그 칭찬이 두려웠고 도망치고 싶었다. 수줍음도 그 나름대로 일종의 애교일 수 있다! 가엾은 연인은 감사의 말을 기다리는 것처럼 보일까 봐 아무 말도 못 했다. 말이란 전부 위험하다고 생각했기에, 죄인처럼 침묵을 지켰다. 그토록 겸손한 사람이 괴로워하고 있음을 짐작한 에브는 그 침묵을 은근히 즐겼다. 하지만 다비드가 모자를 비비 꼬면서 가려고 하자, 미소 지으며 말했다.

"다비드 씨, 바르주통 부인 댁에 가시지 않는다면 저와 함께 저녁을 보내세요. 날씨도 좋은데 샤랑트 강변을 산책하지 않으실래요? 뤼시앵에 관한 이야기도 나누고요."

다비드는 이 매력적인 여인 앞에 무릎 꿇고 싶었으리라. 에브의 목소리에는 기대하지 못했던 보상이 담겨 있었다. 그녀는 다정한 말로 어색한 상황을 단숨에 정리했다. 그녀의 제안은 칭찬 이상의 것, 사랑이 보여준 첫 번째 호의였다.

"잠깐만요," 다비드가 출발하려 하자 그녀가 말했다. "옷 갈아입고 올 테니 잠시만 기다려주세요."

생전 노래라고는 몰랐던 다비드가 콧노래를 흥얼거리며 나가자, 순진한 포스텔은 깜짝 놀라면서 에브와 인쇄업자의 관계를 강하게 의심했다.

성격상, 첫인상으로 모든 것을 결정해 버리는 경향이 있는 뤼시앵은 그날 저녁 모임의 아주 사소한 것들에도 큰 영향을 받았다. 경험 없는 연인들이 흔히 그러듯이, 너무 일찍 도착하는 바람에 루이즈는 아직 거실에 나와 있지 않았다. 그곳에는 바르주통 씨 혼자 있었다. 뤼시앵은 벌써 유부녀의 정부들이 행복을 얻기 위해 취하는 다소 비굴한 행동을 터득하기 시작했다. 그런 비굴함을 통해 유부녀의 애인은 행복을 얻을 것이

며, 그 비굴함은 여인들이 애인에게 얼마나 요구할 수 있는지
판단하는 척도가 된다. 뤼시앵은 아직 바르주통 씨와 단둘이
대면한 적이 없었다.

이 귀족 신사는 어느 정도 사태를 파악하면서 남에게 해를
끼치지는 않는 무능과, 아무것도 받지 않고 아무것도 돌려주
지 않는 거만한 멍청함 사이에 조용히 자리 잡고 있는 소인배
라 할 수 있었다. 사교계에 대한 의무감에 사로잡힌 그는 사
람들을 상냥하게 대하려고 노력하면서, 무희의 미소를 유일
한 언어로 채택했다. 기분이 좋아도 기분이 나빠도 미소 지었
다. 새로운 재앙이 덮쳐도 행복한 소식이 들려도 미소 지었다.
상황에 따라 표정만 조금씩 달라질 뿐, 그의 미소는 모든 것
에 대한 답이었다. 직접적으로 절대적 동의를 표현해야 할 때
면 친절하게 웃으면서 자신의 미소를 강조했으며, 마지막에 가
서야 한마디를 던지곤 했다. 그런 그에게 일대일 대면은 단조
로운 삶을 복잡하게 만드는, 유일하게 당혹스러운 상황이었다.
그렇게 되면 그는 텅 빈 거대한 내면으로부터 무엇이라도 찾
아내야 했다. 대부분의 경우, 그는 유년 시절의 순진한 습관을
끄집어내 곤란한 상황에서 벗어나곤 했다. 생각나는 대로 말
하고, 자기 삶의 세세한 부분까지 털어놓는 것이었다. 자신의
욕구나 사소한 감정 등을 이야기했는데, 그에게 그런 것들은
거의 사상에 가까웠다. 그는 비가 온다거나 날씨가 좋다거나
하는 이야기는 하지 않았다. 곤경에서 벗어나기 위해 바보들
이나 하는 상투적인 이야기도 하지 않았다. 일상의 가장 내밀
한 관심사를 건드렸다. "바르주통 부인을 기쁘게 하려고 오늘

아침 그녀가 무척 좋아하는 송아지 고기를 먹었더니, 소화가 안 되는 바람에 여간 고생이 아니랍니다. 그럴 걸 잘 알면서도 매번 이 모양이라니까요! 도대체 왜 그런 건지 설명 좀 해주시 겠어요?" 혹은 "종을 울려 설탕물을 가져오라고 할 참인데, 당 신도 한 잔 드릴까요?" 혹은 "내일 말을 타려 합니다. 장인어 른을 뵈러 가려고요." 이런 짧은 몇 마디 말은 그저 '네'나 '아 니요'라는 답만 도출할 뿐 토론으로 이어질 수 없기에, 대화 는 거기서 끝나고 만다. 그러면 바르주통 씨는 숨을 헐떡이는 늙은 개의 코처럼 납작한 코를 옆으로 돌리면서 방문객에게 도움을 청하곤 했다. 마치 당신은 어떻게 생각하시나요?라고 묻 듯, 홍채의 색이 서로 다른 커다란 두 눈으로 방문객을 바라 보는 것이었다. 자기 이야기를 하고 싶어 안달하는 지루한 사 람들을 지극히 존중했고, 세심한 주의를 기울여 성의껏 그들 의 말을 들어주었기에, 그 사람들에게는 그가 무척이나 소중 한 존재가 되었다. 앙굴렘의 수다쟁이들은 그가 지성을 겸비 했음에도 겉으로 드러내지 않아 제대로 평가 받지 못하고 있 다고 주장했다. 그들은 자기 말을 들어주는 사람이 없을 때면 그 신사에게 다가와, 찬사로 가득한 미소를 확신하면서 이야 기나 논증을 마치곤 했다. 아내의 살롱은 항상 만원이었고, 그 곳에서 그는 대개 편안했으며, 사소한 일에 전념했다. 예를 들 어, 누가 오는지 살피다가 손님이 도착하면 미소 지으며 인사 한 후 그를 아내에게 데려갔다. 또 누가 가는지 살피다가 변함 없는 미소로 작별 인사를 받으며 손님을 전송했다. 파티가 열 기를 띠고 각자 자기 일에 몰두하는 것을 보게 되면, 이 행복한 말 없는 신사는 정치 이야기를 듣는 척하면서 황새처럼 긴 두 다리로 버티고 서 있었다. 도박에는 젬병이었기에 아무것도 이해하지 못하면서도 카드놀이 하는 사람들을 지켜보기도 했고, 담배 연기를 들이마시며 소화시키기 위해 산책하기도 했다. 그의 삶에서 아나이스는 멋진 동반자였다. 그녀는 그에게 무한한 기쁨을 주었다. 아내가 집주인 역할을 할 때면 안락의자에 앉아 아내를 찬미하곤 했다. 자기를 대신해 자기가 할 말을 다 해주고 있었으니까. 그는 아내의 문장에서 재치를 찾아내는 것을 즐거움으로 삼았다. 그런데 종종 아내가 한 말을 한참 후에야 이해했기 때문에, 마치 땅속에 박혀 있던 포탄이 잠에서 깨어나 터지듯 뒤늦게야 미소 짓곤 했다. 아내에 대한 그의 존경심은 거의 숭배의 경지에 이르렀다. 누군가를 숭배한다면 그것만으로도 충분히 인생의 행복을 느낄 수 있지 않을까? 재치 있고 관대한 아나이스는 그러한 자신의 이점을 남용하지 않았다. 남편은 그저 지배당하는 것 외에는 아무것도 요구하지 않는 아이처럼 다루기 쉬운 남자임을 알아챘기 때문이다. 그녀는 외투를 건사하듯 남편을 보살폈다. 그가 청결을 유지하게 하고, 솔질해 주고, 곁에서 배려했다. 바르주통 씨는 배려받고, 솔질되고, 보살핌을 받는다고 느끼면서 강아지처럼 맹목적인 애정을 바쳤다. 돈 한 푼 안 들이고 남을 행복하게 해주는 건 얼마나 쉬운 일인가! 남편에게는 그저 식도락의 쾌락만이 존재한다는 사실을 파악한 바르주통 부인은 항상 훌륭한 저녁 식사를 준비시켰다. 그녀는 남편에게 연민의 정을 느꼈기에, 한 번도 남편에 대해 불평한 적이 없었다. 부인의 침묵이 자존심 때문임을 모르는 몇몇 사람들은 바르주통 씨에게 남모르는 미덕이 있으려니 생각하기도 했다. 게다가 그녀는 남편을 군대식으로 훈련하면서 규율을 잡았기에, 아내의 명령에 대한 그 남자의 복종은 절대적이었다. 그녀가 "아무개 씨를 방문하세요."라든가 "아무개 부인을 방문하세요."라고 말하면, 그는 보초 서러 가는 군인처럼 그곳으로 갔다. 그러다 보니 부인 앞에서는 받들어총의 부동자세를 취하곤 했다. 그 당시, 이 말 없는 신사를 국회의원 후보로 지명하는 문제가 논의되고 있었다. 뤼시앵은 이 집을 드나든 지 그리 오래되지 않았기에, 상상도 못 할 그의 성격을 감추고 있는 베일을 들출 수 없었다. 바르주통 씨가 안락의자에 깊숙이 몸을 파묻은 채 침묵을 통해 위엄을 지키면서 모든 것을 보고 모든 것을 다 이해하는 듯 보였기에, 뤼시앵에게는 대단히 위압적으로 느껴졌다. 상상력이 풍부한 사람들은 모든 것을 과장하거나, 모든 태도에 심오한 의미를 부여하는 경향이 있다. 그런 성향이 농후한 뤼시앵은 그를 화강암 표지석으로 여기지 못하고 무서운 스핑크스라고 생각해, 이 남편의 비위를 맞추기로 했다.

"제가 제일 먼저 왔군요." 그는 사람들이 이 신사를 대하는 것보다 조금 더 존경을 표하면서 그에게 인사했다.

"당연합니다." 바르주통 씨가 대답했다.

뤼시앵은 그 말을 질투심 많은 남편의 독선으로 해석하고는 얼굴을 붉혔다. 침착을 잃지 않으려고 그는 거울을 바라보며 자세를 가다듬었다.

"루모에 사시지 않습니까." 바르주통 씨가 말했다. "먼 곳에 사는 사람들은 항상 가까이 사는 사람보다 일찍 도착하는 법이지요.”

“왜 그럴까요?” 뤼시앵은 상냥한 태도로 물었다.

“글쎄요. 저도 모르지요.” 바르주통 씨는 그렇게 말하면서 특유의 부동자세로 돌아갔다.

“왜 그런지는 생각해 보지 않으셨군요.” 뤼시앵이 다시 말했다. “관찰력 있는 사람이라면 이유를 찾아낼 수 있답니다.”

“아! 결정적 이유라! 에! 또! 그러니까…….”

뤼시앵은 거기서 중단된 대화에 활기를 주려고 머리를 쥐어짰다.

“부인께서는 아마도 옷을 입고 계신가 보죠?” 그는 말했다. 그러고는 자신이 얼마나 바보 같은 질문을 했나 싶어 몸서리쳤다.

“네, 아내는 옷을 입고 있습니다.” 남편은 자연스럽게 대답했다.

대화를 이어갈 말을 찾지 못한 뤼시앵은 눈을 들어 돌출된 두 개의 들보를 쳐다보았다. 회색 페인트가 칠해진 들보 사이에는 천장화(天障畵)가 그려져 있었다. 얇은 천을 벗기고 불 밝힌 초들을 박아 놓은, 오래된 크리스털 장식이 늘어진 작은 샹들리에를 보고는 그것이 곧 떨어질 것만 같아 불안해졌다. 가구들은 덮개를 벗겨 놓았는데, 붉은색의 동방풍 돈을무늬 비단에 새겨진 꽃은 빛이 바래 있었다. 이러한 준비는 특별한 모임을 예고하는 것이었다. 시인은 자기 복장이 예의에 어긋나지는 않는지 걱정했다. 장화를 신고 있었기 때문이다. 그는 어리둥절하기도 하고 두렵기도 해서 루이 15세 시대에 유행하던 꽃장식 달린 콘솔 위에 놓인 일본제 화병을 보러 갔다. 그러고는 남편에게 아첨하지 않으면 그의 기분이 상할까 봐 두려워, 그가 좋아하는 화제를 찾아내려 애썼다.

그는 바르주통 씨를 향해 다시 발걸음을 돌리면서 물었다. "시내 밖으로 나가시는 경우는 거의 없으신가요?"

"드물지요."

다시 침묵이 흘렀다. 바르주통 씨는 의심 많은 암고양이처럼 자신의 휴식을 방해하는 뤼시앵의 일거수일투족을 감시했다. 그들은 서로를 두려워하고 있었다.

'너무 자주 와서 날 의심하는 걸까? 나한테 꽤 적대적인 것처럼 보이거든.' 뤼시앵은 생각했다.

바로 그때, 뤼시앵에게는 다행스럽게도, 제복 입은 늙은 하인이 샤틀레의 도착을 알렸다. 이리저리 왔다 갔다 하는 그를 지켜보는 바르주통 씨의 불안한 눈길을 견디기 힘들던 참이었다. 남작은 자연스러운 태도로 들어와 친구인 바르주통 씨에게 인사한 후, 뤼시앵에게는 고개만 까딱해 보였다. 당시 유행하던 인사법이었지만, 시인에게는 돈 있는 사람의 거만한 행동으로 보였다. 식스트 뒤 샤틀레는 눈이 부실 정도로 하얀 바지를 입었는데, 발밑으로 끈을 걸어 바지의 주름을 팽팽하게 유지했다. 세련된 구두를 신었으며, 스코틀랜드산 실로 짠 양말을 신고 있었다. 하얀 조끼 위로는 코안경을 건 검은 리본이 펄럭였다. 검은 연미복은 파리식으로 세련되게 재단되어 그 진가를 발휘했다. 그의 전력이 말해 주듯이 그는 진정 잘생기고 겉멋에 충실한 사내였다. 하지만 나이가 들면서 배가 조금 나왔기에 세련된 멋쟁이 축에 들기는 어려웠다. 여행하면서 고생한 덕분에 하얗게 센 머리와 구레나룻을 염색했는데, 그렇게 함으로써 딱딱한 인상을 주었다. 예전에는 무척이나 섬세했던 그의 얼굴빛은 인도에서 돌아온 사람처럼 구릿빛이 되었다. 혼자 거드름 피우는 꼴이 우스꽝스럽긴 했지만, 그래도 황족의 명을 받드는 상냥한 비서관의 모습이었다. 그는 코안경을 끼고 뤼시앵의 무명 바지와 장화와 앙굴렘에서 만든 푸른 연미복을, 연적의 모든 것을 관찰했다. 그러고는 '이만하면 됐군.' 하고 말하듯이, 냉정한 태도로 조끼 주머니 속에 코안경을 집어넣었다. 이 재력가의 세련미에 압도된 뤼시앵은 관객들 앞에서 시 낭송할 때 생기 넘치는 얼굴을 보여줌으로써 그에게 복수하리라 다짐했다. 그러나 바르주통 씨가 자기에게 적대감을 가지고 있다고 생각했기에 무척이나 고통스러웠고, 마음속으로는 계속 불안했다. 남작이 자기 재산의 무게 전체로 뤼시앵을 힘껏 짓눌러 버림으로써 그의 가난을 더욱 모욕하는 것 같았다. 이제 더 이상 말을 안 해도 될 것으로 생각했던 바르주통 씨는 두 연적이 서로 쳐다보기만 할 뿐 아무 말 없이 침묵을 지키자 난감하기 짝이 없었다. 그에게는 아무리 노력해도 할 말을 찾지 못할 때, 갈증을 씻어주는 배[梨]처럼 고이 간직해 둔 질문이 하나 있었다. 그는 바로 지금이 그 질문을 던질 때라고 판단하고는 바쁜 듯이 샤틀레에게 물었다.

"그런데, 므시외, 새로운 소식이 좀 있나요? 사람들 사이에 떠도는 소문 같은 것 말이에요."

“글쎄요,” 간접세 담당 국장이 짓궂게 대답했다. “새 소식이라면 샤르동 씨지요. 그에게 직접 물어보세요. 아름다운 시를 가져오셨나요?” 활기 넘치는 남작은 관자놀이에 드리워진 굵은 곱슬머리가 흐트러졌다고 생각했던지, 그것을 다시 쓸어 올리면서 물었다.

“제가 시를 잘 썼는지 알려면 남작님께 여쭤봤어야 했습니다.” 뤼시앵이 대답했다. “저보다 먼저 시를 쓰셨잖아요.”

“무슨 그런 말씀을! 자기만족을 위해 쓴 유쾌한 통속곡 몇 편, 유행가를 흉내 낸 노랫말들, 음악을 곁들이면 그럴듯해 보이는 연애시들, 부오나파르테의[68] (배은망덕한 놈이죠!) 누이에게 바친 대서사시 정도니, 후세에 남을 만한 것들은 아니지요!”

바로 그때, 바르주통 부인이 정성스레 옷을 차려입고, 눈부시게 아름다운 모습으로 나타났다. 그녀는 동양풍 보석 단추가 달린 유대인의 터번을 두르고 있었다. 목 주위에는 얇은 스카프를 우아하게 둘렀으며, 그 밑으로 카메오 목걸이가 빛났다. 채색된 모슬린 드레스는 반소매였기에 희고 아름다운 팔에 겹겹이 두른 팔찌가 잘 드러나 보였다. 뤼시앵은 이 연극적인 복장에 매료되었다. 샤틀레는 여왕에게 역겨운 찬사를 정중히 늘어놓았고, 이에 그녀는 즐거운 미소를 지었다. 그만큼

---

68) 복고왕정 귀족들은 코르시카섬 출신인 보나파르트를 경멸적으로 이탈리아식 발음인 ‘부오나파르테’라고 불렀다. 나폴레옹이 태어나기 1년 전인 1768년까지 코르시카가 이탈리아 제노바 공국에 속해 있었기에, 어린 시절의 나폴레옹에게는 이탈리아어가 더 익숙했다.

뤼시앵 앞에서 칭찬받는 것이 기뻤다. 그녀는 시인과 간단히 시선만 교환했고, 간접세 담당 국장에게는 친밀하지 않다는 표시로 예절 바르게 대함으로써 그의 자존심을 상하게 했다.

그때 초대 받은 사람들이 도착하기 시작했다. 제일 먼저 주교와 부주교가 등장했다. 위엄 있고 엄숙한 두 사람은 서로 완벽한 대조를 이루었다. 주교는 키가 크고 말랐으며, 부주교는 키가 작고 뚱뚱했다. 두 사람 다 눈에는 광채가 가득했지만, 주교는 창백했고 부주교는 건강 상태가 좋아 혈색이 붉었다. 둘 다 신중해 보였고, 제스처가 크지 않았으며, 별로 움직이지도 않았다. 그들의 조심성과 침묵은 위압감을 주었다. 그들은 재치 있는 사람들로 통했다.

두 사제에 뒤이어 샹두르 부부가 도착했다. 지방을 모르는 사람이라면 환상적이고 기발하다고 생각할 만큼 그들은 아주 괴상한 인물들이었다. 아멜리는 스스로를 바르주통 부인의 적수로 여겼다. 그녀의 남편 샹두르 씨의 이름은 스타니슬라스였는데, 그는 구체제 시절의 귀족으로 마흔다섯 살임에도 여전히 날씬했지만, 얼굴은 체처럼 구멍투성이였다. 그의 목을 감싼 스카프식 타이는 항상 좌우 양쪽 끝이 위협적으로 보이도록 매여 있었는데, 한쪽은 오른쪽 귀 높이까지 솟아 있고, 다른 쪽은 십자 훈장의 붉은 리본을 향해 아래로 내려와 있었다. 연미복 꼬리는 심하게 말려 있었다. 앞면이 넓게 트인 조끼 사이로는, 풀 먹여 빳빳하게 부풀리고 묵직한 금은 세공 장식 핀으로 고정한 셔츠가 드러나 보였다. 그의 복장은 전체적으로 너무 과장되어 그 모습이 마치 풍자화처럼 보였기에, 그를 처음 보는 사람들은 웃지 않을 수 없었다. 스타니슬라스는 만족스러운 눈길로 끊임없이 자신을 아래위로 훑어보고, 조끼의 단추 숫자를 확인하고, 딱 달라붙은 바지가 그리는 구불구불한 곡선을 살펴보고, 자기 다리를 사랑스럽게 훑어 내려가 장화 끝에 시선을 멈추기도 했다. 그렇게 자기의 모습을 바라본 다음, 거울 앞으로 다가가 머리의 컬이 아직 잘 살아 있는지 확인했다. 그는 손가락 하나를 조끼 주머니에 찔러 넣고 몸은 뒤로 젖힌 채 옆으로 돌아서서는 뿌듯한 시선을 여자들에게 던지며 말을 걸곤 했다. 그가 미남으로 통하는 사교계에서 그러한 교태는 성공을 거두었다. 대부분의 경우 그의 말에는 18세기식 음담패설이 섞여 있었다. 그런 종류의 고약한 화술 덕분에 그는 여자들에게 인기가 있었다. 여자들을 웃겼기 때문이다. 샤틀레가 등장하자 그는 불안해지기 시작했다. 실제로, 잘난 척하는 그 간접세 담당 국장의 거만한 태도에 호기심이 생기고, 자기를 의기소침한 상태에서 벗어나게 하는 것은 불가능하다고 주장하는 그의 가식에 자극받고, 쾌락에 지쳐 무감각해진 술탄의 화법에 끌린 여자들은, 바르주통 부인이 앙굴렘의 바이런에 반한 후에는, 그가 처음 왔을 때보다도 더 열렬히 이 남자와 친해지려 했다. 아멜리는 키가 작고 뚱뚱하며 머리는 검고 피부는 흰, 어설픈 희극배우 같은 여자였다. 모든 것을 과장해서 크게 말했으며, 여름에는 깃털을 겨울에는 꽃을 머리에 장식하고는 아양을 떨곤 했다. 엄청난 수다쟁이였지만, 숨겨온 천식 때문에 식식거리는 소리를 내지 않고는 한 문장도 끝낼 수 없었다.

키가 크고 뚱뚱하고 혈색 좋은, 아스톨프라는 이름의 농협 회장 생토 씨가 아내에게 끌려 나타났다. 마른 고사리처럼 생긴 그 부인을 사람들은 릴리라 불렀는데, 엘리자의 줄임말이었다. 어딘가 모르게 어린애 같고 유치한 느낌이 나는 이 이름은 엄숙하고, 극도로 독실하며, 어렵고 까다로운 카드놀이 상대인 그녀의 성격이나 태도와는 어울리지 않았다. 아스톨프는 일류 학자로 통했다. 무식하기 짝이 없음에도 농업 사전에 설탕과 브랜디에 관한 두 개의 논문을 썼는데, 그 주제를 다룬 모든 신문과 옛 문헌에서 세세한 부분까지 모조리 베낀 것들이었다. 도내에서는 모두들 그가 현대식 경작법에 대한 논문에 몰두하고 있다고 믿었다. 오전 시간을 줄곧 서재에 틀어박혀 지냈지만, 그는 12년이 지나도록 아직 두 쪽도 쓰지 못했다. 누군가 그를 만나러 오면, 갑자기 서류를 뒤지거나 사라진 메모를 찾거나 펜촉을 다듬었다. 그는 서재에 머무는 대부분 시간을 쓸데없는 일로 보냈다. 오랫동안 신문을 읽거나, 칼로 병마개에 무언가 새기거나, 종이 받침에다 공상적인 그림을 그리거나, 키케로를 뒤적여 그 당시 일어나는 사건들에 적용할 만한 의미가 담긴 문장들을 재빨리 찾아내곤 했다. 그리고 저녁이 되면, "키케로가 쓴 책에는 작금의 현실을 위해 쓰인 것 같은 문장이 있답니다."라고 말할 수 있는 주제로 대화를 끌고 가서는 그 구절을 낭송했다. 그러면 청중은 깜짝 놀라 "아스톨프는 정말 박식하군요."라고 되풀이해서 말하는 것이었다. 이러한 흥미로운 사실은 도시 전체로 퍼져서, 사람들은 생토 씨에 대해 터무니없이 미화된 믿음을 갖게 되었다.

생토 씨 부부 다음에는 바르타 씨가 왔는데 그의 이름은 아드리앵이었다. 그는 저음으로 노래하면서 음악에 대단히 조예가 깊은 사람 행세를 했다. 처음에는 자기애를 만족시키기 위해 솔페지오 악보 앞에 앉았는데, 노래하면서 자신의 노래 솜씨에 감탄해 남들 앞에서 노래 부르기 시작하더니, 그다음에는 음악에 대해 말하기 시작했고, 마침내 음악에만 몰두하게 되었다. 음악에만 빠져 있는 편집증을 보였으며, 음악에 대해 말할 때만 생기가 돌았고, 누군가 그에게 노래를 청하기 전까지는 저녁 내내 침울해 있었다. 일단 목청 높여 신나게 노래를 부르고 나면 그의 인생은 시작되었다. 그는 으스댔고, 찬사를 받으면서 발뒤꿈치를 들곤 했다. 겸손한 척했지만, 사람들의 칭찬을 들으려고 이 그룹 저 그룹을 돌아다녔다. 한 바퀴 돌고 나면 다시 음악으로 돌아와, 곡의 어려움에 대해 논쟁을 시작하거나 작곡가를 찬양했다.

세피아화의 대가인 알렉상드르 드 브레비앙 씨는 괴상망측한 그림들로 친구들의 방을 오염시키고, 도에 있는 벽보란 벽보는 다 망쳐놓는 화가였다. 그는 바르타 씨와 함께 왔다. 그 두 사람은 각각 상대방 부인의 팔짱을 끼고 있었다. 추잡한 소문에 의하면 그들의 바꿔치기는 완벽했다고 한다. 롤로트로 불리는 샤를로트 드 브레비앙 부인과 피핀으로 불리는 조제핀 드 바르타 부인은 둘 다 숄과 장신구와 여러 색깔의 조합에 신경 쓰면서 파리 여인처럼 보이고 싶어 애쓰느라고 살림을 소홀히 하는 바람에, 그들의 집 안은 꼴이 말이 아니었다. 인형처럼 꼭 끼는 싸구려 옷을 입고 있는 두 부인의 모습이

괴이한 색깔들의 전시 출품작처럼 보였다면, 그 남편들은 예술가연하느라고 촌사람처럼 아무렇게나 입고 있어 기묘한 느낌을 주었다. 구겨지고 너절한 복장으로 인해 그들은 결혼식에 초대된 상류사회 인사들로 등장하는 소극장 단역배우처럼 보였다.

살롱에 들이닥친 인물 중 가장 독특한 사람 중 하나는 세농슈 백작이었다. '귀족적으로' 자크라 불리는[69] 그는 굉장한 사냥꾼이었고, 거만하고 무뚝뚝했으며, 얼굴은 햇볕에 그을어 거무스레했다. 그는 멧돼지처럼 귀엽고 베네치아 사람처럼 의심 많고 무어인처럼 질투심이 강했는데, 집안의 친구인 오투아, 즉 프랑시스와는 무척이나 사이좋게 지내고 있었다.

세농슈 부인 제피린은 키가 크고 아름다운 여인이었다. 하지만 간열(肝熱)이 있어 얼굴에 벌써 불긋불긋한 반점이 올라왔고 이 때문에 그녀는 까다로운 여자로 통했다. 날씬한 몸매와 몸의 섬세한 비율에서는 번민하는 듯한 태도가 드러났는데, 그게 어딘가 꾸민 듯 부자연스러워 보이면서도, 한편으로는 열정과 더불어 사랑받는 여인으로서 항상 충족되는 변덕이 느껴졌다.

프랑시스는 꽤 뛰어난 인물이었으나, 지진(Zizine)이라고도 불리는 제피린 곁에서 살기 위해 발렌시아 영사직과 외교관으로서의 미래를 포기하고 앙굴렘으로 들어온 남자였다. 이 전

---

69) '자크'는 평민이나 하층민의 대표적 이름인데 여기에 '귀족적으로'라는 수식어를 붙여 비틀고 있다. 이런 아이러니를 통해 작가는 세농슈 백작의 모순성을 드러내려는 듯하다.

직 영사는 집안을 돌보고, 아이들의 교육을 담당하고, 그들에게 외국어를 가르쳤으며, 지극히 헌신적으로 세농슈 부부의 재산을 관리했다. 앙굴렘의 귀족들과 관리들과 부르주아들은 오랫동안 세 사람의 완벽한 결합을 비난했다. 하지만 결국 삼위일체를 이루는 가정의 신비는 너무나 귀하고 아름다웠기에, 만일 오투아가 결혼하려는 기색이라도 보였다면 그는 엄청나게 부도덕한 사람으로 여겨졌을 것이다. 게다가 자신의 시녀 노릇을 하는 대녀(代女) 마드무아젤 드 라에를 세농슈 부인이 지나치게 예뻐하는 것을 두고 사람들은 둘의 관계를 의심하기 시작했다. 표면적으로, 즉 날짜 상으론 도무지 불가능해 보였음에도, 프랑수아즈 드 라에와 프랑시스 오투아는 놀랄 만큼 닮은 구석이 있었다. 자크가 근처로 사냥을 나가면, 사람들은 자크에게 프랑시스의 소식을 물었고, 그러면 그는 아내 이야기는 제쳐두고, 자발적으로 집사가 된 그 남자의 별것 아닌 병치레 소식을 장황하게 늘어놓는 것이었다. 그토록 질투심 많은 남자가 아무것도 보지 못하는 것이 하도 놀라워서 자크의 가까운 친구들은 그 사실을 누설하기를 즐겼고, 그 비밀을 모르는 사람들에게 그것을 알려줌으로써 그들을 즐겁게 했다. 겉멋이 잔뜩 든 멋쟁이 신사 오투아는 본인의 신변잡사에 예민하게 집중한 나머지 어리광 부리는 어린애처럼 되고 말았다. 그는 자신의 기침과 수면과 소화와 음식에 몹시 신경을 썼다. 제피린은 집사를 허약한 남자로 만들었다. 따뜻한 누비옷을 입히고, 끈 달린 모자를 씌우고, 온갖 약을 다 먹였다. 귀부인의 강아지처럼 좋은 음식으로 포동포동 살찌웠으며, 이런저런 음식을 먹으라고 권하거나 금지했다. 조끼와 넥타이 끄트 머리와 손수건에 수를 놓아주기도 했다. 항상 예쁜 옷만 입고 예쁜 물건들만 지니는 데 익숙하게 만들어, 그를 일종의 일본 식 우상으로 변모시켰다. 게다가 두 사람의 의견은 언제나 일 치했다. 지진은 무슨 이야기가 나올 때마다 프랑시스를 쳐다 보았고, 프랑시스는 지진의 눈에서 자기 생각을 끌어내는 것 같았다. 그들은 비난할 때도 웃을 때도 함께했으며, 가장 간단 한 인사말을 할 때조차 서로 의논하는 것처럼 보였다.

근방에서 가장 부유한 지주로서 모든 이들의 부러움과 시 기를 동시에 받는 피망텔 후작과 그의 아내가 왔다. 연금 수입 은 4만 리브르에 이르며 겨울은 파리에서 보내는 후작 부부 는 이웃인 라스티냐크 남작 부부와[70] 함께 시골에서 사륜마 차를 타고 왔다. 남작 부인의 숙모와 남작 부부의 두 딸도 그 들과 함께 왔는데, 가난하지만 젊고 매력적이며 예의 바른 두 딸은 소박한 옷차림으로 타고난 아름다움을 더욱 돋보이게 하 고 있었다. 그들은 분명 거기 모인 사람들 중 가장 엘리트에 속했지만, 사람들은 차가운 침묵과 질투 섞인 존경심을 가지 고 그들을 맞이했다. 특히 바르주통 부인이 그들을 각별히 예 우해 맞아들이는 것을 보고는 더욱 그랬다. 이 두 가문은 지 방에서는 보기 드물게 쑥덕공론과 상관없이 처신하고 어떤 모 임에도 가담하지 않으며, 조용히 은거해 살기에 아무도 범접 할 수 없는 위엄을 지니고 있었다. 피망텔 씨와 라스티냐크 씨

70)『고리오 영감』의 주인공 외젠 드 라스티냐크의 부모를 가리킨다.

는 이름이 아닌 후작이나 남작 등의 작위로 불렸다. 그들의 아내와 딸들은 앙굴렘의 그 어떤 파벌과도 섞이지 않았다. 그들은 궁정 귀족과 너무 가까웠기에 시시한 지방 인사들과는 어울릴 수 없었던 것이다.

마지막으로 지사와 장군이 도착했다. 그들은 아침에 다비드의 인쇄소에 누에 관련 논문을 맡기러 왔던 시골 귀족과 함께 왔다. 그는 아마도 좋은 토지를 소유한 덕분에 존경받는, 어느 시골의 면장쯤 되는 것 같았다. 그런데 생김새나 복장으로 보아서는 사교계에서 완전히 배제된 사람으로 보였다. 그는 예복이 불편했고 손을 어디에 두어야 할지 몰랐으며, 말하면서 상대방 주위를 어슬렁거리는가 하면, 사람들이 말을 걸면 답하기 위해 일어났다가 다시 앉곤 해서, 마치 주인을 섬길 준비가 되어 있는 하인처럼 보였다. 지나치게 공손하다가도 불안해했고 심각해지기도 했다. 누군가 농담하면 열심히 웃고, 비굴할 정도로 귀를 기울였으며, 가끔은 사람들이 자기를 조롱한다고 생각해 의심하는 듯한 표정을 짓기도 했다. 자신의 논문 생각에 여념이 없던 그는 야회 도중 몇 번이나 누에에 관해 말하려고 시도했다. 하지만 그 가엾은 세브라크 씨는 그의 질문에 음악으로 답하는 바르타 씨나, 키케로를 인용하는 생토 씨 같은 사람에게만 걸려드는 것이었다. 야회가 중반에 접어들었을 때, 이 가엾은 면장은 마침내 어느 과부와 그녀의 딸과 의기투합하게 되었다. 브로사르 모녀는 모임에서 누구 못지않게 흥미로운 인물들이었다. '귀족이면서 가난하다'라는 한마디가 그들에 대한 모든 것을 말해 주었다. 이 여인들은 옷에 장신구 비슷한 것을 달고 있었는데, 그것은 오히려 그들이 숨기고 싶은 가난을 더 드러내 보였다. 키 크고 뚱뚱한 스물일곱 살의 아가씨로서 피아노를 잘 친다고 알려진 자기 딸을 브로사르 부인은 시도 때도 없이 자랑해 댔는데, 그 솜씨가 어설프기 짝이 없었다. 어머니는 딸에게, 결혼할 남자의 취향이 무엇이든 무조건 그를 따르도록 했고, 사랑하는 딸 카미유를 결혼시키고 싶은 나머지, 그날의 야회에서 카미유가 이리저리 옮겨 다니는 군부대 생활을 좋아한다고 했다가, 토지를 경작하는 지주의 안정된 삶을 좋아한다고도 했다. 두 모녀는 부드러우면서도 날카로운 품위를 지녔는데, 사람들은 그런 이들을 동정하기를 즐기는가 하면, 이기심 때문에 그들에 대해 흥미를 느낀다. 위로하는 말의 공허함을 잘 알면서도, 그런 말로 불행한 사람들의 마음을 달래는 것에 기쁨을 느끼기도 한다. 세브라크 씨는 쉰아홉 살이었고, 아내를 잃었으며, 아이는 없었다. 그래서 모녀는 양잠에 대한 상세한 이야기에 감탄하면서 경건하게 들었다.

"우리 딸은 항상 동물을 좋아했답니다." 어머니가 말했다. "그래서 말인데요, 여자들은 그 작은 벌레들이 만드는 비단에 관심이 많으니, 우리 카미유를 세브라크에 데려가셔서 그것이 어떻게 만들어지는지 보여주셨으면 해요. 카미유는 워낙 총명하니 당신이 하는 말을 금방 알아들을 겁니다. 일전에는 거리의 제곱에 반비례하는 원리도 이해하지 않았겠어요?"

뤼시앵의 낭독이 끝났을 때, 세브라크 씨와 브로사르 부인의 대화도 이렇게 '찬란히' 끝나버렸다.

몇몇 붙박이 손님들이 스스럼없이 모임에 끼어들었다. 두세 명의 아이들도 들어왔는데, 그들은 이 성대한 문학 축전에 초대된 것이 기뻐 근엄하게 차려입고는 수줍은 듯 말없이 있었다. 그래도 그중 가장 대담한 친구는 마드무아젤 드 라에와 많은 이야기를 나누었다. 여자들은 모두 진지한 태도로 원을 그리며 둥그렇게 정렬했고, 그 뒤로 남자들이 섰다. 주름진 얼굴에 기괴한 옷차림을 한 이상한 사람들의 집합이 뤼시앵에게는 무척이나 위압적으로 느껴졌기에, 모든 시선이 자신에게 쏠리는 것을 보고 그의 심장은 부들부들 떨렸다. 그가 아무리 대담할지라도, 연인이 그를 격려하기 위해 아무리 애써도, 이 첫 번째 시련을 쉽게 이겨낼 수는 없었다. 그녀는 그를 지원하려고 앙구무아 지방의 최고 명사들을 초대해 그들에게 존경을 표하고 최상의 호의를 베풀고 있었다. 그러나 충분히 예상 가능하게도, 사교계의 술책에 익숙지 않은 젊은이로서는 겁먹을 수밖에 없는 한 가지 상황 때문에 뤼시앵은 불안에 사로잡혀 헤어나지 못했다. 루이즈와 바르주통 씨와 주교, 그리고 여주인에게 아첨하는 몇몇 사람은 그를 뤼방프레 씨라고 불렀지만, 두렵기만 한 청중의 대다수가 자신을 샤르동 씨라 지칭하는 것을 뤼시앵은 두 눈으로 보고 두 귀로 들었다. 호기심 가득한 사람들의 궁금해하는 눈빛에 주눅이 든 뤼시앵은 사람들의 입술 움직임만으로도 그들이 자기를 샤르동이라는 부르주아 이름으로 부르는 것을 알 수 있었다. 약간 무례하다고 할 수 있는 이러한 지방의 솔직함을 통해 그는 자신이 어떻게 판단되고 심판받는지 짐작할 수 있었다. 예기치 못한 가시 돋친 말들이 계속되자 점점 더 불편해졌다. 그는 낭독이 시작되는 순간을 초조하게 기다렸다. 그래야만 마음속 고통이 멈출 것 같았다. 하지만 자크는 피망텔 부인에게 지난번 사냥에 대해 말하고, 아드리앵은 마드무아젤 로르 드 라스티냐크와 음악계의 새로운 스타 로시니에[71] 관한 이야기를 나누었으며, 아스톨프는 새로운 쟁기에 관한 신문 기사를 외워 와선 그 이야기를 남작에게 하고 있었다. 가엾은 시인 뤼시앵은 바르주통 부인을 제외하곤 이 자리의 지식인 어느 누구도 시를 이해하지 못한다는 사실을 몰랐다. 시에 감동할 줄 모르는 참석자들은 하나같이, 그들을 기다리고 있는 이 공연의 성격을 잘 모르면서 무턱대고 달려왔던 것이다. 어떤 단어들은 나팔이나 심벌즈 소리 또는 어릿광대의 북소리와 비슷해서, 언제나 관객을 끌어당긴다. 미, 영광, 시 같은 단어는 지극히 무식하고 교양 없는 사람도 유혹하는 마력을 지닌다. 모든 사람이 도착하고, 지팡이로 타일 바닥을 쳐 소리를 울리는 바티칸궁의 스위스 근위병 역할을 하라고 부인이 보낸 바르주통 씨가 방해자들에게 수없이 주의를 주는 바람에 겨우 잡담이 그치자, 뤼시앵은 격렬한 마음의 동요를 느끼면서 원탁의 바르주통 부인 곁에 앉았다. 그는 떨리는 목소리로, 사람들의 기대에 어긋나지 않도록 최근에 재발견된 위대한 무명 시인의 걸작을 낭송하겠다고 말했다. 앙드레 셰니에의 시는 1819년에 발표되었음에도,

---

71) 이탈리아 작곡가 로시니의 오페라 『세비야의 이발사』가 파리에서 처음 공연된 날은 1819년 10월 26일인데, 이때는 호평을 얻지 못했다. 로시니는 1820년 이후에야 파리에서도 명성을 얻게 된다.[편]

앙굴렘에서는 아직 아무도 그에 대해 말하는 것을 들어보지 못했다. 그래서 뤼시앵이 그렇게 알리자, 사람들은 바르주통 부인이 시인의 자존심이 상하지 않도록 배려하고 청중을 편하게 해주기 위해 찾아낸 방법이 무엇인지 알고 싶었다. 그는 먼저 「젊은 환자」를 읽었다. 사람들이 중얼거리며 칭찬하는 소리가 들렸다. 그다음으로는 「맹인」을 읽었는데, 보잘것없는 정신의 소유자들에게는 길게만 느껴지는 시였다. 낭송하는 동안 뤼시앵은 끔찍한 고통을 느꼈다. 탁월한 예술가들, 혹은 열정과 지성으로써 그런 예술가들의 경지에 이를 수 있는 사람들만이 완벽히 이해할 고통이었다. 시를 이해하기 위해서도, 시를 목소리로 표현하기 위해서도 신성한 주의가 요구된다. 낭송자와 청중 사이에는 긴밀한 결합이 이루어져야 하며, 그 결합이 없다면 전기가 통하는 것과 같은 감정의 전달은 일어나지 않는다. 영혼의 결합이 이루어지지 않는다면, 시인은 지옥의 비웃음 한가운데서 천상의 찬가를 부르려 애쓰는 천사와 다르지 않다. 지성인들은 자기 능력을 마음껏 발휘하는 영역에서 달팽이의 주도면밀한 시력과 개의 후각과 두더지의 청각을 가지고 있기에, 주위의 모든 것을 보고 듣고 느낀다. 식물도 우호적인 환경에서 싱싱해지고 적대적인 환경에서는 시들어 버리는 것처럼, 음악가와 시인은 자신이 칭찬받고 있는지 이해받지 못하고 있는지 금방 알아챈다. 그 특별한 청각의 법칙에 따라, 오직 아내를 위해 그곳에 와서는 자신의 관심사만 이야기하는 남자들의 웅얼거리는 소리가 뤼시앵의 귀에 들어왔다. 그뿐만 아니라 입을 크게 벌리고 대놓고 하품하는 몇몇 사람의 모습도 보였다. 드러난 그들의 이는 그를 경멸하고 있었다. 홍수에 떠밀려 가는 비둘기처럼 시선 둘 만한 구석을 찾고 있던 뤼시앵은 이 모임에서 어떤 실리를 챙길 수 있을지 헤아리는 사람들의 초조한 시선과 마주쳤다. 로르 드 라스티냐크와 두세 명의 청년들, 그리고 주교를 제외한 모든 참석자가 지루해했다. 시를 이해하는 사람은 작가가 시의 문장 속에 틔운 싹을 자기 영혼 속에서 발전시키려 하지만, 이 얼어붙은 청중은 시적 감성을 음미하기는커녕 낭송하는 목소리에도 귀 기울이지 않았다. 뤼시앵은 이루 말할 수 없는 절망에 빠졌고 식은땀이 줄줄 흘러 셔츠를 적셨다. 루이즈를 향해 몸을 돌렸을 때 그녀가 던지는 불같은 시선을 보고 끝까지 읽을 용기를 얻었지만, 상처받은 시인의 마음에서는 피가 철철 흘렀다.

"피핀, 재미있어요?" 몸이 마른 릴리가 옆자리에 앉은 여인에게 물었다. 그녀는 아마도 어려운 곡예라도 기대하고 있었으리라.

"내 의견은 묻지 마세요. 낭송하는 소리를 듣자마자 눈이 감기거든요."

"나이스가 야회 때 너무 자주 시를 대접하지 않았으면 좋겠어요." 프랑시스가 말했다. "저녁 식사 후 시 낭송을 들으면 억지로 주의를 기울이느라 소화가 잘 안 되거든요."

"가엾어라." 제피린이 작은 목소리로 말했다. "설탕물을 드세요."

"낭송을 참 잘하더군요." 알렉상드르가 말했다. "하지만 저는 휘스트가 더 좋아요."

그 말을 듣자, 카드놀이를 즐기는 몇몇 여자들은 휘스트라는 단어가 영어로 '조용히'라는 뜻이기도 하므로 재치 있는 표현이라 여기면서, 낭독자에게도 잠시 휴식이 필요하다고 주장했다. 그것을 핑계로 한두 쌍의 부부가 내실로 사라졌다. 루이즈와 매력적인 로르 드 라스티냐크와 주교의 간청에 따라 뤼시앵은 셰니에의 「풍자시」를 낭송했다. 그 시의 반혁명적 시적 감흥이 사람들의 관심을 불러일으켰다. 몇몇은 어조의 열기에 이끌려 이해하지도 못한 채 박수를 쳤다. 미각이 발달하지 않은 사람들이 독한 술에 자극받듯이 그런 부류의 사람들은 울부짖는 소리에 영향을 받는다. 아이스크림을 먹는 동안, 제피린은 낭송 대본을 확인하고 오도록 프랑시스를 보냈고, 그가 돌아오자, 옆자리의 아멜리에게 뤼시앵이 낭송한 시가 인쇄된 것이라고 말했다.

"하지만," 아멜리가 눈에 띌 정도로 신나서 대답했다. "그건 너무 당연하죠. 뤼방프레 씨는 인쇄소에서 일하잖아요." 그러고는 롤로트를 쳐다보면서 말을 이었다. "예쁜 여자가 손수 자기 옷을 지어 입는 것과 같지요."

"자기 시를 직접 인쇄했겠군요." 여자들이 서로서로 말했다.

"그런데 저이는 왜 자기를 드 뤼방프레라고 합니까?" 자크가 물었다. "육체노동을 하려면 귀족의 이름은 버려야지요."

"어머니의 귀족 성을 취하려고 자기 이름을 버렸대요. 평민의 이름이거든요," 지진이 말했다.

"그의 베르스가 인쇄되어 있다니(지방에서는 베르[vers, 시]를 베르스로 발음한다.) 굳이 낭송하지 않아도 우리가 알아서 읽을 텐데요." 아스톨프가 말했다.

이런 멍청한 말들이 문제를 복잡하게 만들자 식스트 뒤 샤틀레가 마지못해 나섰다. 그는 이 무식한 집단에게, 뤼시앵이 서두에서 '아무개의 시를 낭송하겠다'고 한 말은 단순히 주의를 끌려는 것이 아니었고, 그 아름다운 시는 혁명가였던 마리조제프 셰니에의 형이자 왕당파였던 앙드레 셰니에가 쓴 것이라고 알려주는 수고를 마다하지 않았다. 그러나 위대한 시에 매료되었던 주교와 라스티냐크 부인과 그녀의 두 딸을 제외한 앙굴렘 사교계 사람들은 속았다는 생각에 분개해 웅성거렸다. 하지만 뤼시앵의 귀에는 그 소리가 들리지 않았다. 마음에서 우러나는 멜로디에 취해, 불쾌감을 주는 사교계 사람들로부터 철저히 고립된 그는 홀로 그 멜로디를 반복해 읽으려 애썼다. 사람들의 얼굴은 구름을 통해 보듯 희미하게 보일 뿐이었다. 그는 자살에 대한 우울한 애가를 읽었다. 숭고한 우수가 여실히 드러나는 고대풍 애가였다. 그리고 다음과 같은 구절이 담긴 시를 읊었다.

그대의 시 감미로우니, 나 즐겨 그 시를 다시 읽노라.

이윽고 「네에르」라는 제목의 그윽한 목가로 낭독을 마쳤다.

살롱 한가운데에서 바르주통 부인은 혼자 달콤한 몽상에 잠겨 멍한 눈으로, 한 손으로는 자기도 모르게 곱슬머리를 흐트리고 다른 손은 늘어뜨린 채, 난생처음 자기에게 어울리는 영역으로 옮겨진 느낌에 빠져 있었다. 따라서 사람들의 희망

사항을 전달할 책임을 맡은 아멜리가 다음과 같이 말함으로
써 몽상에서 깨어났을 때, 그녀가 얼마나 불쾌했을지 상상해
보라.

"나이스, 우리는 샤르동 씨의 시를 들으러 왔어요. 그런데
인쇄된 베르스[시]를 들려주는군요. 그게 아무리 아름다운 시
여도 우리네 부인들은 이 지방 포도주를 더 좋아할 거라고들
하네요."

"프랑스어가 시에는 썩 적합하지 않다고 보지 않으십니까?"
아스톨프가 간접세 담당 국장에게 말했다. "저는 키케로의 산
문이 훨씬 더 시적인 것 같습니다."

"진짜 프랑스 시는 가벼운 시, 그러니까 상송이지요." 샤틀
레가 대답했다.

"상송은 우리 언어가 대단히 음악적임을 증명합니다." 아드
리앵이 말했다.

"나이스를 파멸로 이끈 것이 어떤 시인지 알고 싶은데," 제
피린이 말했다. "아멜리의 말을 듣는 태도를 보니, 나이스는
우리에게 그의 대표작을 들려줄 생각이 없는 것 같아요."

"나이스는 저 시인에게 자작시를 읽도록 할 의무가 있어요."
프랑시스가 대답했다. "꼬마의 천재성이 입증되어야 그녀의 태
도가 정당화될 테니까요."

"외교 관직에 계셨으니 그걸 얻어내 보세요." 아멜리가 샤틀
레에게 말했다.

"그보다 더 쉬운 일은 없지요."

사소한 술책에 익숙한 전직 황족 비서관은 주교에게 다가

가 그가 나서게 하는 데 성공했다. 주교의 요청에 따라 나이스는 뤼시앵에게 외우고 있는 시 몇 편을 낭송할 것을 요구하지 않을 수 없었다. 남작이 신속하게 협상에 성공하자 아멜리는 그에게 사랑 때문에 번민하는 듯한 미소를 보냈다.

"정말이지 남작님은 무척 재치 있어요." 그녀는 롤로트에게 말했다.

롤로트는 손수 드레스를 지어 입는 여인들에 대한 아멜리의 부드러우면서도 가시 돋친 말을 기억했다. 그녀는 미소 지으면서 응수했다.

"언제부터 제정 시대의 남작을 인정하셨나요?"

뤼시앵은 연인에게 바치는 송시에서 연인의 신격화를 시도한 적이 있었다. 콜레주를 졸업한 젊은이라면 누구나 한번쯤 연인에게 멋진 제목의 송시를 바치곤 하지 않나. 이 송시는 성의를 다해 공들여 쓰고, 마음으로 느끼는 사랑을 표현하며 미화한 것인데, 그에게는 셰니에의 시와 맞먹을 유일한 작품으로 보였다. 그는 '그녀에게!'라는 시 제목을 말하면서 다소 오만한 표정으로 바르주통 부인을 바라보았다. 그러고는 그 야심만만한 작품을 들려주기 위해 거만한 자세를 취했다. 바르주통 부인의 치맛자락 뒤에서는 작가로서의 자부심을 느끼며 편안히 행동할 수 있었던 것이다. 이로써 나이스의 비밀이 여자들에게 탄로 나고 말았다. 고도의 지성으로 사교계를 지배하던 그녀였건만, 뤼시앵을 위해서는 떨지 않을 수 없었다. 그녀의 태도는 어색했고, 그녀의 시선은 사람들에게 관용을 청하고 있었다. 그리고 다음과 같은 시구가 낭송되자, 그녀는 눈을 내리깔고 기쁨을 숨겨야 했다.

그녀에게

여호와의 발치에서 자상한 천사들이
황금 시스트럼 소리에 맞춰
애처로운 별들의 기도를 거듭하는
영광과 빛의 격류 한가운데로부터

금발의 케루빔이
이마에 머금은 신의 광채를 가리며
지상으로 내려온다,
하늘 광장에 은빛 깃털 하나 떨어뜨리고.

신의 자비로운 시선을 깨달은 천사는
절망에 빠진 천재의 고통을 잠재우고
사랑하는 소녀처럼 유년의 꽃밭에서
노인을 흔들어 재운다.

그는 악한 자들의 때늦은 후회를 기록하고
걱정하는 어머니의 꿈속에서 말한다, 희망을 가져요!
가슴은 기쁨으로 가득하건만, 그는 헤아린다,
비운에 짓는 한숨을.

멋진 전령들 중 하나가 우리와 함께이건만

사랑에 빠진 대지가 그의 길을 가로막으니
그는 눈물지으며 슬프고도 다정한 눈길로
아버지의 하늘을 좇는다.

고귀한 출생의 비밀을 내게 말해 주는 것은
눈부시게 빛나는 새하얀 이마도,
눈의 광채도, 신적인 미덕의
풍성한 열정도 아니어라.

수없는 빛으로 눈부신 내 사랑은
그녀의 성스러운 천성과 결합하려 했건만,
가혹한 대천사의 꿰뚫리지 않는 갑옷에
부딪치고 말았다.

오! 다시는 그가 보지 않도록 하라,
하늘로 되돌아가는 빛나는 세라핌을.
그는 너무 일찍 알게 되리라,
저녁이면 노래하는 마법의 말씀을!

그때가 되면 그대는 보게 되리, 새벽의 한 점처럼
밤이 장막을 뚫고 다정히 날아가
별들에 이르는 것을.
어떤 징조를 기다리며 밤을 지새우는 선원이
길을 보여주리라, 영원한 등대처럼

빛나는 그들의 걸음으로!

"저 말장난을 이해하시겠어요?" 아멜리는 샤틀레에게 애교 넘치는 시선을 던지면서 물었다.

"콜레주를 졸업할 즈음이면 누구나 한번쯤 써보는 그런 시네요." 남작은 아무것에도 놀라지 않는 비평가의 역할을 충실히 지키려니 난감하다는 듯한 표정을 지으면서 대답했다. "예전에는 오시안풍의 몽롱함에 빠졌더랬지요. 말비나, 핑갈, 구름 속에서 나타나는 유령들, 머리 위에서 별이 반짝일 때 무덤에서 튀어나오는 전사들이 주를 이루었으니까요.[72] 오늘날 그런 낡은 시는 여호와, 시스트럼, 천사, 세라핌의 깃털 또는 광대함, 무한, 고독, 지성 같은 단어들로 새로 단장한, 온갖 천국의 의상들로 대체되고 있지요. 호수니 신의 말씀이니 하는 기독교적 범신론인데, 에메로드(에메랄드)와 프로드(기만), 아이윌(조상)과 글라이윌(글라디올러스)처럼, 힘들게 찾아낸 생경한 각운으로 가치를 높이려 합니다. 말하자면 위도가 바뀐 거죠. 북방이 아니라 동방에 있는 겁니다. 하지만 그곳에도 어둠은 여전히 짙어요."

"모호한 송시이긴 한데, 그래도 고백하고자 하는 바는 분명해 보이던걸요." 제피린이 말했다.

---

[72] 고대 게일족 전설 속 3세기경의 시인 오시안(Ossian)은 스코틀랜드의 시인 제임스 맥퍼슨(James Macpherson, 1736~1796)이 수집 및 번역한 신화적 서사시에 서술자로 등장하며 유명해졌다. 핑갈은 오시안의 아버지이고, 말비나는 그의 며느리다. 맥퍼슨의 오시안 시리즈는 전 유럽에 반향을 불러일으켜 낭만주의 운동에 크게 영향을 미쳤다.

"대천사의 갑옷은 아주 가벼운 모슬린 드레스고요." 프랑시스가 말했다.

바르주통 부인을 배려해 예의상 그 송시가 아름답다며 요란을 떨었지만, 자기를 천사로 떠받들어 주는 시인을 두지 못해 화난 부인들은 얼음같이 냉랭하게 아주 좋아요, 아름답군요, 완벽해요라고 중얼거리며 지루하다는 듯 일어났다.

"당신이 나를 사랑한다면, 작가도 그의 천사도 추켜세우지 말아요." 롤로트가 사랑하는 아드리앵에게 명령조로 말했으므로 그는 복종하지 않을 수 없었다.

"어쨌든 그저 말에 불과하잖아요." 제피린이 프랑시스에게 말했다. "사랑이란 행동으로 나타나는 시랍니다."

"지진, 내 생각이 바로 그겁니다. 나는 당신처럼 그렇게 정교하게 표현할 줄은 모릅니다만." 자기 몸을 머리끝에서 발끝까지 어루만지듯 훑어보며 스타니슬라스가 말했다.

"어떻게 해야 자기가 대천사라도 되는 양 행동하는 나이스의 오만한 콧대를 꺾을 수 있을지 모르겠어요. 자기가 우리보다 우월한 듯 행동한다니까요. 게다가 약제사와 간병인의 아들같이 천한 자와 교제하면서 우리의 품위까지 떨어뜨리고 있잖아요. 그의 누이는 여공이고, 그는 인쇄소에서 일한답니다." 아멜리가 샤틀레에게 말했다.

"아버지는 기생충 없애는 약을 팔았으니, 아들에게도 그 약을 좀 먹였어야 했어요."[73]

---

73) 벌레, 기생충을 뜻하는 베르(ver)에 s를 붙이면 시(vers)가 되며, 발음은

"그는 아버지의 직업을 이어받은 거예요. 그가 우리에게 들려준 것이 싸구려잖아요."[74] 스타니슬라스가 꽤나 도발적으로 말했다. "엉터리 약 대신 싸구려 시라. 하지만 나는 다른 것이 더 좋습니다."

순식간에 사람들은 제각기 귀족 특유의 비아냥거리는 몇 마디 말로 뤼시앵을 모욕하는 데 의기투합했다. 독실한 여인 릴리는 미친 짓을 저지를 것만 같은 나이스를 깨우쳐줄 때가 되었다면서, 그것이야말로 자비로운 행동이라고 말했다. 전직 외교관 프랑시스가 이 어리석은 음모를 꾸밀 임무를 맡았다. 그곳에 모인 소인배들은 어느 드라마의 결말에 대해서 그러듯이, 이 모의에 큰 관심을 가졌다. 거기서 다음 날 떠들어댈 만한 이야깃거리를 발견했던 것이다. 애인이 보는 앞에서 모욕적인 말 한마디만 해도 격노할 젊은 시인과 싸우고 싶은 생각이 별로 없었던 전직 영사는 보복이 불가능한 신성한 무기로 뤼시앵을 끝장내기로 마음먹었다. 그는 뤼시앵에게 자작시를 낭송하게 만든 샤틀레의 능란함을 본보기로 삼았다. 주교에게 다가가 뤼시앵의 송시가 주교에게 불러일으킨 영감을 자신도 받은 척하며 말을 걸었다. 그는 뤼시앵의 어머니는 탁월하면서도 아주 겸손한 여인이며, 아들이 시를 쓰는 데 필요한 모든 주제를 그녀가 제공한다고 믿게 만들어 주교를 모략에 끌어들

동일하다. 즉 언어유희를 통해, 아버지가 아들에게 시를 못 쓰게 했어야 했다고 비꼰 것이다.
74) 원문의 'drogue(드로그)'에는 '약'이라는 뜻과 '엉터리'라는 뜻이 모두 있다.

였다. 뤼시앵의 가장 큰 기쁨은 그가 사랑하는 어머니가 정당한 평가를 받는 것이라고도 했다. 일단 주교에게 이런 생각을 주입한 후, 프랑시스는 주교가 했으면 하고 생각해 놓은, 상처 입힐 말이 우연히 나오도록 대화를 이끌어갔다. 프랑시스와 주교가 뤼시앵을 둘러싸고 모인 사람들에게로 돌아왔을 때, 아까부터 그에게 독이 든 당근을 조금씩 먹이고 있던 사람들은 점점 더 관심을 기울였다. 살롱에서 벌어지는 간계에 대해 아무것도 모르는 뤼시앵은 바르주통 부인을 쳐다보면서 사람들이 던지는 뒤틀린 질문에 서툴게 대답할 뿐이었다. 그곳에 있는 대부분 사람들의 이름이나 신분을 몰랐으며, 수치를 느낄 만큼 하찮은 말을 던지는 여자들과 무슨 대화를 나누어야 할지도 알 수 없었다. 게다가 자기들끼리는 서로 롤로트, 아드리앵, 아스톨프, 릴리, 피핀 등으로 친숙하게 부르면서도 그에게는 샤르동 씨라고 했다가 뤼방프레 씨라고 부르기도 하는 소리를 들으면서, 그는 이 앙굴렘의 명사들과는 수천 킬로미터나 떨어져 있는 듯한 느낌을 받았다. 릴리가 남자 이름인 줄 알고 거친 성격의 세농슈 씨를 릴리 씨라고 불렀을 때, 그의 당혹감은 극에 달했다. 니므롯이[75] 뤼시앵의 말을 가로막으며 "릴리 씨라고요?"라고 반문하자 바르주통 부인은 귀까지 빨개졌다.

"저런 애송이를 이곳에 받아들이고 우리에게 소개하다니 눈이 멀어도 한참 멀었군." 세농슈 씨가 나지막이 말했다.

---

75) 사냥을 즐기는 세농슈를 구약성경의 힘센 사냥꾼 니므롯에 비유했다.

"후작 부인," 제피린이 피망텔 부인에게 작지만 다 들리는 목소리로 말했다. "샤르동 씨가 캉트 크루아 씨와 정말 많이 닮지 않았어요?"

"완벽하게 닮았네요." 피망텔 부인이 미소 지으며 대답했다.

"영광에는 부인할 수 없는 매력이 있지요." 바르주통 부인이 후작 부인에게 말했다. "사소한 것에 빠지는 여자들이 있는 것처럼, 위대함에 끌리는 여자들도 있답니다." 그녀는 프랑시스를 쳐다보며 덧붙였다.

제피린은 전직 영사가 위대하다고 생각했기에 그 말을 이해하지 못했다. 하지만 후작 부인은 나이스의 편을 들면서 웃음을 터뜨렸다.

"무척 행복하시겠습니다." 먼저 샤르동이라 부른 후 뤼방프레라고 고쳐 부르면서 피망텔 후작이 뤼시앵에게 말했다. "절대로 지루하시진 않겠어요."

"작업 속도가 빠르신가요?" 롤로트가 그에게 물었다. 마치 목수에게 "상자 하나 만드는 데 오래 걸리나요?"라고 묻는 것 같은 태도였다.

뤼시앵은 곤봉으로 머리를 맞은 것처럼 얼이 빠졌다. 하지만 바르주통 부인이 미소 지으면서 다음과 같이 대답하는 소리를 듣고는 고개를 쳐들었다. "친애하는 롤로트, 시는 우리 마당의 잡초처럼 뤼방프레 씨의 머릿속에서 그냥 자라는 것이 아니랍니다."

"부인," 주교가 롤로트에게 말했다. "천주께서 빛나게 하신 고귀한 정신에 대해서는 아무리 존경해도 지나치지 않습니다.

그렇습니다. 시는 신성합니다. 시를 말하는 사람은 고통을 말합니다. 여러분이 찬미하는 시구들의 탄생을 위해서는 얼마나 많은 침묵의 밤이 요구되는지요! 언제나 불행한 삶을 사는 시인에게 애정을 가지고 경의를 표하십시오. 주님께서는 분명 예언자들 사이에 시인을 위한 자리 하나를 남겨놓으셨을 겁니다. 이 젊은이는 시인입니다." 그는 뤼시앵의 머리에 손을 얹고 덧붙였다. "이 아름다운 이마에 새겨진 숙명 같은 것이 안 보이십니까?"

그토록 고귀하게 자신을 방어해 준 것이 너무도 기뻤던 뤼시앵은 이 위엄 있는 성직자가 자신의 사형집행인이 되리라고는 꿈에도 생각지 못한 채 주교에게 그윽한 눈길로 경의를 표했다. 바르주통 부인은 적들이 모여 있는 곳을 향해 의기양양한 시선을 던졌다. 그 시선은 투창처럼 경쟁자들의 가슴에 박혔기에 그들의 분노는 가중되었다.

"아! 주교님." 황금 지휘봉으로 그 바보 같은 자들의 머리통을 후려치고 싶은 뤼시앵이 대답했다. "속인들에게는 주교님의 정신도 자비도 없습니다. 우리의 고통은 아무도 모릅니다. 아무도 우리의 작업을 이해하지 못합니다. 광부가 광산에서 금을 캐는 일도 가장 척박한 언어의 밑바닥에서 시적 이미지를 끌어내는 것만큼 힘들진 않습니다. 시의 목적이 모두가 볼 수 있고 느낄 수 있도록 사상을 정확하게 표현하는 것이라면, 시인은 인간의 모든 지성을 만족시키기 위해 끊임없이 그 지성의 모든 단계를 섭렵해야 합니다. 시인은 서로 적대적인 두 힘인 논리와 감정을 가장 강렬한 색채 밑으로 감추어야 합니다.

하나의 단어 안에 사상의 세계를 모두 담아야 하고, 하나의 묘사로 자신의 철학 전체를 요약해야 합니다. 결국 시는 개인의 감정에 따라 각자 마음속에 파놓은 고랑을 찾으면서 그 마음속에 꽃을 피우게 하는 씨앗입니다. 모든 것을 표현하기 위해서는 모든 것을 느껴야 하지 않나요? 생생하게 느끼는 것, 그것은 고통받는 것이 아닐까요? 그러니까 시는 방대한 사유와 사회의 영역을 고통스럽게 경험한 후에야 탄생하는 것입니다. 실존 인물들보다 더욱 진실한 삶을 사는 피조물들이 존재한다면, 그것은 바로 그 불멸의 작품들 덕분이 아닐까요? 리처드슨의 클래리사, 셰니에의 카미유, 티불루스의 델리아, 아리오스토의 안젤리카, 단테의 프란체스카, 몰리에르의 알세스트, 보마르셰의 피가로, 월터 스콧의 리베카, 세르반테스의 돈키호테 같은 인물들 말입니다.[76]”

“그런데 당신은 무엇을 창조하시나요?” 샤틀레가 물었다.

“창작의 구상을 미리 알리는 것, 그것은 스스로 천재임을 인정하는 자격증을 수여하는 것이 아닐까요?” 뤼시앵이 대답했다. “게다가 그 숭고한 ‘창작’을 위해서는 오랜 기간의 세상

---

76) 클래리사는 영국 작가 새뮤얼 리처드슨(Samuel Richardson, 1689~1761)의 서간체소설 『클래리사 할로』의 여주인공이다. 카미유는 셰니에의 시집 『애가』에 등장하는 여인이다. 델리아는 로마의 서정시인 알비우스 티불루스(Albius Tibullus, 기원전 54?~19?)의 연인으로, 그의 시집 『애가』에 등장한다. 이탈리아 시인 루도비코 아리오스토(Ludovico Ariosto, 1747~1533)의 서사시 『광란의 오를란도』에 등장하는 안젤리카는 주인공 오를란도의 연인이다. 리베카는 영국의 사자왕이 주인공인 월터 스콧(Walter Scott, 1771~1832)의 『아이반호』에 등장하는 여주인공이다.

경험과 인간의 열정과 이해에 관한 연구가 필요합니다만 제게는 아직 그런 연륜이 없습니다. 하지만 시작하고 있습니다." 그는 사람들에게 복수의 시선을 던지면서 신랄하게 말했다. "오래전부터 머릿속에는……."

"당신의 '출산'은77) 힘들겠군요." 오투아가 그의 말을 끊고 말했다.

"당신의 훌륭하신 어머님께서 도와주실 겁니다." 주교가 말했다.

용의주도하게 준비된 이 말, 예고된 이 복수에 사람들의 눈이 기쁨으로 빛났다. 모두의 입가에는 귀족다운 품위를 잃지 않으면서도 만족을 드러내는 미소가 번졌다. 그리고 한 박자 늦게 웃기 시작한 바르주통 씨의 아둔함 덕분에 그들의 만족은 배가되었다.

"주교님, 주교님은 지나치게 재치가 넘치시기에, 여기 있는 부인들은 주교님의 말씀을 이해하지 못한답니다." 바르주통 부인의 이 한마디에 사람들은 웃음을 멈추었고, 놀란 눈으로 그녀에게 시선을 집중했다. "성서에서 모든 영감을 받는 시인에게 진정한 어머니는 교회 안에 계십니다. 뤼방프레 씨, 베르길리우스에게 로마는 언제나 마그나 파렌스였음을78) 주교님께 보여드리기 위해 '밧모의 성 요한'이나 '벨사살 왕의 연회'79)를

---

77) 프랑스어 앙팡트망(enfantement)에는 '창작'과 '출산'의 뜻이 모두 있다. 사교계 사람들은 이처럼 언어유희를 통해 뤼시앵을 야유한다.
78) 마그나 파렌스(Magna parens)는 라틴어로 '위대한 어머니'라는 뜻이다.
79) 바르주통 부인이 뤼시앵의 자작시 제목으로 언급한 '밧모의 성 요한'

낭송해 주세요."

　여인들은 나이스가 라틴어 단어를 들먹이는 것을 들으면서
서로 미소를 교환했다.

　인생의 초년기에는 아무리 자존심이 강하고 용감할지라도
낙담하는 일이 없을 수 없다. 뤼시앵은 그 일의 충격으로 처
음에는 물속 깊은 곳에 빠졌지만, 이 세상을 지배하리라 다짐
하면서 발로 바닥을 세차게 찬 후 수면 위로 올라왔다. 수많
은 화살을 맞은 황소처럼 분기탱천해 다시 일어난 그는 루이
즈의 명령에 따라 '밧모의 성 요한'을 낭독하려고 했다. 그러
나 카드놀이에 마음을 빼앗긴 대부분 사람들이 게임 테이블
로 옮겨가 늘 그러듯이 구습에 빠져들었고, 그곳에서 시 낭송
이 주지 못한 즐거움을 찾았다. 뤼시앵과 바르주통 부인을 버
려둠으로써 대놓고 이 향토 시인을 멸시하지 않고서는 상처
입은 자존심에 대한 그들의 복수가 완성되지 않았으리라. 사
람들은 제각기 무엇인가에 몰두하고 있는 것처럼 보였다. 이
남자는 지사와 지방 도로에 관해 이야기를 나누었으며, 저 여
자는 약간의 음악을 통해 분위기를 바꾸면서 야회를 즐기자

과 '벨사살 왕의 연회'는 당대에 이미 널리 알려졌던 회화 작품들의 제목이
기도 하다. 「밧모섬의 복음사가」(1618년경)는 에스파냐 바로크 황금기 작
가 벨라스케스의 작품이고, 「벨사살 왕의 연회」(1616~1638년경)는 네덜란
드 황금기를 대표하는 화가 렘브란트의 작품이다. 벨사살 왕의 연회는 구약
성경 「다니엘서」 5장에 나오는 이야기다. 신바빌로니아의 왕 벨사살이 성대
한 연회를 베풀고 예루살렘에서 약탈해 온 잔으로 술을 마셨는데, 이때 손
기락이 니디니 언회장 벽에 글을 써 그의 죽음을 예고하고, 그닐 빔 벨사살
왕은 살해된다.

고 말했다. 앙굴렘의 상류사회 사람들은 자신들이 시에 대해서는 좋은 심판관이 못 된다는 것을 스스로 느끼고 있었기에, 뤼시앵에 대한 라스티냐크 가족과 피망텔 가족의 의견이 특히 궁금했다. 그래서 몇몇 사람이 그들 주위로 몰려갔다. 이 두 가문이 도내에서 큰 영향력을 행사하고 있다는 사실은 중요한 일이 있을 때마다 늘 확인되었다. 모두가 그들을 질투하면서도 그들에게 아첨하곤 했는데, 언젠가 그들의 보호가 필요하리라는 것을 누구나 예감하고 있었기 때문이다.

"우리 지역 출신 시인과 그의 시를 어떻게 생각하세요?" 후작 부인의 영지에서 종종 사냥하는 자크가 그녀에게 물었다.

"지방 시인의 시 치고는 나쁘지 않군요," 후작 부인이 미소 지으며 말했다. "게다가 저렇게 잘생긴 시인의 시라면 나쁠 수가 없지요."

모두들 그 판결이 근사하다고 생각하면서 후작 부인이 의도했던 것보다 더 악의적으로 그 말을 반복하고 다녔다. 그때 피가로의 아리아를 불러 그 멋진 곡을 초토화시켜 버리곤 하는 바르타가 샤틀레에게 반주를 부탁했다. 일단 연주가 시작되자 샤틀레가 부르는, 나폴레옹 제정기에 샤토브리앙이 가사를 붙인 기사도 연가도 들어야 했다. 그러고 나서 소녀 둘이 치는 '네 손을 위한 피아노 소나타'가 이어졌는데, 세브라크 앞에서 사랑하는 딸의 빛나는 재능을 선보이고 싶은 브로사르 부인의 요청에 따른 것이었다.

자신이 소개한 시인이 모두에게서 멸시당하자, 마음이 상한 바르주통 부인은 사람들이 노래하는 동안 내실로 들어가

버림으로써 그들을 무시했다. 이렇듯 그녀는 멸시에 멸시로 응수했다. 주교가 그녀의 뒤를 따랐다. 그는 부주교로부터 자신이 생각 없이 내뱉은 경구에 심각한 조롱이 담겨 있다는 설명을 듣고는 잘못을 만회하고 싶었던 것이다. 시에 매료된 마드무아젤 드 라스티냐크는 어머니 몰래 부인의 내실로 슬며시 들어갔다. 누비질한 쿠션이 놓인 소파 위에 앉으면서 뤼시앵을 데려와 옆에 앉힌 루이즈는 아무에게도 보이지 않고 아무에게도 들리지 않게 귓속말을 할 수 있었다. "사랑스러운 천사여! 저들은 당신을 이해하지 못했어요! 하지만……,

그대의 시 감미로우니, 나 즐겨 그 시를 다시 읽노라."

이처럼 그의 기분을 달래주는 말에 위로받은 뤼시앵은 잠시나마 고통을 잊었다.

"싼값에 얻을 수 있는 영광은 없어요." 바르주통 부인은 그의 손을 잡고 꼭 쥐면서 말했다. "고통을 느끼세요, 고통을! 친구여, 당신은 위대해질 거예요. 당신의 고통은 불멸을 위해 치러야 할 대가입니다. 나는 그 고난의 투쟁을 응원하고 싶어요. 하느님께서 무기력하고 투쟁 없는 삶으로부터 당신을 지켜주시길! 그런 삶에는 독수리의 날개가 마음껏 펼쳐질 공간이 없으니까요. 나는 당신의 고통이 부러워요. 적어도 당신은 살아 있잖아요! 당신이 가진 힘을 발휘해요! 승리에 대한 희망을 품어요! 당신의 투쟁은 명예로울 거예요. 위대한 지성이 군림하는 최고의 영역에 이르거든, 아무런 운명의 혜택을 받지 못한 가엾은 사람들을 기억해 줘요. 정신적 질소 가스의 압력으로 지성이 소멸된 사람들, 인생이 무엇인지 알면서도 제대로 살아보지 못하고 죽어간 사람들, 예리한 눈을 가지고서도 아무것도 보지 못한 사람들, 섬세한 후각을 가지고도 썩은 꽃냄새만 맡다 간 사람들을. 그때가 되면 햇빛의 사랑을 받지 못한 채 숲속 깊은 곳에서 탐욕스럽고 무성한 식물들과 칡넝쿨에 치여 숨이 막혀 시들다가, 꽃 한번 못 피우고 죽어간 식물을 노래하세요! 그것은 소름 끼치도록 우울한 시, 무척이나 환상적인 주제가 아닐까요? 아시아의 하늘 아래 태어난 한 소녀, 혹은 서양의 어느 추운 나라로 실려 와 사랑하는 태양을 부르다가 추위와 사랑에 짓눌려 이해할 수 없는 고통으로 죽어간 사막의 소녀 이야기는 얼마나 숭고한 작품일까요! 그것은 많은 사람이 좋아하는 시의 전형이 될 거예요.”

“그렇게 천국을 희구하는 영혼을 그려보십시오.” 주교가 말했다. “진즉에 쓰였어야 하는 시지요. 나는 구약의 「아가서」에서 그런 시편을 즐겨 읽곤 했습니다.”

“그렇게 해보세요.” 로르 드 라스티냐크가 뤼시앵의 재능에 대한 순진한 믿음을 드러내면서 말했다.

“프랑스에는 위대한 종교시인이 없어요.” 주교가 말했다. “그렇습니다. 영광과 행운은 종교를 위해 일할 재능 있는 사람의 몫이 될 겁니다.”

“주교님, 뤼방프레 씨는 그렇게 할 겁니다.” 바르주통 부인이 과장된 어조로 말했다. “이미 그의 눈 속에서 시의 착상이 새벽빛처럼 피어오르는 것이 보이지 않아요?”

“나이스가 우리를 너무 푸대접하는걸요. 대체 뭘 하고 있는 걸까요?” 피핀이 말했다.

“그녀의 말소리 못 들었어요?” 스타니슬라스가 대답했다. “뚱딴지같은 이야기를 늘어놓으며 으스대고 있잖아요.”

아멜리, 피핀, 아드리앵, 그리고 프랑시스가 내실 문 앞에 나타났고, 그들과 함께 라스티냐크 부인도 돌아가려고 딸을 찾으러 왔다.

“나이스,” 내실의 밀담을 방해한 것을 즐거워하며 두 여인이 말했다. “한 곡 연주해 주시지 않을래요?”

“여러분, 뤼방프레 씨께서 우리에게 ‘밧모의 성 요한’을 낭독해 주실 거예요. 웅장한 종교시랍니다.” 바르주통 부인이 대답했다.

“종교시라고요!” 놀란 피핀이 그 말을 되뇌었다.

아멜리와 피핀은 조롱거리가 될 만한 그 단어를 전하려고 살롱으로 돌아갔다. 뤼시앵은 기억나지 않는다는 핑계를 대면서 낭송하지 못하는 데 대해 양해를 구했다. 그가 다시 나타났을 때는 아무도 그에게 관심을 보이지 않았다. 모두가 수다를 떨거나 카드놀이를 하고 있었다. 그를 빛나게 하던 광채는 사라졌다. 지주들은 그에게 쓸 만한 재산이 없음을 알아챘고, 명사를 자처하는 이들은 그에게서 자신들의 무지에 적대적인 하나의 세력을 간파하고 두려워했다. 부주교가 바르주통 부인을 단테의 베아트리체에 비유한 것을 시기하는 부인들은 그녀에게 차가운 멸시의 시선을 던졌다.

‘사교계란 이런 것이구나!’ 뤼시앵은 가까운 길을 놔두고 일부러 보리외의 비탈길을 통해 루모로 내려가면서 생각했다. 걸으면서 마음속에서 흐르는 생각의 움직임을 정리하고 그 생각에 몰두하기 위해 먼 길로 돌아가고 싶은 순간이 살다 보면 있기 마련이다. 배척당한 야심가의 분노는 그의 의욕을 꺾기는커녕 새로운 힘을 부여했다. 그곳에서 버틸 만한 힘을 갖기도 전에 재능 덕분에 높은 영역에 이른 사람들이 그러듯이, 뤼시앵은 상류사회에 머물기 위해서라면 전부를 희생하리라 다짐했다. 길을 가면서 그는 자신에게 날아와 박혔던 모욕적인 독설들을 하나하나 제거했다. 큰 소리로 혼잣말하면서 자신이 상대한 멍청이들을 꾸짖기도 했다. 사람들의 바보 같은 질문에 알맞은 능숙하고 예리한 답을 찾아내곤 때늦게 발동한 재치를 한탄하기도 했다. 샤랑트강을 끼고 산자락을 꾸불꾸불 돌아가는 보르도 국도에 이르렀을 때, 그는 달빛 아래로 공장 옆 강가의 들보 위에 앉아 있는 에브와 다비드를 본 것 같아 오솔길을 통해 그들이 있는 곳으로 내려갔다.

뤼시앵이 바르주통 부인 댁에서 고문당하고 있었다면, 그 시간에 그의 누이는 줄무늬가 있는 분홍색 면 원피스를 입고 밀짚모자를 쓰고 작은 실크 숄을 두르고 있었다. 타고난 고귀함 덕분에 사소한 액세서리도 돋보이게 만드는 사람들이 그렇듯, 그녀의 복장은 단순했지만 한껏 치장한 것처럼 보였다. 그래서 에브가 여공의 작업복을 벗고 나타나자, 다비드는 몹시 주눅이 들었다. 인쇄업자는 자기 이야기를 하겠다고 결심했지만, 아름다운 에브와 팔짱을 끼고 루모를 지나가려니 아무 말도 떠오르지 않았다. 사랑하는 사람들은 신의 영광이 신도들에게 불러일으키는 것과 유사한, 존경 어린 두려움을 즐기는 경향이 있다. 이들 연인은 샤랑트강 좌안으로 건너가려고 생 탄 다리를 향해 말없이 걸었다. 침묵이 거북하고 어색해서 에 브는 다리 한가운데에 서서 강물을 바라보았다. 강물은 그곳 에서 화약 공장이 건설 중인 곳까지 기다란 곡면을 그리고 있 었다. 바로 그때, 강의 곡면을 따라 석양이 띠 모양을 이루면 서 유쾌한 빛을 던졌다.

“아름다운 저녁이네요!” 그녀는 화젯거리를 찾으면서 말했 다. “공기는 포근하면서도 상쾌하고, 꽃들은 향기를 내뿜고, 하늘은 너무나 아름답고요.”

“모든 것이 제 마음에 말을 거네요.” 다비드는 마음 상태에 빗대어 자기의 사랑을 이야기하고자 이렇게 대답했다. “애정이 넘치는 사람들은 변화무쌍한 풍경과 맑은 공기와 향기로운 대지에서 영혼 속에 존재하는 시를 발견하고는 한없이 즐거워 하지요. 자연은 그들을 위해 노래한답니다.”

“자연은 그들의 다문 입이 열리게도 하는군요.” 에브가 웃으 면서 말했다. “루모를 지나오면서 아무 말씀도 안 하셔서 제가 얼마나 거북했는지 모르실걸요…….”

“당신이 너무 아름다워 얼이 빠졌었습니다.” 다비드가 순진 하게 대답했다.

“그러면 지금은 덜 아름답고요?”

“아닙니다. 이렇게 당신과 단둘이 거니는 것이 너무 행복하 고, 또…….”

말문이 막힌 다비드는 가던 길을 멈추고 생트 도로로 내려가는 언덕을 바라보았다.

"이 산책이 조금이라도 즐거우시다면 저로서는 여간 기쁘지 않아요. 저를 위해 야회를 포기하셨으니, 그 대신 당신이 즐거운 저녁 시간을 보내게 해드려야겠다고 생각했어요. 바르주통 부인 댁에 가기를 거절하신 것은 오빠가 부인을 화나게 할 위험을 무릅쓰고 당신의 동반 참석을 요구한 것만큼이나 관대한 행동이었어요."

"관대한 것이 아니라 현명한 것이지요." 다비드가 대답했다. "이 하늘 아래에 샤랑트 강변의 갈대와 덤불을 제외하고는 아무 증인도 없이 우리 둘뿐이니, 사랑하는 에브, 당신이 허락하신다면 현재 뤼시앵의 행보가 내게 불러일으키는 몇 가지 불안한 생각을 당신에게 말씀드리겠습니다. 조금 전에는 뤼시앵에게 그렇게 말해 놓고 지금은 불안을 말하니, 당신이 볼 때 저의 불안은 과도한 우정의 표시로 보일 겁니다. 그렇게 보였으면 좋겠네요. 당신과 당신의 어머니는 뤼시앵을 더 높은 지위에 올려놓기 위해 최선을 다했습니다. 하지만 그의 야망을 부추김으로써 당신과 어머니는 무모하게도 그를 커다란 고통 속에 빠뜨리지 않았나요? 그의 귀족적 취향이 그를 사교계로 이끌었지만, 그곳에서 그가 어떻게 견디겠어요? 나는 뤼시앵을 잘 알아요. 그 친구는 일은 하지 않고 수확만 바라는 기질을 가지고 있어요. 사교계의 의무를 수행하느라 시간을 다 잡아먹을 겁니다. 그런데 재산이라고는 머리밖에 없는 사람들에게 시간은 유일한 자산이거든요. 그는 두각을 나타내고 싶어 합니다. 사교계는 그의 욕망을 부추기겠지요. 하지만 얼마를

써도 그의 욕망은 충족되지 않을 거예요. 그는 돈을 펑펑 쓰
겠지만 한 푼도 벌지는 못할 겁니다. 요컨대 당신과 어머니는
그가 스스로 위대하다고 생각하는 데 익숙해지도록 만들었
어요. 하지만 사교계는 누군가의 탁월함을 인정하기 전에 눈
부신 성공을 요구합니다. 그런데 문학적 성공은 고독과 끈질
긴 노력을 통해서만 얻을 수 있습니다. 바르주통 부인의 발밑
에서 수많은 나날을 보낸 대가로 그녀는 당신의 오빠에게 무
엇을 해줄 수 있을까요? 그녀의 도움을 받아들이기에는 뤼시
앵의 자존심이 너무 강합니다. 그런데 계속 사교계를 드나들
기에는 아직 너무 가난하다는 걸 우리는 잘 압니다. 사교계란
이중으로 돈이 많이 드는 곳이니까요. 언제고 그 부인은 사랑
하는 우리의 뤼시앵을 버릴 겁니다. 일에 대한 흥미를 잃게 만
들고, 사치를 좋아하고 검소한 생활을 멸시하고 향락을 추구
하고 나태한 삶에 익숙해지게 만들어, 시인의 영혼을 타락시
킨 후에 말입니다. 그렇습니다. 그 귀부인이 뤼시앵을 장난감
처럼 가지고 노는 게 아닌가 하는 생각에 부르르 떨릴 정도로
불안합니다. 그녀가 진정 그를 사랑한다면 그가 모든 것을 잊
게 할 것이고, 사랑하지 않는다면 그를 불행하게 만들 겁니다.
그는 지금 부인에게 빠져 있으니까요."

　"제 마음을 얼어붙게 하시는군요." 에브가 샤랑트 강둑에
멈추어 서서 말했다. "하지만 우리 어머니에게 그 고된 일을
하실 힘이 남아 있는 한, 그리고 제가 살아 있는 한, 우리가 열
심히 일한다면 뤼시앵이 쓸 돈을 충분히 댈 수 있을 거예요,
그러다 보면 오빠의 행운이 시작되는 날이 오겠지요. 저는 절

대 용기를 잃지 않을 거예요. 사랑하는 사람을 위해 일한다고 생각하면 노동에서 느끼는 고통과 근심이 모두 사라지거든요. 고통스러울지라도, 누군가를 위해 그토록 고통스럽게 일한다고 생각하면 저는 행복해요. 그러니 아무 걱정 마세요. 우리는 뤼시앵이 상류사회에 진출할 수 있을 만큼 충분히 돈을 벌 수 있어요. 뤼시앵의 행운은 거기 있으니까요.”

“그의 파멸도 거기 있지요.” 다비드가 말했다. “들어보세요, 에브. 천재가 천천히 작품을 구상하려면, 막대한 재산이 있거나, 아니면 사회적 관습을 무시하면서 가난하게 살 만큼 숭고한 정신을 가져야 합니다. 그렇게 생각하지 않으세요? 그런데 뤼시앵은 가난 때문에 겪어야 하는 궁핍을 끔찍이 싫어하는데다, 향연의 향기와 성공의 연기를 신나게 맛보았고, 바르주통 부인의 내실에서 자존심이 엄청나게 부풀어 올랐어요. 그러니 이제 그 지위를 지키기 위해서라면 무슨 짓이든 할 겁니다. 당신과 어머니가 버는 돈으로는 그에게 필요한 비용을 결코 감당할 수 없어요.”

“이제 보니 당신은 가짜 친구로군요!” 낙담한 에브가 큰 소리로 말했다. “그렇지 않다면 이렇게까지 우리의 용기를 꺾어버리지는 않겠지요.”

“에브! 에브! 난 뤼시앵의 형제가 되고 싶습니다.” 다비드가 대답했다. “당신만이 내게 그 자격을 부여할 수 있습니다. 형제가 되어야만 뤼시앵은 내가 주는 모든 것을 다 받을 수 있고, 나는 당신과 어머니가 그를 위해 희생하듯 신성한 사랑으로, 그러나 이해관계를 따질 줄 아는 분별력을 가지고, 그에게 헌신할 권리를 가지게 됩니다. 사랑하는 에브, 뤼시앵이 수치심을 느끼지 않으면서 마음껏 퍼낼 보물 창고를 가지도록 해주지 않겠어요? 형제의 지갑은 그의 지갑이 아닌가요? 뤼시앵이 처한 새로운 상황을 두고 내가 얼마나 많은 생각을 했는지 당신이 아신다면! 만일 그가 바르주통 부인 댁을 드나들고자 한다면, 그는 인쇄소 감독직을 그만두어야 합니다. 루모에 살아서도 안 됩니다. 당신도 공장 일을 그만두어야 하고, 어머니도 더 이상 그 일을 계속하실 수 없습니다. 당신이 내 아내가 되어준다면, 모든 일은 다 해결될 겁니다. 뤼시앵은 우리 집 3층에서 살면 됩니다. 만약 제 아버지가 3층을 증축하는 걸 반대하신다면, 안마당 안쪽에 있는 곁채 위에 방을 만들게요. 그러면 뤼시앵은 아무 걱정 없이 독립된 생활을 할 수 있을 겁니다. 뤼시앵을 지원하기 위해서라면 내게도 재산을 모으기 위해 필요한 용기가 생길 겁니다. 나 혼자만을 위해서는 절대로 생기지 않을 용기지요. 나의 헌신을 허락하느냐 마느냐는 당신 손에 달렸습니다. 언제고 뤼시앵은 파리로 갈 겁니다. 파리는 그가 활동할 수 있는 유일한 무대니까요. 그곳에서는 그의 재능이 인정받을 것이고 보상도 받을 겁니다. 파리의 생활비는 무척 비쌉니다. 우리 셋이 힘을 합쳐도 그를 부양하기가 벅찹니다. 게다가 당신 어머니나 당신에게도 의지할 곳이 필요하지 않겠습니까? 에브, 뤼시앵에 대한 사랑으로 나와 결혼해 주세요. 훗날 내가 뤼시앵에게 봉사하기 위해, 그리고 당신을 행복하게 해주기 위해 애쓰는 것을 본다면, 당신도 나를 사랑하게 되겠지요. 우리 두 사람 모두 취향이 검소하니 돈 들어갈 일은 별로 없을 겁니다. 뤼시앵의 행복은 우리에게 가장 중요한 관심사가 될 테고, 그의 마음은 보고(寶庫)가 될 것입니다. 우리가 그 마음에 재산과 애정과 감정 등 모든 것을 쏟아부을 테니까요!"

"관습이 우리를 갈라놓고 있답니다." 큰 사랑 앞에서 자신을 한없이 낮추는 다비드의 모습에 감동한 에브가 말했다. "당신은 부자고 난 가난하거든요. 이 난관을 극복하려면 아주 많이 사랑해야 해요."

"그러니까 당신은 아직 나를 별로 사랑하지 않는단 말인가요?" 실망한 다비드가 말했다.

"아마 아버님께서 반대하실 거예요……."

"좋아요! 상의해야 할 사람이 제 아버지뿐이라면, 당신은 내 아내가 되는 겁니다. 에브, 사랑하는 에브! 당신은 단숨에 내 인생을 아주 쉽게 만들어주었어요. 아아! 내 감정을 표현할 수도 없고 표현할 줄도 몰라서 마음이 정말 무거웠거든요. 조금이라도 나를 사랑한다고 말해 주세요. 그러면 용기를 내어 내가 생각하고 있는 나머지 것들을 말씀드리겠습니다."

"정말, 저를 부끄럽게 만드시네요. 하지만 서로 감정을 터놓고 있으니, 말씀드리겠어요. 저는 이제까지 당신 외에는 그 누구도 생각해 본 적이 없어요. 당신은 한 여자가 어떤 남자의 여자임을 자랑스럽게 여기게 해줄, 그런 남자라고 생각했어요. 그렇지만 미래가 없는 가난한 여공인 저로서는 감히 그런 행운을 기대할 수 없었죠."

"그만, 그만! 그런 말씀 마세요." 다비드는 조금 전에 지나갔던 강둑으로 다시 돌아와 그 위에 앉으면서 말했다. 그들은 정신 나간 사람들처럼 같은 곳을 오락가락하고 있었던 것이다.

"왜 그러세요?" 그녀는 처음으로 자기 남자가 될 사람에게서 느끼는 애정 어린 불안감을 표현하면서 물었다.

"좋은 일뿐이라서요. 평생 행복할 것을 생각하니 정신이 혼미해지고 마음이 짓눌리는군요. 난 왜 가장 행복한 남자일까요?" 그는 우수에 젖은 표정으로 말했다. "하지만 나는 압니다."

에브는 그 말에 대한 설명을 원하는 듯 매력적이면서도 의아한 표정으로 다비드를 바라보았다.

"사랑하는 에브, 나는 주는 것보다 더 많은 것을 받고 있습니다. 그러니 언제나 당신이 나를 사랑하는 것보다 당신을 더 많이 사랑할 겁니다. 당신을 사랑할 이유가 나에게 더 많으니까요. 당신은 천사고 나는 그냥 인간이거든요."

"저는 그렇게 유식하지 않아요." 에브가 미소 지으면서 말했다. "당신이 좋아요……."

"뤼시앵을 사랑하는 만큼?" 다비드가 그녀의 말을 가로막으면서 말했다.

"당신의 아내가 될 만큼, 당신에게 헌신할 만큼, 처음에는 조금 힘든 삶이겠지만 함께 사는 동안 당신에게 아무런 고통도 주지 않도록 노력할 만큼요."

"당신을 본 첫날부터 내가 당신을 사랑했다는 것을 알아챘나요?" 다비드가 물었다.

"사랑받고 있음을 느끼지 못하는 여자가 어디 있어요?"

"소위 내 재산이라는 것에 대한 당신의 불안을 해소해 드리겠습니다. 사랑하는 에브, 나는 가난합니다. 아버지는 나를 파산시키는 데서 기쁨을 느끼셨어요. 나를 이용해 많은 이득을 챙기면서도, 소위 자선가라는 이들이 수혜자들에게 하듯 나를 대하셨지요. 만일 내가 부자가 된다면, 그것은 당신 덕분일 겁니다. 이것은 연인으로서 하는 말이 아니라, 사상가의 깊은 성찰에서 나온 말입니다. 당신에게 나의 결점들을 알려드려야겠지요. 재산을 모아야 하는 사람에게 그것은 치명적인 결점이니까요. 나의 성격, 나의 습관, 내가 좋아하는 일 등은 장사나 투기에는 적합하지 않습니다. 하지만 창의력과 전문성을 발휘한다면 우리는 부자가 될 수 있습니다. 우리에게는 그 길밖에 없어요. 내게는 금광을 발견할 능력이 있지만, 금을 채굴하는 데는 아주 서툴답니다. 반면에 당신은 오빠에 대한 사랑으로 자질구레한 것까지 알고 있어요. 게다가 절약할 줄도 알고, 진짜 장사꾼처럼 참을성 있게 배려할 줄도 알지요. 씨앗은 내가 뿌릴 테니 수확은 당신이 하세요. 우리의, 이미 오래전부터 당신 가족의 일원으로 생각했으니 우리라고 하겠습니다, 우리의 상황이 너무도 내 마음을 짓눌렀기에 나는 밤낮으로 큰돈을 벌 수 있는 기회를 찾아보았습니다. 내가 가진 화학 지식과 상업계의 수요에 대한 관찰을 통해 나는 벌이가 되는 발명의 길로 접어들었습니다. 아직은 아무것도 말씀드릴 수 없습니다. 너무 오래 걸릴 것이 뻔히 예상되니까요. 처음 몇 년 동안은 아마도 무척 힘들겠지요. 하지만 결국은 발명품을 상품화할 길을 발견하고 말 겁니다. 그 방법을 연구하는 사람이 나 하나뿐은 아니에요. 하지만 내가 먼저 그 길에 이른다면 우리는 막대한 재산을 모으게 될 겁니다. 뤼시앵에게는 아무 말도 하지 않았습니다. 그의 불같은 성격이 모든 것을 망칠 테니까요. 그는 내가 희망하는 미래의 삶을 현재로 여기면서 군주처럼 살려 할 테고, 그러다 보면 빚을 지게 되겠지요. 그러니 그에게는 비밀로 해주세요. 다정하고 소중한 당신이 곁에 있어야만 나는 시련의 긴 시간 동안 위로를 받을 겁니다. 당신과 뤼시앵을 부자로 만들고 싶다는 욕망이 내게 의연함과 인내심을 주듯이요……."

"짐작하고 있었어요." 에브가 그의 말을 끊으면서 말했다. "당신은 가엾은 우리 아버지처럼 발명가라는 걸, 그러니 당신 곁에는 당신을 돌봐줄 여자가 필요하다는 걸 말이죠."

"그러니까 당신은 나를 사랑하는군요? 아! 걱정 말고 말해주세요. 당신의 이름에서 내 사랑의 상징을 보았던 나에게 말해 주세요. 에브는 이 세상에 존재했던 단 하나의 여인이었습니다. 아담에게는 물질적으로 실재했지만, 나에게는 정신적으로 실재합니다. 오! 세상에! 나를 사랑하나요?"

"네." 에브는 자신의 감정이 얼마나 넓고 깊은지 보여주려는 듯, 그 단순한 음절을 길게 늘여 말했다.

"그럼, 우리 저기 가서 좀 앉아요." 그는 에브의 손을 잡고 제지 공장의 물레바퀴 아래 놓인 기다란 나무 보(洑) 쪽으로 가면서 말했다. "저녁 공기를 마시고, 청개구리 울음소리를 듣고, 물 위에서 반짝이는 달빛을 찬양하게 해주세요. 온갖 것들에 내 행복이 쓰여 있는 것처럼 보이는 자연, 사랑으로 밝아지고 당신 때문에 더욱 아름다워져서 난생처음으로 광채를 발하는 듯 보이는 이 자연을 나 혼자 독점하게 해줘요. 에브, 사랑하는 여인이여! 이 순간 나는 처음으로 운명이 내게 준 순수한 기쁨을 느낍니다. 뤼시앵도 나만큼 행복해하고 있을지 모르겠군요.”

다비드는 촉촉이 젖은 에브의 손이 떨리는 것을 느끼면서, 그 손 위에 눈물을 한 방울 떨구었다.

“당신의 비밀을 알 수 있을까요……?” 에브가 다정하게 물었다.

“당신은 그럴 권리가 있습니다. 당신 아버지는 이 문제에 전념하셨지요. 그런데 앞으로는 이 일이 점점 더 중요해질 겁니다. 왜 그런지 말할게요. 나폴레옹 제국이 멸망한 이래로, 면직물 사용이 더욱더 보편화되어 가고 있습니다. 마직물보다 면직물 가격이 상대적으로 싸기 때문이지요. 지금도 종이는 여전히 대마와 아마의 넝마로 만듭니다. 하지만 이 재료는 무척이나 비쌉니다. 그래서 프랑스의 인쇄술이 반드시 이루어야 할 큰 발전이 늦어지고 있답니다. 그런데 넝마의 생산은 늘릴 수가 없습니다. 넝마는 헝겊을 사용해야 나오는데, 한 나라에서 나오는 헝겊의 양은 한정적이거든요. 그 생산량은 출산 인구수가 증가해야만 늘어납니다. 한 나라의 인구가 괄목할 정도로 변화하기 위해서는 4반세기의 세월과 더불어 풍속, 상업, 농업 분야에서의 대혁명이 필요하지요. 따라서 제지 업계의 수요가 프랑스에서 생산하는 넝마의 양을 넘어 지금의 두 배, 세 배가 된다면, 낮은 종잇값을 유지하기 위해 넝마가 아닌 다른 재료로 종이를 생산해야 합니다. 이러한 추론은 바로 이곳에서 일어나고 있는 사실에 근거합니다. 앙굴렘의 제지 공장들은 마직물 넝마로 종이를 만드는 마지막 공장들이 될 터인데, 그들도 놀라운 속도로 펄프에 면섬유 비중을 늘리고 있거든요.”

　종이 규격을 나타내는 전문 용어들이 생소한 여인의 질문에 다비드는 제지술에 대해 이것저것 알려주었다. 하나의 문학 작품은 인쇄만큼이나 종이 덕분에 물리적으로 존재하는 것이므로 여기서 제지술에 관해 설명하는 것이 부적절하지는 않을 테지만, 우선은 사랑에 빠진 남자와 그의 애인이 주고받은 긴 대화의 요약으로 설명을 대신하는 편이 나을 듯하다.

　인쇄술의 한 축인 종이는 인쇄술만큼이나 경이로운 생산물로, 중국에서는 아주 오래전부터 발달했다. 종이는 은밀한 상업 경로를 통해 서아시아로 들어왔는데, 몇몇 전설에 따르면 750년경 그곳에서는 면섬유를 짓이겨 죽을 쑨 재료로 종이를 만들었다고 한다. 값이 지나치게 비싼 양피지를 대체할 필요에 따라 산뽕나무 종이[80] ─ 동양에서는 면섬유로 만든 종이를 그렇게 불렀다 ─ 를 모방해 넝마로 종이 만드는 법을 발명했는데, 혹자는 1170년 바젤에서 그리스 망명자들이 그것

---

80) papier bombycien. 자구 자체로는 '누에나무' 종이인데, 산뽕나무를 가리킨다. 단어의 어원인 봄빅스(bombyx)는 '누에'를 뜻하는 고대 그리스어에서 유래했으며, 주로 누에가 자아내는 비단을 가리킬 때 쓰였다. 하지만 서양인들이 광택이 도는 면직과 비단을 잘 구분하지 못해 둘 다 누에 섬유로 알려졌다.

을 만들었다고 하고, 혹자는 1301년 팍스라는 이탈리아 사람
이 파도바에서 만들었다고도 한다. 이렇듯 종이 제조법은 세
상에 알려지지 않은 채 서서히 개선되었다. 그러나 샤를 6세[81]
치하의 파리에서 이미 트럼프 놀이용 카드를 위한 펄프가 만
들어지고 있었다는 것은 분명한 사실이다. 푸스트, 코스터, 구
텐베르크[82] 등 불후의 인물들이 '책'을 발명했을 때, 그 시대
의 수많은 위대한 예술가들처럼 무명의 장인들은 활판 인쇄
의 요구에 맞추어 제지술을 개발했다. 활기 넘치고 소박했던
15세기에 붙여진 다양한 규격의 종이 명칭은 활자들의 이름
과 마찬가지로, 그 시대를 상징하는 순진함의 흔적을 간직하
고 있었다. 레쟁, 예수, 콜롱비에, 포트, 에퀴, 코키유, 쿠론 같
은 사이즈별 명칭은 종이 속에 새겨진 워터마크[83] 문양인 포
도송이, 예수그리스도의 모습, 비둘기 집, 항아리, 방패, 조개,

---

81) 백년전쟁이 한창이던 1380년 왕위에 오른 샤를 6세(Charles VI,
1368~1422)는 통치 초반 선정을 베풀어 '친애왕'으로 불렸으나, 1392년 이
후 정신이상에 시달리며 '광인왕'이라는 별명을 얻었다.

82) 요안 푸스트(Johan Fust, 1400~1466)는 마옌의 인쇄업자, 상인,
은행가로서 재정적으로 요하네스 구텐베르크(Johannes Gutenberg,
1400~1468)와 그의 동업자 페터 쇠퍼(Peter Schöffer, 1425~1503)의 인
쇄 활동을 많이 지원했다. 로랑스 얀스존 코스터(Laurens Janszoon Coster,
1370년경~1440년경)는 네덜란드의 관리였던 것으로 추정되며, 구텐베르
크와 비슷한 시기에 인쇄술을 발명했다는 주장이 있다.

83) 워터마크는 제지의 역사 초기에 종이의 품질을 보증하고 제작자의 권
리를 보호하기 위해 종이의 제작 단계에서 삽입되었는데, 펄프가 물에 젖어
있을 때 종이 표면의 두께 차를 이용해 문양을 넣는 방식이었기 때문에 '워
터마크'라는 이름이 붙게 되었다.

왕관 등에서 따 왔다. 그 후, 나폴레옹 시대에 독수리 문양 워터마크를 넣은 종이가 생산되었고, 이것이 그랑이글이라는 전지(全紙)다.[84] 마찬가지로 키케로체, 성아우구스티누스체, 큰 캐넌체 등의 활자명도 그것이 처음으로 사용된 전례서, 신학서, 키케로의 저술 등에서 유래했다. 이탤릭체는 베네치아의 인쇄업자 알두스가 고안했다 하여 붙여진 이름이다.[85] 연속지(連續紙)를 생산할 수 있는 기계가 발명되기 전까지 가장 큰 규격의 인쇄용 전지는 '그랑예수'와 '그랑콜롱비에'였다.[86] 그랑콜롱비에는 지도나 판화 외에 다른 용도로는 거의 사용되지 않았다. 사실 인쇄용지의 크기는 인쇄대의 크기에 좌우되었다. 다비드가 이런 이야기를 하던 당시 프랑스에서 연속지는 꿈같은 이야기로 들렸다. 이미 1799년 에손(Essonne)의 드니 로베르가 연속지 생산 기계를 발명했고, 그 후 디도가 그 기계를 완벽하게 만들기 위해 노력했음에도 말이다. 앙브루아즈 디도가 독피지(犢皮紙)를 발명한 것은 기껏해야 1780년이다.[87] 이

---

84) 종이의 명칭별 규격은 다음과 같다.(단위는 밀리미터.) 레쟁(포도); 500×650. 예수; 560×720. 콜롱비에(비둘기); 640×900. 포트(항아리); 310×400. 에퀴(방패); 400×530. 코키유(조개껍질); 440×560. 쿠론(왕관); 360×460. 그랑이글(큰 독수리); 730×1060.[편]

85) 키케로체는 12포인트, 성아우구스티누스체는 12~13포인트, 큰 캐넌체는 40~44포인트다. 이탤릭체는 1500년 베네치아의 인쇄업자 알두스 마누티우스(Aldus Manutius, 1449~1515)가 고안했다.[편]

86) 그랑예수의 크기는 560×760, 그랑콜롱비의 크기는 600×900이다.[편]

87) 드니 로베르가 아닌 루이 니콜라 로베르(Louis Nicola Robert, 1761~1828)다. 디도 인쇄소의 감독이었던 그는 디도의 지원을 받아 연속지

처럼 간략한 개요를 통해, 산업과 지성이 이룬 모든 위대한 업적은 보이지 않는 결집을 통해 아주 느리게 완성되었음을 확실히 알게 된다. 그것은 자연계의 모든 과정과 완전히 똑같다. 아마도 글자나 언어도 완성되기까지는 인쇄술이나 제지술처럼 똑같은 시행착오를 거쳤을 것이다.

"넝마주이들은 유럽 전체에서 헝겊이나 낡은 내의들을 모으고 온갖 종류의 천 조각을 삽니다." 인쇄업자 다비드가 말했다. "종류별로 나누어 선별된 천 조각들은 대량으로 옷감 장수의 창고에 저장되었다가 제지 공장에 공급되지요. 이 상업계가 어떻게 돌아가는지 이해하기 쉽게 한 가지 예를 들어볼게요. 1814년 뷔주와 랑글레 지방의 펄프 저장소 소유주이자 은행가인 카르동은 1000만 파운드의 넝마 중 200만 파운드가 모자라며, 그 결과 400만 프랑 상당의 손실이 발생했다며 프루스트 씨에게 소송을 제기한 바 있습니다. 그 펄프 저장소에서는 1776년부터 레오리에 드릴이 당신 아버님께서 몰두하셨던 문제에 대한 해결책을 찾으려고 노력하고 있었지요. 제조업자는 넝마를 깨끗이 씻어 맑은 죽이 되도록 끓인 후, 마치 요리사가 소스를 체에 거르듯, 그것을 금속 거름망을 끼운 쇠로 된 발틀에 부어 여과시킵니다. 그 발틀 가운데에는

라 일컬어지는 '두루마리형' 제지기를 최초로 발명했다. 그러나 성능이 그리 좋지 않아 상용화에 성공하지는 못했다. 그 후, 생레제 디도(Saint-Léger Didot, 1767~1829)가 그 특허권을 사들여 기계를 개량 완성했다. 또한 송아지 가죽 종이인 독피지는 디도가 아니라, 영국의 유명 인쇄업자 존 배스커빌(John Baskerville, 1797~1775)이 1750년경 발명했다.

워터마크용 문양이 있지요. 포트, 에퀴 등의 종이 이름은 바로 그 워터마크의 도안을 가리킵니다. 그러니까 종이의 크기는 발틀의 크기에 따라 달라지는 거지요. 내가 디도 형제의 인쇄소에 있을 때부터 사람들은 그 문제에 관심을 가졌고, 지금도 여전히 그 문제에 몰두하고 있답니다. 당신 아버님께서 추구하셨던 개선 방식은 오늘날 가장 시급하게 요구되는 사항의 하나예요. 왜 그런지 들어보세요. 면에 비해 마의 수명이 더 길기에 결과적으로는 마가 면보다 더 싸게 먹힐지라도, 사람들은 우선 적은 돈을 들이고 싶어 합니다. 가난한 사람들의 경우 언제나 자기 주머니에서 돈을 꺼내므로 당장 비용이 적게 드는 편을 선호하는 것과 같은 이치지요. 그래서 결과적으로는 패자에겐 비애뿐이라는 말처럼, 큰 손실을 보게 되는 겁니다. 부르주아 계급도 가난한 사람처럼 행동합니다. 그래서 마섬유를 잘 사용하지 않게 된 것입니다. 영국에서는 인구의 80퍼센트가 마가 아닌 면 옷을 입으니까 벌써 면섬유 종이만 만들고 있습니다. 무엇보다도 그 종이는 잘 찢어지고 부스러지는 단점이 있고, 더구나 물에 너무 쉽게 풀어지기 때문에 15분만 물에 담가 놓아도 곤죽이 되어버립니다. 반면에 옛날 책은 2시간 동안 물에 담가 뒤도 멀쩡하지요. 물에 젖은 책을 말리면 색이 누렇게 뜨긴 해도 여전히 글자는 읽을 수 있으니, 작품이 아예 없어져 버리는 것도 아니고요. 평준화가 대세가 되고 재산이 줄어들면서 모두가 가난해진 시대에 살고 있는 오늘날, 큰 그림을 걸 공간이 없어 작은 그림을 원하기 시작한 것과 마찬가지로 우리는 싼값의 옷과 책을 원합니다. 그런데 그런 셔츠나 책은 오래가지 못할 겁니다. 더 이상 말이 필요 없지요. 어디에서고 제품의 견고성은 사라지고 있습니다. 따라서 앞서 언급한 문제는 문학이나 과학이나 정치를 위해서도 반드시 해결되어야 할 매우 중요한 문제입니다. 어느 날, 우리 연구실에서는 종이 제조를 위해 중국에서 사용하는 원재료에 대한 격렬한 토론을 벌인 적이 있습니다. 중국에서는 원재료 덕분에 처음 종이를 만들 당시부터 우리는 엄두도 못 낼 정도의 완벽함에 이를 수 있었습니다. 그래서 우리는 중국 종이를 많이 연구했답니다. 그 종이는 가벼웠고, 세련되었으며, 우리의 종이보다 월등히 우수했지요. 그런 장점과 더불어 질기기까지 했으니까요. 게다가 굉장히 얇음에도 전혀 비치지도 않습니다. 매우 유식한 어떤 교열자, (파리의 교열자 중에는 학자들이 왕왕 있는데, 푸리에나 피에르 르루 같은 학자는 현재 라슈바르디에르 출판사의 교열자랍니다.) 그러니까 당시 교열자였던 생시몽 백작이 우리를 보러 왔더랬어요.[88] 우리는 한창 토론 중이었죠. 그때 그가 말하길. 켐퍼와 뒤 알드에 따르면,[89] 우리가

---

88) 조제프 푸리에(Joseph Fourier, 1768~1830)는 프랑스의 수학자, 물리학자다. 피에르 르루(Pierre Leroux, 1797~1871)는 프랑스의 철학자, 정치가, 사회학자, 출판인으로, 1822년 디도 인쇄소의 식자공이자 교열자였다. 루이드 생시몽(Louis de Saint-Simon, 1760~1825)은 프랑스의 사회주의 사상가이자 백과전서파 작가다. 생시몽이 디도 인쇄소에서 일했다는 기록은 없지만, 1813년 자기 수소를 인쇄소로 지성한 섯으로 보아, 쇄 싶은 관계를 유지하고 있었던 것으로 보인다.[편]
89) 엥겔베르트 켐퍼(Engelbert Kämpfer, 1651~1716)는 독일의 박물학자이자 의사로 일본의 식물에 관한 책을 출판한 바 있다. 예수회 신부이자 역

식물성 원료로 종이를 만들듯이 중국에서도 식물로만 종이를 만드는데, 그 원료가 닥다무라는 것이었죠. 그런가 하면 중국 종이는 주로 동물성 원료, 즉 중국에 아주 흔한 실크를 재료로 한다고 주장하는 교열자도 있었습니다. 내 앞에서 사람들은 내기를 걸었습니다. 디도 형제는 학사원의 인쇄업자였기에, 논쟁은 자연스럽게 학사원 회원들의 의견에 따라 결론이 나게 되었지요. 전직 황실 인쇄소장이던 마르셀 씨가 심판으로 임명되었고, 그는 아르스날 도서관 사서인 그로지에 신부에게 두 명의 교열자를 보냈습니다. 그로지에 신부의 판결에 따라 교열자 둘 다 내기에서 졌습니다.[90] 중국 종이의 원료는 실크도 닥나무도 아니었습니다. 대나무 섬유를 반죽해 펄프를 만들었던 것이지요. 그로지에 신부에게는 중국 책이 한 권 있었는데, 그림이 많이 포함된 기술 관련 서적이었습니다. 그

사가였던 장 바티스트 뒤 알드(Jean-Baptiste du Halde, 1674~1743)는 중국에 선교사로 파견된 후 1735년 중국의 지리, 역사, 정치 등을 상세히 서술한 대작 『중국지』(전4권)를 간행했다.

90) 장 조제프 마르셀(Jean-Baptiste Marcel, 1776~1854)은 나폴레옹의 이집트 원정 당시 과학위원회 담당관이었으며, 1804년 황실 인쇄소장이 된다. 그는 동양어에 능통했으며 인쇄와 관련된 활동으로도 두각을 나타냈다. 장 바티스트 그로지에(Jean-Baptiste Grosier, 1743~1823) 신부는 40년간 중국의 역사, 예술, 문화를 연구한 학자이며 편집자이기도 하다. 1787년에 발표한 『중국에 관한 개요』에는 중국의 종이와 인쇄술에 관한 내용이 담겨 있다. 말년에 그는 아르스날 도서관장을 역임했다. 그 시기에 아르스날 도서관에서 아주 가까운 곳에 살았던 발자크는 그 도서관을 자주 왕래했다. 작가는 1836년에 발표한 『금지산』에서 중국 문화에 관심이 많았던 네스파르 후작의 스승으로 그를 등장시킨다.[편]

책에는 종이 제조의 전 과정을 보여주는 수많은 삽화가 실려 있었고, 정교하게 그려진 제지 공장의 한구석에는 댓줄기가 산처럼 쌓여 있는 모습도 보였습니다.[91] 당신 아버지께서 재능 있는 사람 특유의 직관에 따라, 중국인들이 섬유질을 함유한 식물 줄기를 사용했듯이, 땅에서 쉽게 얻을 수 있는 흔한 식물성 원료로 헝겊을 대체할 방법이 있으리라고 예측하셨다는 이야기를 뤼시앵에게서 들은 뒤에 나는 선배들이 시도했던 모든 실험 성과를 분류했고, 마침내 그 문제를 연구하기 시작했습니다. 대나무는 갈대의 일종입니다. 그래서 나는 자연스럽게 프랑스 갈대를 떠올리게 되었지요. 중국에서는 인건비가 아주 쌉니다. 하루 품삯이 3수에 불과합니다. 그러니 중국인들은 종이를 발틀에서 걷어내자마자 뜨겁게 달군 하얀 도자기 판 사이에 끼워 넣을 수 있었고, 도자기 판의 압력으로 펄프의 밀도를 높여 반들거리고 질기고 가벼운, 세계에서 가장 우수한 종이를 생산할 수 있었던 겁니다. 우리는 중국인의 방식 대신 특별한 기계를 사용해야 합니다. 중국에서는 값싼 인건비 덕분에 염가 생산이 가능하지만, 우리는 기계를 가지고 그 문제를 해결해야지요. 만일 우리가 낮은 가격으로 중국과 비슷한 품질의 종이를 생산하기에 이른다면, 책의 무게와 두께도 절반 이상 줄일 수 있습니다. 독피지에 인쇄해 제본한 볼테르 책 한 권의 무게는 250파운드지만 중국 종이에 인쇄하

---

91) 발자크가 뒤 알드의 책을 읽었다면, 기억의 오류로 보인다. 뒤 알드는 이미 중국인들이 대나무로 종이를 제조했음을 밝힌 바 있다.[편]

면 50파운드도 안 나갈 겁니다. 이것은 분명 새로운 정복입니다. 전반적으로 물건들이 작아지고 하인 수도 줄어들어 주택까지 협소해지는 세상이니, 책을 위한 서가 공간의 확보는 갈수록 난제가 될 겁니다. 파리의 대저택이나 대형 아파트는 조만간 헐릴 것이고, 우리 조상들 세대의 건축물을 보존할 만큼의 재산을 가지기는 점점 더 어려워질 테지요. 이런 시대에 내구성이 약한 종이를 생산한다면 부끄러운 일이 아닌가요! 앞으로 10년만 있으면, 대마 직물의 넝마로 만든 네덜란드 종이는 더 이상 존재하지 않을 겁니다. 그런데 당신 아버님께서 식물성 섬유질을 종이 제조에 활용할 아이디어를 갖고 계셨음을 너그러운 당신의 오빠가 내게 말해 주었어요. 그러니까 만일 내가 성공하면 당신도 그에 대한 권리를……."

바로 그때 뤼시앵이 누이에게 다가오는 바람에, 관대한 제안을 하려던 다비드는 말을 멈추었다.

"너희들에게는 오늘 저녁이 아름다웠는지 모르겠지만, 내게는 잔인하기가 그지없었다."

"오빠, 도대체 무슨 일이 있었던 거야?" 에브는 뤼시앵의 얼굴이 상기된 것을 보고 물었다.

화가 난 시인은 자신에게 엄습하는 수많은 생각들을 다정한 두 사람에게 쏟아부으면서 자신의 고통을 토로했다. 에브와 다비드는 말없이 그의 이야기를 들었다. 위대함만큼이나 옹졸함이 드러나는 고통을 쏟아내는 뤼시앵을 보면서 그들은 마음이 아팠다.

"바르주통 씨는 아마도 소화불량으로 오래 살지 못할 노인이야. 그러면 나는 그 오만한 사교계를 지배할 거야. 바르주통 부인과 결혼할 테니! 오늘 저녁 나는 부인의 눈에서 사랑을 보았어. 내가 그녀를 사랑하는 만큼 그녀도 나를 사랑해. 그래. 그녀는 나의 상처를 느꼈고, 나의 고통을 달래주었어. 아름답고 우아할 뿐만 아니라 위엄 있고 고귀한 여인이야! 절대로 나를 배신하지 않을 거야!" 이렇게 그가 말을 맺었다.

"오빠를 편하게 해주어야 할 때가 되지 않았나요?" 다비드가 에브에게 나직이 말했다.

에브는 조용히 다비드의 팔을 눌러 동의의 신호를 보냈다. 그녀의 생각을 이해한 다비드는 지체하지 않고 뤼시앵에게 자신이 궁리했던 계획들을 펼쳐놓았다. 뤼시앵이 자기 생각만 하고 있었듯이, 자신들 생각으로 가득한 두 연인도 그들의 행복을 인정받기에 급급한 나머지, 누이와 다비드의 결혼 소식을 듣고 놀라는 뤼시앵의 반응을 눈치채지 못했다. 바르주통 부인의 연인이 된 뤼시앵은 높은 지위에 오르게 되면 누이를 좋은 집안에 시집보낼 생각이었다. 힘 있는 가문이 그에게 가져다줄 이득을 업고 야망을 키우기 위해서였다. 따라서 이 결혼이 사교계에서 자신의 성공에 또 하나의 장애가 되리라는 생각에 그는 낙담하지 않을 수 없었다.

'바르주통 부인은 뤼방프레 부인이 되는 데는 동의할 수 있을지언정, 다비드 세샤르와는 절대로 사돈지간이 되려 하지 않을 거야!' 이 말은 뤼시앵의 마음을 짓누르는 생각을 분명하고도 정확하게 표현한 것이다. '루이즈의 말이 맞아! 장래가 촉망되는 사람은 결코 가족들로부터 이해받지 못해.' 이런 생각이 들자 뤼시앵은 씁쓸했다.

그들의 결혼 소식을 들은 것이 상상 속에서 바르주통 씨를 죽이던 바로 그 순간만 아니었더라면 뤼시앵은 무척 기뻤을 것이다. 자신의 현재 상태를 차분히 숙고하고, 아름답지만 재산은 한 푼도 없는 에브 샤르동이라는 여인의 운명을 고려한다면, 이 결혼을 기대 밖의 행운으로 여겼을 터다. 그러나 그는 '만약에'라는 가정에 힘입어 모든 난관을 극복하는 젊은이들이 그러듯이, 황금빛 꿈을 꾸고 있었다. 방금 전까지 자신이 사교계를 지배하는 모습을 그려보고 있었는데, 이렇게 빨리 현실로 떨어지다니! 시인은 너무도 고통스러웠다. 에브와 다비드는 뤼시앵이 아무 말도 못 하고 있는 것이 그들이 보인 크나큰 호의에 압도된 때문이라 여겼다. 아름다운 영혼을 가진 두 사람에게는 말 없는 승낙이야말로 진정한 우정의 표시였다. 인쇄업자는 부드럽고 다정하면서도 설득력 있게 네 사람 모두가 맞이할 행복을 묘사하기 시작했다. 에브가 여러 번 감탄사를 연발하면서 말리는데도, 다비드는 사랑에 빠진 남자가 해주고 싶은 호사를 열거했다. 그들 부부가 거주할 2층을 꾸밀 것이고, 순수한 선의를 가지고 뤼시앵을 위해 3층을 증축할 것이며, 샤르동 부인을 위해서는 별채 위에 방을 들이겠다고 했다. 친자식만큼 정성을 다해 부인을 모시고 싶다는 말도 했다. 결국 그가 가족을 너무도 행복하게 해주고 뤼시앵에게는 독립을 보장해 주었기에, 다비드의 목소리와 에브의 포옹에 매료된 뤼시앵은 샤랑트강을 따라 난 조용하고 빛나는 도로의 그늘 밑에서, 별이 빛나는 하늘 아래에서, 따스한 밤공기에 둘러싸여, 사교계가 그의 머리에 씌운 치욕적인 가시관을 잊어버렸다. 뤼방프레 씨는 마침내 다비드를 인정했다. 변하기 쉬운 성격의 소유자인 그는 이제까지의 순수하고 근면하고 부르주아적인 삶으로 금방 돌아갔다. 그 삶이 아름답고 걱정 없어 보였다. 귀족 사회의 소음은 점점 멀어져 갔다. 마침내 포석이 깔린 루모의 도로에 이르렀을 때, 야심가는 다비드의 손을 꼭 잡았고, 행복한 두 연인과 뜻을 같이하기에 이르렀다.

"자네 아버님이 이 결혼에 반대하시지 않아야 할 텐데!"

"아버지가 내 걱정하시는 거 봤어? 그 노인은 그저 자기만을 위해 살아. 그래도 내일 아버지를 뵈러 마르사크에 가야지. 우리에게 필요한 증축 허가도 받아내야 하니까."

다비드는 샤르동 오누이를 집까지 배웅하고는, 조금도 지체하고 싶지 않은 사람처럼 서둘러 샤르동 부인에게 결혼 승낙을 받고자 했다. 어머니는 딸의 손을 잡고 기쁜 마음으로 그 손을 다비드의 손에 넘겨주었다. 대담해진 연인은 아름다운 약혼자의 이마에 키스했고, 에브는 얼굴을 붉히며 미소 지었다.

"이것이 가난한 사람들의 약혼식이다." 어머니는 신의 축복을 간청하듯 눈을 들어 하늘을 보았다. 그녀가 다비드에게 말했다. "자네는 용기 있는 사람이야. 우리는 불행하다네. 자네에게도 그 불행이 전염될까 봐 두렵네."

"우리는 부지가 되고 행복해질 겁니다." 다비드가 엄숙하게 말했다. "우선 어머님은 간병인 일을 그만두십시오. 그리고 따님과 뤼시앵과 함께 앙굴렘으로 이사하도록 하세요."

영문을 몰라 놀라는 어머니에게 세 아이는 서둘러 그들의 멋진 계획을 이야기했다. 그들은 파종할 씨를 전부 곳간에 저장해 놓고 미리 그 기쁨을 맛보면서 즐거워하는 사람들처럼 가족끼리의 흥분된 한담을 마음껏 나누었다. 떠나고 싶지 않아 하는 다비드를 내쫓아야만 했다. 그는 그날 저녁이 영원하기를 바랐으리라. 뤼시앵이 미래의 매제를 팔레 문까지 배웅했을 때 새벽 1시를 알리는 종이 울렸다. 성실한 포스텔은 특별한 움직임에 놀라 불안해하면서 덧문 뒤에 서 있었다. 그는 십자형 창을 열고 이렇게 늦은 시간에 에브의 방에 불이 켜진 것을 보고는 "도대체 샤르동 씨 댁에 무슨 일이 있는 거지?"라고 중얼거렸다.

"이보게!" 그는 뤼시앵이 돌아오는 것을 보고 말했다. "도대체 무슨 일인가? 내가 도울 일이라도 있나?"

"아닙니다." 시인이 대답했다. "하지만 선생님은 우리 가족의 친구이시니 말씀드려도 되겠네요. 방금 어머니께서 누이와 다비드 세샤르의 결혼을 승낙하셨어요."

포스텔은 샤르동 양에게 청혼하지 않았던 것에 화가 나고 절망한 나머지 그 말에 아무런 대응도 못 한 채 거칠게 창문을 닫아버렸다.

앙굴렘으로 돌아가는 대신 다비드는 마르사크로 가는 길로 접어들었다. 아버지 집까지 계속 걸어가다 보니, 해가 뜰 무렵에는 집과 인접한 포도밭에 도착할 수 있었다. 편도나무 밑에 있는 울타리 위로 늙은 곰의 머리가 올라오는 것이 보였다.

"안녕하세요, 아버지." 다비드가 말했다.

“아, 너냐, 우리 아들? 어쩐 일로 이 시간에 그 길에 서 있어? 저쪽으로 들어와.” 포도 재배인은 아들에게 격자창이 달린 작은 문을 가리키면서 말했다.

“내 포도나무는 전부 결실기에 들어섰다. 한 그루도 얼지 않고 지났어! 올해는 에이커당 스무 통 이상 나오겠는걸. 하지만 거름을 얼마나 많이 주었게!”

“아버지, 중요한 일을 말씀드리러 왔어요.”

“그나저나 우리 인쇄기들은 잘 돌아가나? 통통한 네 체구만큼이나 돈을 많이 벌고 있겠지?”

“앞으로 많이 벌 거예요, 아버지. 하지만 지금은 부자가 아니에요.”

“이곳에서는 다들 나보고 거름을 너무 많이 준다고 난리들이다. 부르주아들, 그러니까 후작님, 백작님, 여기저기에 사는 신사 분들 말씀이, 내가 포도주의 질을 떨어뜨린다는 거야. 교육이 무슨 소용이냐? 그저 판단력만 흐리게 하지. 잘 들어봐라! 그 신사 양반들은 에이커당 일곱 통, 간혹 여덟 통의 포도주를 생산해 통당 60프랑에 판단다. 기껏해야 에이커당 400프랑을 버는 거지. 그것도 수확이 좋은 해에 말이다. 그런데 나는 에이커당 스무 통을 생산해 30프랑에 팔지. 결국 에이커당 600프랑을 번단 말이다! 누가 멍청이냐? 품질이라고? 품질! 품질이 나랑 무슨 상관이냐? 그깟 품질은 잘난 후작님네들이나 유지하라지! 나한테 품질은 돈이다. 네가 무슨 말을 했더라……?”

“아버지, 저 결혼해요, 아버지께 요청…….”

“나한테 요청한다고? 뭘? 난 아무것도 없다, 아들아. 결혼하
고 싶으면 해라. 승낙한다. 하지만 너한테 뭘 주려고 해도 돈
이 한 푼도 없구나. 인건비 때문에 망했다! 2년 전부터 품삯
이며 세금이며 온갖 비용을 선불로 주고 있어. 정부가 대부분
다 가져가 버리지! 2년째 가난한 포도 재배인들은 아무것도
한 게 없는 거나 마찬가지야. 올해는 그리 나쁘지 않았지만,
그 빌어먹을 통 값이 벌써 11프랑이란다! 통 제작자를 위해
농사짓는 거나 매한가지 아니냐. 그런데 왜 포도 수확 전에 결
혼하려는 게야……?”

“아버지, 그저 아버지 승낙을 받으러 왔을 뿐이에요.”

“아! 그렇다면 다른 문제지. 그런데 누구와 결혼하려는 거
냐? 별 관심은 없다만.”

“에브 샤르동 양과 결혼합니다.”

“그게 누구냐? 뭐로 먹고사는 여잔데?”

“루모의 약사였던 고 샤르동 씨의 딸입니다.”

“루모의 아가씨와 결혼한다고! 부르주아인 네가! 앙굴렘의
왕실 인쇄업자인 네가! 고작 이것이 교육의 결과로구먼! 그러
니 네 아이들도 학교에 보내려무나. 아! 그렇다면 그 아가씨가
무척 부자인 게냐?” 늙은 포도 재배인은 상냥한 태도로 아들
에게 다가가면서 말했다. “루모의 아가씨와 결혼한다니, 그 아
가씨는 엄청난 부자가 틀림없구나! 좋아! 그럼, 집세를 내거
라. 아가야, 알다시피, 2년 반어치 집세가 밀렸잖니.⁹²⁾ 2700프

---

92) 시간상 오류다. 다비드가 앙굴렘에 돌아온 것은 1819년 말이다. 세샤르

랑이야. 통 제작자에게 치를 액수와 꼭 같구나. 아들만 아니면 이자 청구권도 있으련만, 아무튼 사업은 사업이니까, 이자는 면제해 주마. 그런데 그 아가씨는 얼마나 가지고 있더냐?"

"어머니가 가지셨던 것만큼 가지고 있어요."

늙은 포도 재배인은 '네 엄마에게는 1만 프랑밖에 없었는 데!'라고 말하려다가, 아내의 재산을 아들에게 한 푼도 주지 않았음을 기억해 내고는 "한 푼도 없다고!"라고 외쳤다.

"어머니의 재산은 지성과 미모였지요."

"그걸 가지고 시장에 나가봐라. 값을 얼마나 쳐주는지 알게 될 거다! 제기랄! 아버지들은 자식들 때문에 불행하다니까! 다 비드, 내가 결혼했을 때 재산이라고는 인쇄공이 쓰는 종이 모자 와 두 팔뿐이었다. 나는 가난한 곰이었어. 하지만 너는 내가 '남 겨 준' 멋진 인쇄소와 기술과 지식을 가졌으니, 재산이 3~4만 프랑은 있는 시내의 부르주아 여인과 결혼해야 한다. 사랑 같 은 건 집어치워. 내가 너를 결혼시켜 주마! 여기서 4킬로미터 정도 떨어진 곳에 방앗간이 있는데, 서른두 살 먹은 그 안사 람이 홀로됐어. 10만 프랑 상당의 토지까지 소유하고 있으니, 네게 안성맞춤이지. 그 여자의 땅과 이곳 마르사크를 합치는 거야. 두 땅이 서로 붙어 있거든! 아! 우리는 얼마나 근사한 토지를 소유하게 되는 거냐! 내가 얼마나 잘 관리하겠니! 듣 자 하니, 그 과부가 방앗간 조수였던 쿠르투아와 결혼할 거라

영감의 이 말에 따르면, 이 대화는 1822년 봄에 이루어져야 한다. 하지만 소 설 속 현재는 1821년 여름이고, 뤼시앵은 1821년 9월에 다비드가 증축한 방 으로 들어간다.[편]

던데, 그놈보다야 네가 훨씬 낫지! 방앗간 운영은 내가 맡아줄 테니, 그 여자는 앙굴렘에서 잘난 척이나 하며 살 수 있잖니.”

“아버지, 전 이미 약혼했어요……”

“다비드, 넌 어째 그리도 장사를 모를까. 네가 파산하는 꼴이 보인다. 좋아! 네가 그 루모의 아가씨와 결혼하겠다면, 너와의 채무 관계를 법적으로 깨끗이 정리해야겠다. 집세를 받아야겠으니, 너를 채무자로 지정하마. 네 앞날이 암담하니까. 아이구, 불쌍한 내 인쇄기들! 내 인쇄기들! 기름을 치고 관리하면서 너희들을 굴러가게 하려고 얼마나 많은 돈을 들였는데! 그 손해를 만회하고 위로가 되려면 이제 풍년을 기대하는 수밖에!”

“아버지, 전 이제까지 아버지 속을 썩인 적이 거의 없었던 것 같은데요……”

“집세도 거의 안 냈지.” 포도 재배인이 대답했다.

“결혼 승낙 외에도, 아버지 집의 3층을 증축하고 별채 위에도 방을 하나 들이겠다고 말하러 왔어요.”

“제기랄! 내겐 한 푼도 없다. 너도 잘 알지 않느냐. 게다가 그건 돈을 그냥 물속에 던져버리는 짓이다. 그렇게 하면 내게 무엇이 돌아온단 말이냐? 세상에! 왕이어도 망하게 할 증축 얘길 하려고 새벽부터 오다니. 네 이름을 다비드로 지었다만, 내게 솔로몬의 보물은 없다. 그런데 너 미친 것 아니냐? 아니, 이런 말을 하는 걸 보니 유모 집에서 내 애가 딴 애로 바뀐 모양이다.” 그는 갑자기 하던 말을 멈추고 다비드에게 포도나무 그루를 보여주면서 말했다. “이걸 봐라. 여기에 포도가 열릴

거야. 부모의 기대를 배반하지 않는 자식들이지. 거름을 주면
저 아이들은 열매로 보답한다. 나는 너를 학교에 보냈고, 너를
유식한 사람으로 만들기 위해 큰돈을 썼다. 디도 인쇄소에서
연수도 받게 해줬어. 그런데 그게 다 겉치레였다니. 그 결과가
지참금 한 푼 없는 루모의 아가씨를 며느리로 맞는 것이라니!
네가 공부하지 않았더라면, 그냥 내 밑에 머물러 있었더라면,
너는 내가 하라는 대로 했을 것이고, 오늘날 방앗간 말고도
10만 프랑 상당의 토지를 가진 여자와 결혼했을 텐데. 너에게
궁전 같은 집을 지어주면서, 너의 그 잘난 감정에 대해 칭찬이
라도 해줄 줄 알았느냐? 그러니까 네가 살고 있는 집은 200년
전부터 돼지나 키웠던 데라 루모의 아가씨가 살 만한 곳이 못
된다더냐? 도대체 그 아가씨가 프랑스 여왕이라도 된단 말이
냐?"

"그러면 아버지, 제 돈으로 3층을 수리할게요. 아들이 아버
지 재산을 불려주는 셈이죠. 세상이 거꾸로 돌아가는 것이지
만, 종종 그런 경우도 있으니까요."

"뭐라고? 건물 증축할 돈은 있고, 집세 낼 돈은 없단 말이
냐? 음흉한 놈, 아비를 속이다니!"

이런 말들이 오가다 보니 문제를 해결하기는 더 어려워졌
다. 영감은 부성애를 과시하면서도 아들에게 한 푼도 안 줘도
되는 상황으로 아들을 밀어넣은 것이 아주 기뻤다. 이렇게 해
서 다비드는 아버지로부터 결혼에 대한 무조건적 승낙과 자기
비용으로 아버지 집을 마음대로 증축해도 된다는 허락을 받
아낼 수 있었을 뿐이다. 자식에게 아무것도 주지 않는 아버지

의 전형인 이 늙은 곰은 아들에게 집세를 요구하지 않을 뿐만
아니라, 경솔하게 들켜버린 아들의 저금을 빼앗지는 않겠다는
호의를 베풀었다. 다비드는 슬퍼졌다. 자신이 불행에 처하더라
도 아버지에게 도움을 기대할 수 없으리라는 사실을 깨달은
것이다.

앙굴렘에서는 주교가 한 말과 그에 대한 바르주통 부인의
답변에 관한 소문이 파다했다. 사소한 내용조차 심하게 왜곡
되고 부풀려지고 미화되어 시인은 당시 영웅이 되어 있었다.
소문은 그에 대한 뒷말이 무성했던 상류사회로부터 부르주
아 사회로까지 퍼져나갔다. 바르주통 부인 댁으로 가기 위해
보리외 거리를 지날 때, 뤼시앵은 몇몇 젊은이들의 부러워하
는 듯한 시선을 느꼈다. 그를 우쭐하게 만드는 말도 몇 마디
들렸다.

"정말 행복한 친구야." 소송대리인 서기인 프티 클로가 말했
다. 뤼시앵은 학교 친구인 그를 옹호하곤 했다. 그는 못생긴 청
년이었다.

"그럼, 미남인 데다가 재능도 있어. 바르주통 부인이 저 친
구한테 홀딱 반했다네!" 낭송회에 참석했던 어떤 가문의 아들
이 말했다.

뤼시앵은 루이즈와 단둘이 있을 수 있는 시간을 초조하게
기다렸다. 자기 운명의 심판자가 된 부인이 누이의 결혼을 받
아들여 주기를 바랐다. 전날의 야회 이후 루이즈는 더욱 상냥
해졌을 것이고, 그 상냥함은 그에게 행복한 순간을 맛보게 해
줄 것이다. 그의 생각은 틀리지 않았다. 바르주통 부인은 과할

정도로 다정하게 그를 맞이했다. 사랑을 모르는 풋내기에게는 그녀의 과장된 감정 표현이 열정적 사랑의 진전으로 보였다. 부인은 시인이 그녀의 아름다운 금발과 손과 머리에 열광적으로 키스하도록 내버려두었다. 지난밤 너무나 고통스러워했던 시인이 아닌가!

"낭독하는 동안의 당신 얼굴을 당신이 보았더라면!" 루이즈가 무람없는 투로 말했다. 어젯밤부터 그들은 서로에게 언어의 애무라 할 수 있는 친밀한 말투를 쓰고 있었다. 루이즈는 긴 의자에 앉아 하얀 손으로 자기가 왕관을 씌워준 뤼시앵의 이마에 진주알처럼 맺힌 땀방울을 닦아주었다. "아름다운 당신 눈에서는 불꽃이 튀고 있었어요. 나는 당신의 입에서 황금 사슬처럼 빛나는 시구(時句)가 흘러나오는 것을 보았어요. 그 시구에 마음을 빼앗긴 사람들은 시인의 입만 바라볼 뿐이었지요. 셰니에의 시를 모두 낭독해 줘요. 그는 연인들의 시인이에요. 당신은 이제 더 이상 고통받지 않을 거예요. 내가 그것을 원치 않아요! 그래요, 나의 천사! 평생 시인의 삶을 살 수 있는 오아시스를 만들어 주겠어요. 그곳에서 당신은 정력적으로 일하다가 느긋해지고, 게으름 피우다가 부지런해지고, 사색적이기도 한 삶을 살 거예요. 하지만 당신의 월계관은 내가 씌워준 것임을, 그것은 앞으로 내게 닥칠 고통에 대한 고귀한 보상임을 절대 잊지 말아요. 가엾은 사람, 이 세상은 당신을 너그럽게 봐주지 않는 것 이상으로 나를 너그럽게 봐주지 않을 거예요. 세상 사람들은 자신이 함께 누리지 못하는 모든 행복에 대해 복수하거든요. 그래요, 나는 언제나 질투의 대상이 될 거예요. 당신도 어제 보지 않았어요? 그 흡혈 날벌레들은 자기들이 찌른 상처의 피를 빨아먹기 위해 서둘러 달려오지 않던가요? 하지만 나는 행복했어요! 살아 있음을 느꼈어요! 심장의 전율을 느껴본 지 너무 오래되었거든요!"

루이즈의 뺨 위로 눈물이 흘렀다. 뤼시앵은 그녀의 손을 잡고, 대답 대신 그 손에 오랫동안 입을 맞추었다. 어머니와 누이와 다비드가 그랬듯이, 부인은 이렇게 시인의 허영심을 어루만져 주었다. 그의 주변 사람들은 하나같이 그가 딛고 서 있는 공상의 받침대를 계속해서 더 높여 주었다. 친구들도 분노한 적들도 모두가 그를 야망 가득한 믿음 속에 머물게 했기에, 그는 신기루에 찬 대기 속으로 전진하고 있었다. 상상력이 풍부한 젊은이들은 너무도 자연스럽게 남들의 찬사와 생각에 동조하게 마련이고, 주위에서는 모두가 앞다퉈 잘생기고 장래가 촉망되는 젊은이를 도와주려 하므로, 그러한 매혹적인 환상에 현혹되지 않으려면 냉정하고 쓰라린 교훈이 적잖이 필요하다.

"그렇다면 아름다운 루이즈, 나의 베아트리체가 되어줄래요? 기꺼이 사랑받는 베아트리체가?"

그녀는 내리깔고 있던 예쁜 눈을 들더니, 천사의 미소를 지으며 그의 말을 부정했다. "당신에게 그럴 자격이 생기면……. 나중에! 지금 이대로 행복하지 않나요? 내 마음을 온통 차지하고 있는데! 이해받고 있다는 확신 속에서 무엇이든 다 말할 수 있는 것, 그런 것이 행복 아닌가요?"

"그렇겠죠." 그는 기분 상한 연인처럼 뾰로통한 표정을 지으면서 대답했다.

"어린애 같으니!" 그녀가 놀리면서 말했다. "자, 내게 할 말이 있지 않았나요? 근심에 찬 얼굴로 들어오던데."

뤼시앵은 머뭇거리면서 누이에 대한 다비드의 사랑, 다비드에 대한 누이의 사랑, 그리고 그들의 결혼 계획을 연인에게 털어놓았다.

"가엾은 뤼시앵은 매 맞고 혼날까 봐 두려워하고 있군요! 마치 자기가 결혼하는 것처럼! 근데 뭐가 문제죠?" 그녀는 뤼시앵의 머리를 어루만지며 말했다. "당신 가족이 나와 무슨 상관이에요? 당신은 그 가족의 예외적 존재인걸. 내 아버지가 하녀와 결혼한다면 당신은 많이 걱정하겠어요? 연인들에게는 그들만이 존재할 뿐, 가족은 없답니다. 이 사교계에서 나의 뤼시앵 말고 내게 다른 관심사가 있던가요? 위대해지세요. 명성을 얻어요. 그것만이 우리의 관심사니까!"

이런 이기적인 대답을 들은 뤼시앵은 세상에서 가장 행복한 남자가 되었다. 해괴한 논리로 이 세상에는 자기들 둘뿐이라고 주장하는 루이즈의 말을 듣고 있을 때, 바르주통 씨가 들어왔다. 뤼시앵은 눈살을 찌푸렸고, 당황하는 것처럼 보였다. 루이즈는 그에게 신호를 보내 저녁 식사를 함께하자고 청하면서, 카드 노름꾼들과 붙박이 손님들이 도착할 때까지 앙드레 셰니에의 시를 읽어달라고 부탁했다.

"당신은 아내뿐 아니라 나도 기쁘게 합니다." 바르주통 씨가 말했다. "저녁 식사 후 시 낭송을 듣는 것보다 더 좋은 일은 없지요."

바르주통 씨가 편하게 해주고, 바르주통 부인은 달콤한 말로 어르고, 하인들도 주인들이 좋아하는 손님에게 존경을 표하며 시중을 들자, 뤼시앵은 임시로 부여받은 행운의 권리를 마음껏 누리면서 바르주통 부인 댁에 남아 있었다. 살롱이 사람들로 가득 차자 바르주통 씨의 멍청함과 루이즈의 사랑을 너무도 강하게 느낄 수 있었기에, 뤼시앵은 지배자라도 된 듯이 행동했고, 아름다운 그의 연인은 그것을 부추겼다. 그는 나이스가 획득해 그에게 나누어주고 싶어 하는 독재의 기쁨을 거침없이 즐겼다. 말하자면 야회가 벌어지는 동안 소도시의 영웅 행세를 해보았던 것이다. 뤼시앵의 달라진 태도를 보면서 사람들은 그가, 구시대적 표현으로 말하자면, 바르주통 부인과 아주 친밀한 관계가 되었다고 생각했다. 그들을 질투하고 시샘하는 사람들이 살롱의 한구석에 모였고, 샤틀레와 함께 온 아멜리도 이 커다란 불행을 확인했다.

"감히 발도 디디지 못하리라 생각했던 사교계에 드나들며 우쭐해진 애송이의 허영심을 나이스의 책임으로 돌리지는 맙시다." 샤틀레가 말했다. "저 샤르동이란 녀석은 사교계 여인들이 상냥하게 건네는 말을 은근한 유혹으로 착각하고 있는 겁니다. 안 그래요? 저 친구는 자신의 미모와 젊음과 재능에 합당한 칭찬의 말과 진정한 사랑의 침묵을 구별할 줄 모르는 거죠! 여자들이 우리네 남자들에게 온갖 욕망을 불러일으켰다고 해서 그것이 모두 여자의 잘못이라면, 여자들은 너무 억울하겠지요. 분명 저 친구는 나이스를 사랑하겠지만, 나이스는……."

"어머! 나이스는요," 의리 없는 아멜리가 힘주어 말했다. "나이스는 그 열정에 무척 행복해하고 있어요. 저 나이에 저런 연하남의 사랑을 받는 것은 굉장한 유혹이니까! 젊은 남자 곁에서 회춘하는 거죠, 소녀처럼 조신하게 행동하고 애교 떨고. 그게 얼마나 우스꽝스러운지는 본인만 모르죠……. 보세요! 약사의 아들이 바르주통 부인 댁에서 주인인 양 으스대잖아요."

"사랑은 그런 거리두기를 모른답니다." 아드리앵이 콧노래로 흥얼거렸다.

다음 날, 앙굴렘에는 이른바 뤼방프레인 샤르동과 바르주통 부인이 얼마나 친밀한 관계인지를 두고 논쟁을 벌이지 않은 집이 없었다. 그저 몇 번의 포옹이 전부인데도 세상은 벌써 중범죄라도 저지른 양 그들의 행복을 비난했다. 바르주통 부인의 지배력은 타격을 입었다. 사회에서 벌어지는 갖가지 기현상 속에 깃든, 저 변덕스러운 심판과 터무니없는 요구를 눈여겨본 적이 있는가? 누군가에게는 모든 것이 허용된다. 그들은 가장 비상식적인 행동도 할 수 있다. 아무것도 규범에 어긋나지 않는다. 그들의 행동은 정당화된다. 하지만 세상은 다른 누군가에게는 믿을 수 없을 정도로 가혹하다. 그들은 모든 일을 다 잘해야 하고, 착각해서도 안 되며, 잘못해도 안 된다. 그들에게는 단 한 번의 실수도 용납되지 않는다. 그들은 칭송받는 동상(銅像)이지만, 겨울의 추위로 손가락 하나가 잘리거나 코가 깨지는 순간, 바로 단상에서 끌어내려진다. 그들에게는 인간적인 것이 일체 허락되지 않는다. 항상 신처럼 완벽해야 한다. 바르주통 부인이 뤼시앵에게 보낸 단 한 번의 눈짓은 12년

간 유지해 온 지진과 프랑시스의 행복에 견줄 만했다. 두 연인
이 손만 잡아도 샤랑트 도내의 벼락이란 벼락은 전부 그들에
게 내리칠 판이었다.

다비드는 몰래 파리에 저축해 두었던 돈을 찾아다가 결혼
과 아버지 집 3층을 수리하는 비용을 충당했다. 그 집을 증
축하는 것은 결국 자신을 위한 일이 아닌가? 아버지 연세가
78세니, 조만간 그 집은 자기 소유가 될 터였다. 그래서 인쇄업
자는 균열이 생긴 낡은 벽에 무리한 하중이 가해지지 않도록
콜롱바주93) 양식으로 뤼시앵의 거처를 지어 올렸다. 아름다
운 에브가 살게 될 2층을 멋지게 꾸미고 가구를 들이는 것이
무척이나 즐거웠다. 두 친구에게는 더할 나위 없는 환희와 행
복의 순간들이었다. 지방 생활의 빈약한 규모에 싫증이 나고,
100수짜리 동전도 거액으로 여기며 절약하는 인색한 삶에 지
쳤음에도, 뤼시앵은 아무 불평 없이 가난이 요구하는 빈틈없
는 계산과 궁핍을 견뎠다. 어둡고 우울했던 표정이 희망으로
인해 행복한 표정으로 바뀌었다. 그는 머리 위로 별이 빛나는
것을 보았다. 바르주통 씨의 무덤 위로 피어나는 자신의 행복
을 그리며 멋진 미래를 꿈꿨다. 바르주통 씨는 자주 소화불량
으로 고생했는데, 저녁 식후에 먹는 야식이 소화불량 증세를
낫게 한다고 믿는, 낙천적 강박의 소유자였다.

9월 초순에 접어들자 뤼시앵은 더 이상 인쇄소 감독이 아

---

93) 기둥과 들보 등 가옥의 목재 골조가 겉으로 드러나도록 하고, 그 사이
를 흙이나 회반죽으로 메우는 방식이다.

니었다. 뤼방프레 씨가 된 그는 옛날 샤르동이 살던 루모의 천
창 달린 비참한 다락방에 비하면 아주 훌륭한 집에 거주했다.
그는 이제 루모 사람이 아니었다. 상부 앙굴렘에 살았고, 일
주일에 네 번은 바르주통 부인 댁에서 저녁을 먹었다. 주교와
도 친하게 지내면서 주교관을 드나들었다. 그러한 활동 덕분
에 최상류 사회의 인사로 꼽혔으며, 언젠가는 분명히 프랑스
의 저명인사 지위를 차지할 터였다. 물론 그가 예쁜 살롱과 매
혹적인 침실과 고급 취향의 서재를 드나들고 있을 때, 누이와
어머니는 그토록 힘들게 돈을 벌어 그중 30프랑을 그의 몫으
로 떼어주고 있다는 생각을 하면 마음이 편치 않았다. 하지만
2년 전부터 작업해 온 역사소설 '샤를 9세의 궁수'와, '데이지'
라는 제목의 시집 한 권이 문학계에 그의 이름을 날리게 해줄
것이며, 그렇게 되면 어머니와 누이와 다비드에게 진 빚을 갚
기에 충분한 돈을 벌 것이라 믿고 마음을 달랠 수 있었다. 스
스로 위대하다고 느끼면서, 훗날 자신의 이름이 울려 퍼지는
소리에 귀 기울이면서, 고귀한 확신을 가지고 지금은 가족의
희생을 수용했다. 비참한 현재의 삶에 미소 지었고, 극도의 가
난을 기꺼이 받아들였다. 뤼시앵의 거처를 마련하는 것이 무
엇보다 우선이다 보니, 2층을 수리하는 인부들이 가구를 들
이고 페인트를 칠하고 도배를 마치기까지는 한참 더 걸릴 예
정이라 자연스레 결혼은 연기되었다. 뤼시앵을 아는 사람이라
면 누구나 그러한 헌신에 놀라지 않을 것이다. 그는 얼마나 매
력적이었던가! 태도는 얼마나 상냥했던가! 초조함이나 욕망
도 얼마나 우아하게 표현했던가! 그는 언제나 말하기도 전에

원하는 것을 얻었다. 그러나 이러한 운명적 특권은 젊은이들을 구하기보다 파멸시킨다. 아름다운 젊음이 불러일으키는 세심한 배려와 친절에 익숙해지고, 사교계 사람들이 동정과 연민의 감정을 불러일으키는 거지에게 적선하듯이 마음에 드는 인물에게 베푸는 이기적인 후원에 행복해하면서, 재능 있는 많은 청년이 그런 호의를 활용하는 대신 즐기기만 한다. 사회적 관계의 의미와 원동력을 알지 못하기에, 그 기만적인 미소를 언제 어디서나 만날 수 있다고 생각한다. 하지만 사교계는 늙은 요부나 폐인이 된 노인을 내쫓듯이 한순간에 그들을 살롱 문 밖으로, 거리 한구석으로 내쫓아 버리고, 그러면 그들은 헐벗고 대머리가 된 채 쓸모도 없고 재산도 없는 비참한 상태에 이르게 된다. 에브는 이렇게 결혼이 연기되기를 내심 바랐다. 그동안 신혼살림에 필요한 물건들을 알뜰히 장만하고 싶었기 때문이다. 누이가 일하는 것을 보면서, 마음에서 우러나온 말투로 "내가 바느질을 할 수 있으면 좋겠구나!"라고 말하는 오빠에게 두 연인이 무엇을 거절할 수 있었겠는가. 진중하면서도 관찰력이 뛰어난 다비드는 그러한 헌신의 공범자였다. 그럼에도 뤼시앵이 바르주통 부인 댁에서 성공을 거둔 이후 그의 마음에서 일어날 변화가 두려웠다. 부르주아의 풍습을 경멸하게 될까 봐 불안했던 것이다. 그래서 뤼시앵을 시험해 보려고 종종 가족의 소박한 즐거움과 사교계에서의 쾌락 사이에 그를 놓고 시험해 보곤 했다. 그러고는 그가 가족을 위해 허영에 찬 향락을 희생하는 것을 보면 기쁨에 겨워 "아무도 우리의 뤼시앵을 타락시킬 수 없어!"라고 외치곤 했다. 두 친구와 에브, 그리고 샤르동 부인은 지방에서 흔히 가는 소풍을 수차례 함께했다. 앙굴렘에 인접하고 샤랑트강을 따라 뻗어 있는 숲에서 산책한 후, 수습공이 약속 시간에 특정 장소로 가져온 음식을 풀밭에서 먹었다. 그러고는 3프랑도 안 쓰고 노곤한 상태로 저녁에 집으로 돌아오곤 했다. 지방의 선술집과 파리의 변두리 야외 선술집의 중간쯤 되는, 레스토라라 불리는 일종의 시골식 식당으로 특별히 식사하러 갈 때는 100수까지도 썼고, 그 돈은 다비드와 샤르동 가족이 나누어 냈다. 이렇게 시골에서 보내는 시간 동안 뤼시앵이 바르주통 부인 댁에서 느꼈던 충족감과 사교계의 화려한 만찬을 잊어버리는 데에 다비드는 무한히 감사했다. 세 사람 모두 이 앙굴렘의 위인을 마음껏 축하해 주고 싶었다.

이러한 상황에서 신혼살림에 필요한 모든 것이 거의 갖추어져 갈 즈음, 소도시에서는 사태의 국면을 완전히 바꿀 만한 사건이 일어났다. 그때 다비드는 아버지에게 결혼식에 참석해 달라고 말하기 위해 마르사크에 가 있었다. 내심으로는 며느리가 마음에 든 아버지가 집을 정비하는 데 필요한 엄청난 비용의 일부라도 충당해 주기를 기대했다.

샤틀레는 뤼시앵과 루이즈 두 사람이 물의를 일으킬 기회만 엿보면서 열정과 탐욕이 뒤섞인 증오심을 가지고 집요하게 그들의 동정을 살피는 일종의 내부 밀정이었다. 식스트는 바르주통 부인이 뤼시앵을 지지하는 의사를 분명히 밝히도록 부추김으로써 소위 그녀가 타락한 여자가 되기를 바랐다. 속내 이야기를 다 들어주는 겸허한 친구를 자처하면서 미나주가의 바르주통 부인 댁에서는 뤼시앵을 찬양했지만, 다른 모든 곳에서는 그를 헐뜯었다. 그는 서서히 나이스의 집을 마음대로 드나들 수 있는 권리를 획득했고, 그녀는 더 이상 그 늙은 숭배자를 경계하지 않았다. 루이즈나 뤼시앵에게는 무척이나 유감스러운 일이었지만, 그들은 여전히 플라토닉한 사랑에 머물러 있었다. 그럼에도 샤틀레는 두 연인에 대해 과도한 추측을 했다. 사실 사랑의 열정이란 사람들이 원하는 바에 따라 순조롭게 시작되기도 하고 힘들게 시작되기도 한다. 많은 경우 두 사람은 사랑의 전술에만 매몰돼, 행동 대신 말만 하고, 진지전을 펴는 대신 들판 한가운데에서 싸우곤 한다. 그러다 보면 헛되이 욕망을 소진함으로써 종종 자기 자신들에게 싫증을 느끼게 된다. 그러면 두 연인은 곰곰이 생각하면서 서로를 평가하고 판단하는 시간을 갖게 된다. 무엇이든 다 쳐부수겠다는 열정으로 멋진 깃발을 들고 전투태세에 돌입했던 정염은 대개 아무런 승리도 거두지 못한 채 무장해제 되어버리고, 괜한 물의를 일으킨 것에 당황하면서 불명예스럽게 원래 자리로 돌아가고 만다. 이러한 숙명은 종종 젊은이의 수줍음이나 사교계에 첫발을 내딛는 여인이 즐기는 심리전으로 설명되곤 한다. 왜냐하면 그러한 종류의 상호 기만은 실전에 능한 고수들이나 정염의 잔꾀에 익숙한 요부들에게는 통하지 않기 때문이다.

지방 생활은 이상하게도 사랑이 충족되기에는 불리하지만, 정염에 대한 지적 논쟁에는 유리하다. 또한 수많은 연인을 맺어주는 다정한 교제를 방해하는 장애물들은 격렬한 영혼의 소유자들을 극한 상황으로 몰아넣는다. 사방에서 주도면밀하게 염탐할 뿐만 아니라 가정생활은 극도로 투명하게 드러나기에, 서로에게 위안을 주는 내밀한 관계는 설사 정절을 지킬지라도 지방에서는 거의 허용되지 않으며, 가장 순수한 관계마저도 터무니없이 비난당하기 일쑤다. 그래서 숱한 여인들이 결백하면서도 부정한 여자로 낙인찍히고 만다. 그런 여자들 중에는 자신을 그토록 불행하게 만든 과오의 근원인 쾌락을 맛보지도 못한 것을 후회하는 이들도 있다. 어떤 사건이든 명백한 사실에 대한 신중한 검토가 있어야만 긴 시간 동안의 은밀한 싸움이 끝나는 법이다. 그러한 검토도 하지 않고 비난하거나 비판하는 사교계는 애초에 그런 스캔들의 공범이다. 하지만 이유 없이 지탄받는 여인들에 관한 부당한 스캔들을 떠벌리는 사람들 대다수는 그 스캔들이 공공연하게 나돌게 된 이유는 알려 하지 않는다. 그리하여 바르주통 부인 또한 부당하게 비난당한 후 파멸하는 허다한 여자들이 빠지고 마는 기괴한 상황에 처하고 말았다.

연애 경험이 없는 사람들은 정염의 초기에 장애를 만나면 불안에 휩싸인다. 두 연인이 마주하는 장애는 소인국의 난쟁이들이 걸리버를 옭아맨 끈과 매우 유사하다. 사실 아주 사소한 것에 불과하지만 점점 늘어가는 그 장애 요인들은 결국 아무런 행동도 할 수 없게 만들고 가장 강렬한 욕망마저도 없애버린다. 예를 들어, 바르주통 부인은 항상 사람들의 시선 안에 있어야 했다. 뤼시앵이 올 시간에 방문을 닫기라도 했다간 온갖 소문이 퍼졌을 테고, 그러느니 차라리 그와 도망가는 편이 나았다. 그녀는 내실에서 뤼시앵을 맞이하곤 했는데, 그는 거기에 너무 익숙해져서 마치 자기가 주인이라도 된 느낌이었다. 하지만 남들을 의식해서 방문은 늘 열려 있었다. 모든 일은 세상에서 가장 도덕적으로 행해졌다. 바르주통 씨는 아내가 뤼시앵과 단둘이 있고 싶어 한다고는 생각지 못했기에 그저 풍뎅이처럼 방 안을 왔다 갔다 하곤 했다. 남편 외에 다른 방해꾼이 없다면, 남편을 어디로 보내거나 다른 일을 시키면 되었으련만, 그녀는 방문객들에게도 시달렸다. 사람들의 호기심이 더 커진 만큼 방문객은 더 많아졌다. 지방 사람들은 천성적으로 짓궂은 경향이 있기에, 싹트기 시작하는 정염을 방해하길 즐긴다. 게다가 그 집 하인들은 아무것도 감출 것 없는 여자가 그렇게 하도록 내버려둔 오랜 습관에 따라, 부르지 않아도 혹은 들어간다는 예고도 없이 불쑥 방으로 들어오거나 집 안을 들락거렸다. 집안의 풍속을 바꾸는 것은 앙굴렘 전체가 의심하는 사랑을 고백하는 것이 아니겠는가? 바르주통 부인이 집 밖으로 한 발짝만 내디뎌도, 온 도시가 그녀의 행방을 알 지경이었다. 도시 밖에서 뤼시앵과 단둘이 산책이라도 한다면 그것은 사랑을 드러내는 결정적 발걸음이 되었으리라. 그러니 차라리 그와 집에 처박혀 있는 편이 덜 위험했다. 뤼시앵이 밤 12시 넘도록 혼자 바르주통 부인 댁에 남아 있기라도 했다면, 바로 그다음 날로 온갖 해석과 비난이 쏟아졌을 것이다. 즉 안에서건 밖에서건 바르주통 부인은 항상 공인으로 살았다. 이러한 세부 사항은 지방 생활의 전모를 잘 보여준다. 과오는 폭로되거나, 아니면 아예 불가능하다.

연애 경험도 없이 정염에 이끌리는 모든 여인처럼 루이즈는 자신의 지위가 마주하게 될 어려움을 하나하나 깨달으면서 두려움에 휩싸였다. 그녀의 두려움은 두 연인끼리만 있는 가장 행복한 시간에 나누는 사랑의 대화에도 영향을 미쳤다. 교묘하게 꾸며낸 핑계를 빌미로 시골에 은신하는 몇몇 여인들과 달리, 바르주통 부인에게는 사랑하는 시인을 데려갈 영지도 없었다. 그녀는 공적인 삶에 지쳤고, 사랑의 기쁨이 달콤했던 만큼이나 더 고통스러운 굴레의 압력으로 인해 한계에 몰렸다. 에스카르바스를 떠올리고는 그곳으로 가서 늙은 아버지를 찾아볼 생각까지 했다. 그 정도로 그녀는 지긋지긋한 장애물들에 넌더리가 났다.

샤틀레는 그들이 그렇게까지 결백하다고는 믿지 않았다. 그는 뤼시앵이 바르주통 부인 댁으로 가는 시간을 엿보다가, 그가 도착하면 잠시 후에 샹두르를 대동하고 나타나곤 했다. 샹두르는 사교계 사람들 가운데서도 가장 입이 가벼운 사람이었다. 샤틀레는 집요하게 우연한 기회를 만듦으로써 깜짝 놀랄 일이 생기기를 기대하면서, 그에게 한 발짝 양보해 먼저 들어가게 했다. 샤틀레는 자신이 설계한 드라마에서 연기할 배우들을 지휘하려면 중립을 지켜야 했던 만큼, 그의 역할도 그 계획의 성공도 무척이나 어려웠다. 따라서 뤼시앵에게 호의를 보이면서 그를 둔하게 만드는 동시에, 통찰력을 잃지 않고 있는 바르주통 부인의 경계심을 누그러뜨리기 위해 아무렇지 않은 듯, 실투심 많은 아델리에 빠져 있는 척했다. 루이즈와 뤼시앵을 더 잘 염탐하게 유도하려고 그는 며칠 전부터 샹두르와 두 연인에 대한 논쟁을 벌이는 데 성공했다. 샤틀레의 주장은, 바르주통 부인은 뤼시앵을 조롱할 뿐이며, 약사의 아들을 사랑하는 데까지 추락하기에는 그녀의 자존심이 너무 강하고 집안이 좋다는 것이었다. 이렇게 소문을 믿지 않는 사람 역할을 자처한 것도 그가 꾸민 계획의 일환이었다. 바르주통 부인의 옹호자로 통하고 싶었던 것이다. 스타니슬라스는 뤼시앵이 불행한 연인은 아니라고 주장했다. 아멜리는 진실을 알고 싶다며 논쟁을 부추겼다. 각자가 자신의 의견을 피력했다. 소도시에서 흔히 그렇듯, 샤틀레와 스타니슬라스가 뛰어난 관찰에 의거한 자신의 의견이 옳다고 경쟁적으로 주장하고 있을 때면, 샹두르 저택의 붙박이 손님들이 들이닥쳤다. 서로 다른 의견을 가진 사람들은 각자 옆 사람에게 "당신 의견은 어떠세요?" 하고 물으며 동지를 찾았다. 이렇게 논쟁이 계속되니, 사람들의 이목은 늘 바르주통 부인과 뤼시앵에게 쏠렸다. 어느 날 샤틀레는 뤼시앵이 부인 댁에 있을 때 샹두르와 자기가 그 댁을 기습했지만 의심할 만한 징후라곤 전혀 없었다고 언급했다. 내실 문은 열려 있고 하인들이 계속 왔다 갔다 하니, 행복한 사랑의 범죄를 암시하는 그 어떤 은밀한 요소도 없다는 것이었다. 그러자 조금 맹한 편인 스타니슬라스가 다음 번에는 발끝으로 살금살금 들어가 보겠노라 다짐했고, 의리 없는 아멜리는 그를 부추겼다.

사랑에 빠진 젊은이들에게는 바보처럼 계속 한숨만 짓고 있을 수는 없다고 생각하면서 머리칼을 쥐어뜯는 날들이 있다. 뤼시앵에게는 그다음 날이 바로 그런 날이었다. 그는 지금 자신이 누리고 있는 지위에 익숙해졌다. 앙굴렘 여왕의 신성한 내실에서 수줍어하며 의자에 앉아 있던 시인은 까다로운 애인으로 변해 있었다. 불과 6개월 만에 자신이 루이즈와 동등하다고 믿는 지경에 이르렀기에, 이젠 주인 행세를 하고 싶어졌다. 그는 집을 나서면서 다짐했다. 미친 척하고 인생을 걸어보자! 그러기 위해 열정적인 웅변의 원천을 모두 사용하자! 정신이 나가서 아무 생각도 못 하겠고, 글 한 줄을 못 쓰겠다고 말해 보자! 어떤 여인들은 자신의 섬세한 감각을 중시하는 만큼 편견을 무척이나 싫어하는데, 그런 여인들은 관습이 아니라 열정에 굴복하고 싶어 한다. 일반적으로, 의무로서의 쾌락을 원하는 사람은 없다. 바르주통 부인은 뤼시앵의 이마와 눈과 표정과 태도를 보고 그가 심히 흥분 상태임을 알아챘다. 뭔가를 단단히 마음먹은 듯했다. 다소 반감이 든 바르주통 부인은 고귀한 사랑의 동맹을 내세워 그 결심을 좌절시켜야겠다고 생각했다. 과장된 표현을 즐겨 쓰는 여인답게 그녀는 자신의 가치를 과대평가했다. 바르주통 부인은 스스로를 여왕, 단테의 베아트리체, 페트라르카의 라우라로 여겼다. 자신은 문학 경연을 개최하는 중세 궁전의 상좌에 앉아 있어야 했고, 뤼시앵은 여러 차례의 우승을 통해 그녀의 사랑을 받을 자격을 획득해야 했다. 숭고한 아이 빅토르 위고도 라마르틴도 월터 스콧도 바이런도 능가해야 했다. 이 귀족 여인은 자신의 사랑에는 고귀한 명분이 있다고 믿었다. 자신이 불러일으킨 욕망은 뤼시앵이 거둘 승리의 원동력이 되어야 했다. 여인의 이러한 돈키호테적 사고에 따르면, 사랑이란 주교가 서품하듯 존경할 만한 지위를 부여하는 감정이다. 그러한 사고는 사랑을 이용하면서 사랑을 위대하게 만드는 동시에 영광스럽게 한다. 뤼시앵의 삶에서 7~8년 동안은 자신이 둘시네아 역할을 맡으리라 고집하고 있었기에, 바르주통 부인은 지방 여인들이 흔히 그러듯, 그를 일종의 노예처럼 자신에게 복종하게 만들고, 그를 판단하기에 충분히 오랜 시간 동안 변함없는 모습을 보이는지 확인한 후에야 자신을 내줄 계획이었다.

뤼시앵이 몹시 토라진 상태로 논쟁을 벌이려 하자, 루이즈는 근엄한 표정을 지으며 엄숙한 단어들로 포장된 장황한 연설을 시작했다. 사랑받는 여자는 남자가 토라지면 마음이 아프지만, 아직 스스로 자유롭다고 생각하는 여자는 남자의 그런 태도를 비웃을 뿐이다.

"당신이 내게 약속했던 것이 정말 이런 건가요, 뤼시앵?" 그녀는 연설을 마치면서 말했다. "이 감미로운 현재에 훗날 내 인생을 망칠 수도 있는 회한을 불어넣지 마세요. 장래를 망치지 말아요! 당당히 말하겠어요. 현재를 망치지 마세요! 내 마음을 다 가지지 않았나요? 도대체 뭐가 더 필요하죠? 당신의 사랑은 관능의 영향을 받고 있군요. 하지만 사랑받는 여인의 가장 멋진 특권은 그 관능을 잠재우기를 명하는 것이 아니겠어요? 당신은 나를 도대체 무엇으로 생각하죠? 이제 더 이상 당신의 베아트리체가 아니에요? 당신에게 그저 한 여인에 불과하다면, 나는 한낱 여인도 못 되는 겁니다."

"당신이 사랑하지 않는 남자에게도 똑같이 말하겠지요." 화가 치민 뤼시앵이 목소리를 높였다.

"내 생각에 깃든 진정한 사랑을 느끼지 못한다면 당신은 절대로 나에게 사랑받을 자격이 없을 거예요."

"내 사랑에 응답하지 않으려고 나의 사랑을 의심하는군요."
뤼시앵은 울먹이면서 그녀의 발밑에 몸을 던졌다.

가엾은 젊은이는 그토록 오랫동안 낙원의 문턱에만 머물러
있는 자신을 생각하며 진심으로 눈물을 흘렸다. 그것은 자기
능력이 모욕당했다고 느끼는 시인의 눈물이었으며, 장난감을
달라고 조르다 거절당해 낙담한 아이의 눈물이었다.

"당신은 한 번도 나를 사랑한 적이 없어요." 그는 외쳤다.

"마음에도 없는 말을 하는군요." 그녀는 뤼시앵의 격렬함에
우쭐해져서 그렇게 대답했다.

"그렇다면 내 여자임을 증명해 줘요." 머리가 헝클어진 뤼시
앵이 말했다.

바로 그때 스타니슬라스가 기척도 없이 들어와서는 뤼시앵
이 몸을 반쯤 젖히고 눈물을 흘리면서 루이즈의 무릎에 머리
를 기대고 있는 모습을 보았다. 의심을 사기에 충분한 장면에
만족한 스타니슬라스는 휙 뒤돌아서 살롱 문 앞에 있던 샤틀
레에게 갔다. 바르주통 부인이 급히 뛰어갔으나, 훼방꾼들처럼
황급히 도망가는 두 밀정을 따라잡지는 못했다.

"누가 왔었나?" 그녀는 하인들에게 물었다.

"샹두르 씨와 샤틀레 씨입니다." 늙은 시종 장티가 말했다.

그녀는 창백한 얼굴로 부들부들 떨면서 내실로 들어갔다.

"당신의 이런 모습을 그들이 보았다면, 나는 파멸입니다."

"그것 참 잘됐군요." 시인이 큰 소리로 말했다.

사랑 가득한 이기적인 외침에 기가 막힌 그녀는 그저 웃을

수밖에 없었다. 지방에서 그런 종류의 사건은 그것이 전해지
는 방식으로 인해 심각한 일이 되어버리고 상황은 점점 악화
된다. 뤼시앵이 나이스의 무릎에 머리를 기대고 있는 것이 발
각되었다는 소식은 순식간에 퍼져 모르는 사람이 없었다. 이
사건으로 자기가 중요 인물이 된 것이 기뻤던 샹두르는 먼저
자기 서클의 회원들에게, 그다음에는 이 집 저 집으로 소문을
퍼뜨렸다. 샤틀레는 가는 곳에서마다 자기는 아무것도 보지
못했다고 말하기에 바빴다. 그는 사건의 방관자로 머물면서
스타니슬라스를 부추겨 세부 사항을 부풀려 말하게 했다. 스
타니슬라스는 스스로를 퍽 재치 있다고 믿으며 이야기할 때
마다 새로운 사항을 덧붙였다. 저녁이 되자 사교계 사람들은
아멜리의 집으로 몰려들었다. 최고로 과장된 해석이 앙굴렘
의 귀족 사회에 나돌았고, 모두가 스타니슬라스의 말을 되풀
이해 떠들었다. 남녀 할 것 없이 모두가 진실을 알고 싶어 안
달이었다. 고개를 돌리고 스캔들이니 타락이니 외치는 이들은
다름 아닌 아멜리, 제피린, 피핀, 롤로트 등, 모두가 자신들의
행복한 불륜 경험에 다소나마 부담을 느끼던 여자들이었다.
잔인한 주제는 온갖 어조로 다양하게 변형되었다.

그중 한 여자가 말했다. "세상에! 가엾은 나이스! 난 그런
소문을 믿지 않아요. 지금까지 나무랄 데 없는 삶을 살아왔잖
아요. 샤르동 씨의 후원자 이상이 되기에는 그녀의 자존심이
너무 강해요. 하지만 그 소문이 사실이라면 난 진심으로 그녀
가 불쌍하다고 생각해요."

"끔찍이도 우스꽝스러운 짓을 하니 더욱 불쌍하죠. 자크가

‘륄뤼(종달새)’ 씨라고 불렀던 그 청년의 어머니뻘이잖아요. 그 시인 나부랭이는 기껏해야 스물두 살인데 나이스는, 우리끼리니 하는 말이지만, 마흔은 족히 되었거든요.”

“저는 말입니다,” 샤틀레가 말했다. “뤼방프레 씨의 모습 자체가 나이스의 결백을 증명하고 있다고 봅니다. 이미 가진 것을 다시 요구하기 위해 무릎을 꿇진 않잖아요.”

“그건 상황에 따라 다르죠!” 프랑시스가 음탕한 표정으로 말하자, 제피린이 못마땅한 눈초리로 흘겨보았다.

“그러니까 있는 그대로 말해 주세요.” 사람들은 살롱 구석에 은밀하게 모여 스타니슬라스에게 요구했다.

스타니슬라스는 마침내 의심 갈 만한 온갖 몸짓과 표정을 섞어가며 음담패설에 가까운 짤막한 이야기를 꾸며냈다.

“믿기지 않아요.” 사람들이 전부 돌아가며 한마디씩 했다.

“그것도 대낮에.” 어떤 여인이 말했다.

“나이스만은 절대 그럴 여자가 아니라고 생각했는데.”

“이제 나이스는 어떡하죠?”

그러고 나서 온갖 해석과 추측이 끝도 없이 이어졌다. 샤틀레는 바르주통 부인을 옹호했다. 하지만 너무나 서툴게 그녀를 옹호했기에 험담의 불길을 끄기는커녕 오히려 불기운을 돋우는 격이었다. 릴리는 앙구무아의 올림포스 신전에서 가장 아름다운 천사의 추락이 너무도 비통했기에 눈물을 펑펑 쏟으며 그 소식을 전하고자 주교관으로 달려갔다. 도시 전체가 소문에 휩싸이자, 흐뭇해진 샤틀레는 바르주통 부인 댁으로 갔다. 애처롭게도 한 테이블에서만 휘스트를 하고 있었다. 그는 전직 외교관답게 능숙한 태도로 내실에 들어가 면담을 청했다. 그들은 조그만 소파에 앉았다.

"아마 알고 계시겠지요," 샤틀레가 목소리를 낮추면서 말했다. "앙굴렘의 이목이 모두 쏠린 일이니……."

"아니요. 모르겠는데요." 그녀가 말했다.

"그렇다면," 그가 말을 계속했다. "친구로서 부인이 그 사건을 모르고 지나게 내버려둘 수는 없군요. 아마도 아멜리가 꾸며냈을 그 험담을 부인께서 직접 막으실 수 있도록 제가 도와드리겠습니다. 아멜리는 주제도 모르고 감히 자신이 당신의 적수라고 생각합니다. 오늘 오전에 저는 그 원숭이 같은 스타니슬라스와 함께 부인을 뵈러 왔었습니다. 스타니슬라스가 저보다 한 발짝 앞서 걸었지요." 그러고는 내실의 문을 가리키면서 말을 이었다. "저 문 앞에서 실내로 들어서는데 그가 깜짝 놀란 표정으로 돌아서더니 내게 다가왔습니다. 부인께서 뤼방프레 씨와 함께 있는 것을 보았는데, 차마 안으로 들어갈 수 없는 현장이라면서 상황 파악을 할 겨를도 없이 나를 끌고 나왔습니다. 보리외가에 이르러서야, 자기가 되돌아온 이유를 말하더군요. 진즉에 알았더라면, 저는 이 사건을 부인에게 유리하게 해명할 수 있도록 댁에 머물렀을 겁니다. 그러나 일단 댁을 나왔다 다시 들어가서는 아무것도 증명할 수 없죠. 스타니슬라스가 잘못 보았건 그의 말이 옳건, 이제 그의 주장은 틀린 것이어야만 합니다. 나이스, 앞으로는 그 멍청이가 당신의 인생, 당신의 명예, 당신의 미래를 농락하지 못하도록 하세요. 당장 그에게 침묵하라 명하십시오. 이곳에서의 제 처지를 잘 아시죠? 누구하고든 잘 지내야 하지만, 저는 전적으로 부인께 헌신하고 있습니다. 당신께 바친 제 목숨을 당신의 처분에 맡깁니다. 당신은 저의 사랑을 거부하셨지만 제 마음은 언제나 당신 것이니, 어떤 경우라도 제가 당신을 얼마나 사랑하는지 증명해 보이겠습니다. 그렇습니다, 충실한 하인처럼 당신을 지킬 겁니다. 당신을 섬기는 기쁨을 느끼고 싶을 뿐, 아무런 보상도 기대하지 않습니다. 당신이 모르신대도 상관없습니다. 오전 내내 사방을 돌아다니면서, 나도 살롱 문 앞에 있었지만 아무것도 보지 못했다고 말했습니다. 당신에 관해 떠도는 이야기를 누가 알려주더냐고 사람들이 묻거든, 저라고 말씀하세요. 저를 이용하세요. 당신의 공식적 옹호자가 된다면 제게는 더없는 영광입니다. 하지만 우리끼리니까 말씀드립니다만, 스타니슬라스에게 해명을 요구할 수 있는 유일한 사람은 바르주통 씨입니다. 설사 어린 뤼방프레가 어떤 미친 짓을 했더라도, 처음으로 발아래 무릎 꿇은 정신 나간 놈 때문에 한 여인의 명예가 실추될 수는 없지 않습니까. 저는 그렇게 말하고 다녔습니다."

나이스는 고개를 까딱여 샤틀레에게 감사를 표하고는 생각에 잠겼다. 환멸을 느낄 정도로 지방 생활에 지쳤다. 샤틀레의 첫마디에 그녀는 파리로 시선을 돌렸다. 바르주통 부인이 아무 말도 하지 않자 박식한 숭배자는 입장이 거북해졌다.

"처분만 내려주십시오. 다시 한번 말씀드립니다."

"고마워요." 부인이 대답했다.

"어떻게 하실 작정입니까?"

"생각 좀 해볼게요."

긴 침묵이 있었다.

"그 어린 뤼방프레를 그토록 사랑하십니까?"

그녀는 오만한 미소를 지으면서 팔짱을 끼고 내실의 커튼을 바라보았다. 샤틀레는 그 도도한 여인의 마음을 헤아리지 못한 채 방에서 나왔다. 문제가 된 쑥덕공론에는 아무런 관심도 없는 늙다리 손님 넷과 뤼시앵이 떠나자, 바르주통 부인은 잠자리에 들기 위해 아내에게 잘 자라는 인사를 하러 온 남편을 불러 세웠다.

"여보, 이리 좀 와보세요. 할 말이 있어요." 그녀는 엄숙하게 말했다.

바르주통 씨는 아내를 따라 내실로 들어갔다.

"여보, 내가 뤼방프레 씨를 성의껏 돌봐주고 보호해 준 것이 잘못이었나 봅니다. 그 청년도 이 도시의 멍청이들도 그 호의를 이해하지 못하는군요. 오늘 아침, 뤼방프레 씨가 내 발밑에 몸을 던지고 사랑을 고백했어요. 내가 그 아이를 일으키고 있는데 스타니슬라스가 들어왔지요. 어떤 경우든 신사가 숙녀에게 지켜야 할 예의범절이 있는 법임에도, 그는 그것을 무시한 채 내실로 들어왔어요. 그러고는 나와 그 소년의 수상쩍은 장면을 목격했다고 주장한다는군요. 하지만 그때 나는 격에 맞게 그 소년을 대했을 뿐입니다. 만일 그 경솔한 젊은이가 자신의 정신 나간 행동 때문에 생긴 중상모략을 듣게 된다면, 난 그 아이를 알아요, 그는 스타니슬라스를 찾아가 욕설을 퍼붓고 결투를 신청할 겁니다. 그런 행동은 공식적으로 사랑을 고백하는 것과 다름없어요. 당신의 아내가 결백하다는 것은 굳이 말할 필요조차 없어요. 그러나 나의 결백을 주장하기 위해 뤼방프레 씨가 나선다면, 당신이나 나에게 불명예스러운 무엇인가가 있다고들 생각할 겁니다. 당장 스타니슬라스를 찾아가, 나와 관련된 모욕적인 말에 대한 근거를 대라고 진지하게 요구하세요. 그가 다수의 중요한 증인들 앞에서 그 말을 취소하지 않는 한, 적당히 넘어가도록 묵과해서는 안 됩니다. 당신은 모든 신사의 존경을 받을 거예요. 재치 있고 점잖은 남자로서 행동하는 것이고, 나의 존경을 받을 권리도 얻게 될 겁니다. 장티에게 말을 타고 에스카르바스로 가라고 하겠어요. 아버지가 당신의 증인이 되셔야 해요. 그 연세에도 불구하고, 내가 아는 아버지는 네그르플리스 가문 출신 여인의 명예를 더럽히는 엉터리 같은 인간은 발로 짓밟아 버릴 분이에요. 당신은 무기를 선택할 수 있어요. 권총으로 하세요. 총 쏘는 솜씨가 훌륭하니까요."

"가겠소." 바르주통 씨가 지팡이와 모자를 집어 들고 말했다.

"그래요, 여보." 감격한 아내가 말했다. "이러니 당신 같은 남자를 사랑할 수밖에요! 당신은 진정한 신사예요."

그녀는 남편에게 이마를 내밀었고, 노인은 행복에 겨워 자랑스럽게 그 이마에 키스했다. 그 큰 어린이에게 일종의 모성애를 느끼는 이 여인은 문 닫는 소리가 들리고 그의 모습이 사라지자, 눈물을 참을 수 없었다.

'저 남자는 진정으로 나를 사랑하는구나!' 그녀는 생각했다. '가엾은 남자, 삶에 집착하면서도 나를 위해 후회 없이 목

숨을 버릴 거야.'

바르주통 씨는 내일 한 남자와 결투해야 한다는 사실에 대해서도, 자신을 향한 총구를 냉정하게 바라보아야 한다는 사실에 대해서도 신경 쓰지 않았다. 그에게는 오직 한 가지 걱정거리가 있었다. 그래서 샹두르의 집으로 가면서도 계속 몸이 떨렸다. '뭐라고 말하지?' 그는 생각했다. '나이스는 내가 거기서 할 말을 가르쳐주었어야 했는데!' 그러고는 조롱거리가 되지 않을 문장을 만들어내느라 머리를 쥐어짰다.

그러나 바르주통처럼 사고도 편협하고 지적 능력도 모자라기에 어쩔 수 없이 침묵 속에서 사는 사람들은 인생에서 매우 중요한 기회를 만날 경우, 완벽한 위엄을 갖추게 된다. 말을 거의 하지 않다 보니, 자연히 어리석은 말도 별로 안 하게 된다. 할 말을 곰곰이 생각하고, 자신을 극도로 불신하면서 해야 할 말을 열심히 연구하기에, 발람의 나귀를 수다스럽게 만드는 것과[94] 유사한 현상에 따라, 그들은 자기 생각을 기가 막히게 잘 표현하게 된다. 바르주통은 탁월한 사람처럼 훌륭한 문장을 구사하게 되었고, 그를 피타고라스학파의 철학자로 여기는 사람들의 의견이 정당함을 확인시켜 주었다. 그는 밤 11시에 스타니슬라스의 집에 도착했다. 그곳에는 많은 사람이 모여 있었다. 그는 조용히 아멜리에게 인사하러 가면서 그곳에 있던 모든 사람에게 특유의 멍청한 미소를 지어 보였다. 그 미

---

94) 구약성경 「민수기」 22장에 나오는 일화다. 발람이 길에 주저앉아 가지 않는 나귀를 채찍질하자, 하느님은 나귀의 입을 열어 항변하게 한다.

소는 당시의 상황 때문에 무척이나 냉소적으로 보였다. 한참 동안 깊은 침묵이 흘렀다. 마치 폭풍 전야와도 같았다. 그곳으로 돌아와 있던 샤틀레는 매우 의미심장한 태도로 바르주통과 스타니슬라스를 번갈아 쳐다보았다. 마침내 모욕당한 남편이 스타니슬라스를 향해 점잖게 다가갔다.

샤틀레는 그가 거기에 나타난 의미를 알아차렸다. 보통 때 같으면 그 노인은 잠들어 있을 시간이었기 때문이다. 분명 나이스가 부추겼을 것이다. 아멜리 옆에 자리하고 있었기에 그 집 일에 개입할 권리를 얻게 된 샤틀레는 자리에서 일어나 바르주통 씨를 한쪽 구석으로 데리고 가서 "스타니슬라스 씨께 하실 말이 있으십니까?" 하고 물었다.

"그렇습니다." 자기 의사를 대변해 줄지도 모를 중개자를 만난 것을 반가워하며 바르주통이 대답했다.

"그렇다면 아멜리의 침실로 가시지요." 간접세 담당 국장은 바르주통 부인을 과부로 만들 수도 있을 결투가 벌어진다는 생각에 기뻐하면서 그렇게 말했다. 결투의 원인인 뤼시앵과 결혼할 수는 없을 것 아닌가.

샤틀레가 샹두르 씨에게 말했다. "스타니슬라스, 바르주통은 아마도 당신이 나이스와 관련해서 하고 다닌 말의 근거를 요구하기 위해 온 것 같습니다. 부인 방으로 갑시다. 두 분 모두 신사답게 행동하십시오. 큰소리 내지 마시고, 예의를 지키세요. 영국 신사의 위엄을 갖추고 냉정함을 유지하세요."

곧이어 스타니슬라스와 샤틀레가 바르주통을 만나러 왔다.

"샹두르 씨," 모욕당한 남편이 말했다. "바르주통 부인과 뤼방프레 씨의 수상쩍은 장면을 목격했다고 주장하신다죠?”

“샤르동 씨죠.” 바르주통을 강한 남자로 보지 않았기에 스타니슬라스는 빈정거리며 대꾸했다.

“좋습니다.” 남편이 말을 이었다. “지금 당신 집에 있는 사교계 사람들 앞에서 그 말을 취소하십시오. 아니면 증인을 채택하시기를 간청합니다. 제 장인인 네그르플리스 씨께서 내일 새벽 4시에 당신을 모시러 오실 겁니다. 우리도 각자 준비합시다. 이 일은 내가 지금 요구한 방식으로밖에는 해결될 수 없으니까요. 권총으로 정하겠습니다. 모욕당한 쪽은 저니까요.”

그 집으로 오는 동안 바르주통은 그 연설을 수없이 연습했다. 아마도 그의 일생에서 가장 긴 연설이었으리라. 그는 더없이 단순하고 꾸밈없는 태도로 차분하게 말했다. 스타니슬라스의 얼굴이 창백해졌다. 그는 생각했다. ‘그런데 도대체 내가 뭘 보았더라?’ 하지만 농담이 통할 것 같지 않아 보이는 이 남자 앞에서 온 도시의 사람들을 향해 자기가 한 말을 취소하는 수치심과, 불타는 손으로 그의 목을 쥐고 있는 끔찍한 두려움 중에 그는 더 멀리 있는 위험을 택했다.

“좋습니다. 내일 뵙지요.” 그는 내일까지 어떻게든 사건이 해결되리라 생각하면서 바르주통에게 말했다.

세 남자가 살롱으로 들어왔다. 사람들은 그들의 표정을 살폈다. 샤틀레는 웃고 있었고, 바르주통은 마치 자기 집인 양 편안해 보였다. 하지만 스타니슬라스는 파랗게 질려 있었다. 그들의 모습을 보고 몇몇 여인들은 그 회합의 목적을 알아챘다. “결투를 한대요!”라는 말이 귀에서 귀로 전해졌다. 모인 사람 중 절반은 스타니슬라스가 잘못했다고 생각했다. 창백한 얼굴과 그의 태도는 그가 거짓말을 했음을 증명하고 있었다. 나머지 반은 바르주통의 태도를 찬양했다. 샤틀레는 심각하면서도 애매모호한 표정을 지었다. 바르주통 씨는 얼마 동안 사람들의 얼굴을 살펴보다가 돌아갔다.

“권총은 있으세요?” 머리에서 발끝까지 부르르 떨고 있는 스타니슬라스의 귀에 대고 샤틀레가 물었다.

사태를 파악한 아멜리는 기절했다. 여자들이 서둘러 그녀를 침실로 데려갔다. 끔찍한 소동이 벌어졌고, 모두가 동시에 떠들어댔다. 살롱에 남아 있던 남자들은 모두 한목소리로 바르주통 씨에게는 그럴 권리가 있다고 했다.

“당신들은 저 노인이 그렇게 행동할 수 있을 것으로 생각했어요?” 생토 씨가 말했다.

“하지만,” 인정머리 없는 자크가 말했다. “젊었을 때 그는 무기 다루는 솜씨가 일품이었답니다. 제 부친께서는 종종 바르주통의 무훈담을 들려주시곤 했거든요.”

“설마! 아무튼 당신은 그들이 서로 20보 떨어져 서게 하세요. 기병용 권총을 사용하게 하면 아마 두 사람 다 상대방을 맞히지 못할 겁니다.” 프랑시스가 샤틀레에게 말했다.

사람들이 모두 떠나자, 샤틀레는 전부 다 잘될 거라며, 육십 먹은 노인과 서른여섯 살 남자가 벌이는 결투에서는 젊은 사람이 유리한 법이라는 말로 스타니슬라스와 그의 아내를 안심시켰다.

다음 날 아침, 아버지를 보러 마르사크에 갔다가 혼자 돌아온 다비드와 함께 뤼시앵이 아침을 먹고 있을 때, 샤르동 부인이 겁에 질려 들어왔다.

"세상에! 뤼시앵, 시장 사람들까지 떠들어대는 이야기를 알고 있니? 오늘 새벽 5시에 바르주통 씨가 샹두르 씨를 반쯤 죽여놨다는구나. 이름 때문에 종종 말장난을 당하곤 하는 튈루아라는[95] 사람의 농장에서 말이다. 바르주통 부인이 너와 함께 있는 현장을 목격했다고 어제 샹두르 씨가 말하고 다녔나 보더라."

"거짓말이에요! 바르주통 부인은 아무 죄가 없어요." 뤼시앵이 외쳤다.

"어떤 시골 사람이 상세하게 말하는 것을 들었는데, 그 사람은 자기 마차 위에서 모든 것을 보았다는구나. 네그르플리스 씨가 새벽 3시부터 바르주통 씨를 도우러 왔대. 그분은 샹두르 씨에게 만일 사위에게 불행이 닥친다면 자기가 복수할 거라고 말했다는 거야. 기병대의 어떤 장교가 총들을 빌려주었고, 네그르플리스 씨는 그것들을 여러 차례 시험해 보았단다. 샤틀레 씨는 권총을 사용하는 것에 반대하고 싶었지만, 심판으로 임명된 장교는 어린애 장난이 아닌 한 제대로 된 무기를 사용해야 한다고 말했대. 증인들은 두 사람을 스물다섯 걸음 간격으로 세웠단다. 마치 산책이라도 나온 것처럼 그곳에 있던 바르주통 씨가 먼저 총을 쏘았고, 총알이 샹두르 씨의 목에 명중하자 그는 아무 대응도 못 한 채 쓰러졌다지 뭐냐.

---

95) 튈루아(Tulloye)는 Tue-l'oie(거위를 죽여라)와 발음이 같다.

병원의 외과 의사가 방금 선언한 바에 따르면, 샹두르 씨는 남은 평생 목이 삐뚤어진 채로 살아야 한대. 그 결투의 결과를 네게 알려주러 온 이유는, 너를 바르주통 부인 댁에 못 가게 하고, 앙굴렘에도 모습을 드러내지 못하게 하기 위해서다. 샹두르 씨의 친구들이 널 위협할 수도 있잖니."

그때, 바르주통 부인의 하인 장티가 인쇄소 수습공의 안내를 받으며 들어와 뤼시앵에게 루이즈의 편지를 전했다.

아마 당신도 내 남편과 샹두르 씨의 결투 결과를 들었을 겁니다. 우리는 오늘 그 누구의 방문도 받지 않을 겁니다. 신중하세요. 아무 데도 나타나지 마세요. 당신이 나에 대해 품고 있는 애정의 이름으로 부탁합니다. 이 슬픈 하루를 가장 잘 보내는 방법은 당신의 베아트리체가 하는 말을 들으러 오는 것이라고 생각지 않으세요? 이 사건으로 삶이 완전히 바뀌어버린, 당신에게 할 말이 너무 많은 베아트리체의 말을?

"다행이네." 다비드가 말했다. "우리 결혼이 모레로 결정되었으니. 바르주통 부인 댁에 자주 못 가는 핑계로 적당하잖아."

"다비드, 부인이 나보고 오늘 집에 오라는데. 그녀의 말을 들어야 할 것 같아. 지금 같은 상황에서 내가 어떻게 행동해야 할지 우리보다 더 잘 알겠지."

"그나저나 이곳은 살림 준비가 다 되었나?" 샤르동 부인이 물었다.

"와서 보세요." 다비드는 완전히 변한 2층을 보여주는 것이

기뻐서 큰 소리로 말했다. 모든 것이 산뜻했고 깔끔했다. 오렌지 꽃향기와 신부의 면사포는 가정을 감싸고, 온갖 사물에서는 사랑의 봄이 느껴지고, 모든 것이 하얗고 깨끗하고 화사한 신혼살림에서는 다정한 기운이 느껴졌다.

"에브는 공주님 같겠구나! 그런데 자네가 돈을 너무 많이 썼겠네. 쓸데없는 짓을 했어!"

다비드는 아무 대답도 하지 않고 미소만 지었다. 샤르동 부인이 가엾은 연인을 잔인하게 괴롭히는 은밀한 상처의 정곡을 찔렀기 때문이다. 예산을 너무나 초과한 탓에 별채에 위층을 올리는 것은 불가능했다. 장모에게 새로 방을 지어 드리고 싶었건만, 장모는 오랫동안 그 방을 가질 수 없게 된 것이다. 너그러운 마음을 지닌 사람들은 다정함에서 비롯한 작은 허영심일 뿐인 이런 종류의 약속을 지키지 못하는 걸 몹시 힘들어한다. 다비드는 뤼시앵이 자기를 위한 친구의 희생에 괴로워할까 봐, 그를 배려해 자신의 어려움을 철저히 감추었다.

"에브와 친구들도 그들 나름대로 열심히 준비했다네." 샤르동 부인이 말했다. "혼수도 침대보나 식탁보 같은 가정용 리넨 제품들도 다 준비되었어. 그 아이들은 에브를 너무 사랑해서 본인한테는 알리지도 않고 장밋빛 가장자리 장식을 단 하얀 시트로 매트리스를 덮어주었다네. 얼마나 예쁜지! 그걸 보면 누구라도 결혼하고 싶어질걸."

어머니와 딸은 다비드의 집에 필요한 물건들을 마련하기 위해 저축한 돈을 다 써버렸다. 젊은 남자들은 절대 생각할 수 없는 것들이었다. 리모주에 자기 세트를 주문하는 것을 보고 그가 얼마나 사치를 부리는지 알았기에, 모녀는 다비드가 구입한 것과 어울리는 물품을 준비하려고 노력했다. 사랑과 관대함에서 오는 작은 내면의 투쟁 덕분에 앙굴렘처럼 시대에 뒤처진 도시에서는 사치로 통할 수도 있는 부르주아적 유복함이 느껴졌지만, 그로 인해 신혼부부는 분명 결혼 초부터 궁핍을 겪게 될 터였다. 뤼시앵은 푸른색과 흰색의 벽지를 바른, 그도 익히 아는 예쁜 가구가 있는 침실로 어머니와 다비드가 들어가는 것을 보고는 슬그머니 빠져나와 바르주통 부인 댁으로 갔다. 나이스는 남편과 함께 아침 식사 중이었다. 산책으로 식욕이 왕성해진 바르주통 씨는 새벽의 일은 벌써 잊은 듯 태연히 아침을 먹었다. 시골 노신사 네그르플리스 씨는 프랑스 구(舊)귀족의 위엄을 과시하며 딸 옆에 앉아 있었다. 장티가 뤼방프레의 방문을 알리자, 백발노인은 딸이 특별 대우한 남자를 서둘러 심판하려는 아버지답게 취조관의 눈길을 던졌다. 극도로 잘생긴 뤼시앵의 외모에 놀란 그는 수긍의 눈짓을 하지 않을 수 없었다. 그러나 젊은이와 딸의 관계에서 진정한 열정보다는 일시적인 사랑을, 지속적 관심보다는 단순한 변덕을 보는 것 같았다. 아침 식사를 마친 후, 루이즈는 자리에서 일어나 아버지와 바르주통 씨를 그 자리에 남겨둔 채, 뤼시앵에게 따라오라는 신호를 했다.

"친구여," 그녀는 슬프면서도 기쁜 듯한 목소리로 말했다. "나는 파리로 갑니다. 바르주통 씨는 아버지와 함께 에스카르바스로 가서 내가 없는 동안 그곳에 머물 거예요. 블라몽 쇼브리 가문 출신인 데스파르 부인은 우리와 친척뻘이에요. 데스파르 가문이 네그르플리스 가의 종가(宗家)거든요. 부인은 지금 부인 자신뿐 아니라 친척들 덕분에도 그 위세가 상당해요. 만일 그녀가 우리를 알아보고 인정해 준다면, 그녀와 친하게 지내고 싶어요. 그녀가 영향력을 발휘하면 바르주통에게 한자리 얻어줄 수 있을 거예요. 내가 간청하면 궁정에서 그를 샤랑트 도의원으로 추천해 줄지도 몰라요. 그렇게 되면 이곳에서 후보로 지명되는 데 아주 유리하겠죠. 그가 도의원이 되면 나중에 내가 파리에서 활동하는 데 큰 도움이 될 겁니다. 이처럼 인생이 바뀌도록 영감을 준 사람은 바로 당신이에요. 오늘 아침의 결투로 인해 당분간 집을 폐쇄할 수밖에 없어요. 우리를 비방하면서 샹두르 편을 드는 사람들이 있을 테니까요. 지금 우리가 처한 상황에서, 게다가 이 조그만 도시에서는, 증오가 가라앉을 시간을 가지려면 집을 비울 필요가 있어요. 결국 성공해서 다시는 앙굴렘으로 돌아오지 않든가, 설령 성공하지 못해도 여름은 에스카르바스에서 겨울은 파리에서 보낼 수 있을 때를 기다리든가, 둘 중 하나입니다. 이것만이 뛰어난 여자의 유일한 삶입니다. 그런데 나는 너무 늦게야 이 삶을 택하게 되었어요. 떠날 준비를 하는 데는 하루면 충분해요. 내일 밤 떠납니다. 당신도 나와 함께 갈 거죠? 그렇죠? 먼저 출발하세요. 그리고 망르와 뤼페크[96] 사이에서 내 마차에 타세요. 거기서부터 파리까진 금방이에요. 탁월한 사람들의

---

96) 파리로 가는 노정에 위치한 주요 서섬 마을들도, 망르는 앙굴렘에서 26킬로미터, 뤼페크는 43킬로미터 지점에 있다.[편]

삶은 바로 그곳, 파리에 있어요. 인간은 비슷한 사람들끼리 있어야 편한 법이에요. 그러지 않으면 어디에서나 고통받지요. 더구나 지성의 수도이기도 한 파리는 당신의 성공 무대잖아요! 당신과 파리를 갈라놓는 공간을 어서 뛰어넘어요! 당신의 사상이 지방에서 썩어가도록 내버려두지 말아요. 19세기를 대표하는 인물들과 빨리 교류하세요. 궁정과 권력에 가까이 다가가요. 탁월하거나 고귀한 사람들은 시들어가는 재능을 찾으러 지방의 소도시까지 오지 않아요. 지방에서 만들어진 훌륭한 작품이 있으면 어디 한번 예를 들어봐요. 숭고하지만 가난했던 장 자크는 정신적 태양인 파리에 저항할 수 없이 매혹되어, 그곳에서 경쟁자들과 교류하고 불화하고 자극받으며 명성을 얻었잖아요. 어느 시기에나 등장하는 일군의 재능 있는 시인들 사이에서 당신의 자리를 차지하도록 서둘러야 하지 않겠어요? 상류사회의 주목을 받는 것이 재능 있는 젊은이에게 얼마나 큰 도움이 되는지 당신은 상상도 못 할 거예요. 당신이 데스파르 부인 댁에 받아들여지도록 애써 볼게요. 그렇게 쉽게 부인의 살롱에 들어갈 수 있는 사람은 거의 없어요. 그곳에서 장관들, 대사들, 의회의 연설가들, 가장 영향력 있는 귀족원 의원들, 부자들, 유명인들, 말하자면 모든 위대한 인물들을 만나게 될 겁니다. 미남에다 젊고 재능도 많은 남자가 그들의 관심을 끌지 못한다면 그 이유는 그가 아주 미숙하고 서툴러서예요. 재능 있는 위대한 인물들은 편협하지 않아요. 그러니 그들은 당신을 지지할 겁니다. 당신이 높은 자리에 오른 것이 알려지면, 당신 작품들은 어마어마한 가치를 지니게 될 거예요. 예술가들이 해결해야 할 최우선 과제는 사람들의 눈에 띄는 겁니다. 그곳에는 한직이라든가 국왕이 하사하는 연금 같은 수많은 행운의 기회가 있을 거예요. 부르봉 왕가는 문학과 예술을 무척이나 장려한답니다! 그러니까 종교시인인 동시에 왕당파 시인이 되세요. 그래야 앞으로 좋은 일이 많아지고 큰 돈을 벌게 될 테니까요. 반왕당파나 자유주의파가 자리를 주고 상을 주나요? 그들이 작가들에게 재산을 만들어 주나요? 그러니 올바른 길을 선택해서, 모든 천재가 가는 그 길로 가세요. 당신은 나의 비밀을 알고 있어요. 그 비밀은 가슴 깊이 간직하고 아무에게도 이야기하지 마세요. 그리고 나를 따라올 준비를 하세요." 그러나 아무 말 없는 연인의 태도에 놀라 그녀가 덧붙였다. "나와 함께 가고 싶지 않아요?"

뤼시앵은 그녀의 유혹적인 말을 들으면서 순간적으로 파리를 그려보느라 얼이 빠져버렸다. 이제까지 머리의 반만 사용했다는 생각이 들었다. 이제 나머지 반이 발견된 것 같았다. 그만큼 그의 사고는 확장되었다. 앙굴렘에서 자신은 늪 깊은 곳의 돌멩이 아래 개구리에 불과했다. 파리와 파리의 찬란함, 즉 지방 사람들의 상상 속에 엘도라도처럼 등장하는 파리가 황금 옷을 입고 보석 박힌 왕관을 쓰고 재능 있는 사람들에게 두 팔을 벌리며 그의 앞에 나타났다. 유명한 사람들이 그를 다정하게 포옹하려 했다. 그곳에서는 모두가 천재에게 미소를 보냈다. 그곳에는 작가를 모욕하기 위해 가시 돋친 말을 내뱉는 소귀족도 없었고, 시에 대한 어리석은 무관심도 없었다. 그곳에서는 시인들의 작품이 쏟아져 나왔다. 시는 금전적으로 보상 받고, 세상에 알려졌다. '샤를 9세의 궁수'의 처음 몇 장만 읽고도 출판사들은 금고를 열고, "얼마를 원하시나요?"라고 물을 것이다. 게다가 여행을 하면서 상황에 따라 바르주통 부인과 결혼할 수도 있을 것이다. 그렇게 되면 온전히 그녀를 차지할 것이고 그들은 함께 살 것이다.

"나와 함께 가고 싶지 않아요?"라는 말에 그는 눈물로 답을 대신하면서, 루이즈의 허리를 안아 가슴에 꼭 끌어안고는 목에 자국이 남을 정도로 뜨거운 키스를 퍼부었다. 그러다 갑자기 무슨 생각이 떠오른 듯 입맞춤을 멈추고는 소리쳤다. "세상에! 누이가 내일모레 결혼해요!"

이 외침은 고귀하고 순수했던 청년의 마지막 탄식이었다. 가족과 절친한 친구, 그리고 순수한 감정과 젊은이의 마음을 이어주고 있던 질긴 끈이 단 한 번의 매서운 도끼질로 끊어지려 하고 있었다.

"도대체," 네그르플리스 가문 출신의 오만한 여인이 외쳤다. "당신 누이의 결혼이 우리 사랑의 행보와 무슨 상관이죠? 부르주아와 노동자의 결혼식에서 우두머리 노릇이 그토록 하고 싶어, 나를 위해 그 잘난 즐거움을 희생할 수 없다는 말인가요? 대단한 희생이군요!" 그녀는 경멸적으로 말했다. "당신 때문에, 난 오늘 아침 남편을 결투하러 보냈어요! 자! 가세요! 내가 잘못 생각했어요."

그녀는 넋을 잃고 소파에 쓰러졌다. 뤼시앵은 그녀에게 다가가 용서를 빌었다. 그는 가족을, 다비드와 누이를 저주했다.

"당신을 믿었어요!" 그녀가 말했다. "캉트 크루아 씨에게는 끔찍이 사랑하는 어머니가 있었지요. 그럼에도 그는 '나는 만족해요!'라고 쓰인 내 편지 한 통을 받기 위해 포화 속에서 죽었어요. 그런데 당신은 나와 함께 여행하려는 마당에, 결혼 피로연조차 포기할 수 없다는 거군요."

뤼시앵은 죽고 싶었다. 그의 절망은 너무나 깊고 진정했기에 루이즈는 그를 용서했다. 하지만 언제고 그가 저지른 잘못에 대해 보상해야 함을 느끼게 했다.

"자, 이제 가세요. 비밀을 잘 지키고, 내일 밤 12시에 망르에서 100보쯤 떨어진 곳에 계세요."

뤼시앵은 지금 자기가 밟고 있는 땅이 한없이 작아 보였다. 오레스테스가 분노에 사로잡혀 돌아왔다면,[97] 뤼시앵은 희망에 부풀어 다비드의 집으로 돌아왔다. 하지만 두렵기도 했다. "그런데 돈은?"이라는 끔찍한 이 한마디에 포함된 수많은 어려움을 예감했기 때문이다. 다비드의 통찰력 있는 판단이 너무나 두려웠기에, 그는 예쁜 자기 방에 틀어박혀 새로운 상황이 불러일으킨 도취 상태에서 벗어나려 했다. 온갖 정성을 기울이며 비싸게 꾸민 이 방을 떠나야 하니, 그토록 큰 희생이 무용지물이 될 판이었다. 하지만 어머니가 이 방을 쓰실 수 있을 테고, 그러면 안뜰 구석의 별채에 방을 올리는 비싼 공사비는 절약될 것 아닌가. 결국 그의 출발은 가족에게도 도움이 될 것이다. 그는 도피를 정당화하는 오만 가지 결정적 이유를

---

97) 그리스 신화 속 영웅 아가멤논의 아들 오레스테스는 어머니 클리타임네스트라가 정부인 아이기스토스와 공모해 남편을 살해하자, 일단 몸을 피했다가 돌아와 누이 엘렉트라와 함께 어머니를 살해해 아버지의 원수를 갚는다.

찾아냈다. 욕망처럼 위선적인 것은 없다. 그는 자신의 새로운 운명을 알리고, 여러 가지를 함께 의논하기 위해 누이를 만나러 루모의 집으로 갔다. 포스텔 약국 앞에 이르자, 다른 방법이 없다면 아버지의 후계자에게 1년 동안의 파리 체류에 필요한 돈을 빌려야겠다고 생각했다.

'루이즈와 함께 살게 된다면, 하루에 1에퀴만 써도 내겐 엄청나게 큰돈이지! 그래도 1년에 1000프랑밖에 되지 않아. 6개월만 있으면 부자가 될 테니까!'

에브와 어머니는 비밀을 지킨다는 약속 아래 뤼시앵이 하는 말을 들었다. 모녀는 야심가의 말을 들으면서 눈물을 흘렸다. 슬퍼하는 이유를 물으니, 테이블보와 이불보 등의 살림살이와 에브의 혼수, 그리고 다비드의 생각이 미치지 못하는 잡다한 물건들을 사는 데 저축을 전부 다 썼다는 것이었다. 하지만 다비드는 에브가 1만 프랑의 지참금을 가져온 것으로 인정해 주었으니, 돈은 많이 썼지만 그렇게 한 것에 대해 기쁘게 생각한다고도 했다. 뤼시앵은 돈을 빌리자는 의견을 냈고, 샤르동 부인이 포스텔을 찾아가 1000프랑을 1년간 빌려달라고 부탁하기로 했다.

"하지만 오빠," 에브는 비통한 심정으로 말했다. "내 결혼식에 못 오는 거야? 오! 다시 와. 며칠 연기할게! 일단 부인을 모시고 간 뒤에, 보름쯤 지나면 그분도 오빠가 왔다 가도록 해주시겠지! 우리에게 일주일은 허락해 주실 거야. 그분을 위해 우리가 오빠 뒷바라지를 했잖아! 오빠가 없으면 우리 결혼이 잘될 것 같지 않아……." 그러다 갑자기 말을 중단하고 다음과 같이 말했다. "그런데 1000프랑 가지고 충분할까? 연미복이 오빠에게 정말 잘 어울리지만, 한 벌뿐이잖아! 고급 셔츠는 두 벌밖에 없고, 다른 여섯 벌은 투박한 옷감으로 만든 건데. 삼베 넥타이는 세 개뿐이고, 다른 세 개는 보잘것없는 면제품 인걸. 게다가 손수건도 예쁘지 않고. 필요한 날 셔츠를 빨아 줄 누이를 파리에서 찾을 수 있겠어? 그러니까 더 많이 필요 해. 올해 지은 난징산 무명 바지는 하나뿐이고 작년 것들은 너무 꼭 끼니, 파리에서 마련해야 할 텐데, 파리 물가는 앙굴 렘과 다르잖아. 입을 만한 조끼는 하얀 것 두 벌뿐이야. 다른 것들은 벌써 수선해서 꿰맨 자국이 있거든. 안 되겠다 오빠, 2000프랑은 가져가야겠어."

바로 그때 다비드가 들어왔다. 에브의 마지막 말을 들은 것 같았다. 아무 말 없이 남매를 살펴보았기 때문이다.

"내게 아무것도 숨기지 말아요." 다비드가 말했다.

"다비드," 에브가 큰 소리로 말했다. "오빠가 부인과 함께 떠 난대요."

그때 샤르동 부인이 들어오면서 다비드를 보지 못한 채 말 했다. "포스텔이 1000프랑 빌려주기로 했다. 하지만 딱 6개월 만이고, 네 매제가 지급인인 환어음을 달라는구나.[98] 너한테 는 담보를 잡을 만한 게 전혀 없어서래."

샤르동 부인은 고개를 돌리다가 사위를 보았다. 네 사람 모

---

98) 환어음은 어음의 빌행인이 아닌 제삼자기 지급을 대신히기로 약속하는 어음이므로, 사실상 다비드가 빚을 갚겠다는 보증이다.

두 아무 말도 할 수 없어 깊은 침묵을 지켰다. 샤르동 가족은 자신들이 얼마나 다비드에게 폐를 끼쳐왔는지 잘 알았다. 그들은 수치스러웠다. 인쇄업자의 눈에서 눈물이 흘렀다.

"그러니까 너는 내 결혼식에 못 온다는 거지? 그러니까 너는 우리와 함께 살지도 않을 거란 말이지? 가진 돈을 다 써버렸는데! 오! 뤼시앵, 에브를 위해 신부에게 줄 보잘것없는 보석들을 가져왔는데……." 그는 눈물을 훔치고 주머니에서 보석 상자를 꺼내면서 말했다. "이걸 산 것을 이렇게 후회하게 될 줄 몰랐네."

그는 장모 앞의 테이블에 모로코가죽으로 된 보석 상자 몇 개를 내려놓았다.

"왜 이렇게까지 나를 생각해 줘요?" 에브가 천사의 미소를 지으면서 말했기에, 그 말은 더욱 다정하게 들렸다.

"어머니," 인쇄업자가 말했다. "포스텔 씨한테 가서서 제가 보증을 선다고 말씀하세요. 뤼시앵, 네 얼굴을 보니 이미 떠날 결심을 한 것 같군."

뤼시앵은 무기력하고 처량하게 고개를 숙이면서 이렇게 덧붙였다. "사랑하는 나의 천사들, 나를 너무 나쁘게 생각하지 마." 그는 다비드와 에브를 꼭 끌어안고 말했다. "결과를 기다려줘. 내가 얼마나 너희를 사랑하는지 알게 될 거야. 다비드, 우리의 사상이 높다 한들, 법으로 감정을 옭아매는 사소한 의례를 초월할 수 없다면 그게 다 무슨 소용이야? 아무리 멀리 있더라도 내 마음은 이곳에 있지 않겠어? 사상이 우리를 이어줄 거야. 내 앞에는 완수해야 할 운명이 있잖아? 출판업자

들이 나의 '샤를 9세의 궁수'나 '데이지'를 찾으러 여기까지 올
리 없잖아? 오늘 내가 하는 일은 이르든 늦든 언젠가는 해야
할 일인데, 지금보다 더 유리한 상황을 만날 수 있겠어? 파리
에서 데뷔하기 위해 데스파르 부인의 살롱에 들어가는 것은
엄청난 행운이잖아."

"오빠 말이 맞아요. 당신도 오빠가 빨리 파리로 가야 한다
고 말하지 않았어요?"

다비드는 에브의 손을 잡고 그녀가 7년 동안 지내온 작은
방으로 데려가서는, 그녀의 귀에 대고 말했다. "사랑하는 에
브, 뤼시앵에게는 2000프랑이 필요하댔지? 그런데 포스텔에
게 빌릴 수 있는 돈은 1000프랑밖에 안 되잖아."

에브는 약혼자를 겁먹은 눈길로 바라보았다. 그 시선은 그
녀가 느끼는 고통을 전부 말해 주고 있었다.

"내 사랑 에브, 잘 들어봐. 우리는 신혼 생활을 아주 힘들
게 시작하게 될 거야. 갖고 있던 돈을 다 써버렸거든. 이제 내
게는 2000프랑밖에 없는데, 그중 절반은 인쇄소 경영에 꼭 필
요한 돈이야. 그러니까 뤼시앵에게 1000프랑을 주는 건 우리
의 빵을 주는 것이고, 우리의 평온한 삶을 위협하는 일이 될
거야. 나 혼자라면 어떻게 할지 알아. 하지만 이제 우리는 둘
이잖아. 당신이 결정해."

감정이 복받친 에브는 연인의 가슴에 뛰어들어 다정하게
키스한 후, 눈물을 펑펑 쏟으면서 귓속말로 속삭였다. "당신
혼자인 것처럼 마음대로 해. 그 돈을 벌기 위해 내가 일할게."

이제까지 한 번도 해본 적 없는 격렬한 키스를 나눈 후, 다

비드는 거의 쓰러지다시피 한 에브를 놔둔 채 뤼시앵을 보러 살롱으로 돌아왔다.

"너무 걱정하지 마. 2000프랑은 마련될 거야."

"포스텔 씨를 만나러 가렴." 샤르동 부인이 말했다. "두 사람 다 서류에 서명해야 하니까."

두 친구가 돌아왔을 때, 어머니와 에브는 무릎 꿇고 기도하고 있었다. 모녀는 뤼시앵이 파리에서 돌아올 때면 얼마나 밝은 미래가 보장될지 잘 알면서도, 그 순간에는 그 이별을 통해 잃게 될 모든 것을 예감했다. 뤼시앵의 부재를 통해서만 미래의 행복을 얻을 수 있다면, 그들이 치러야 할 대가는 혹독할 터였다. 뤼시앵이 없으면 그들의 삶은 활력을 잃을 테고, 그뿐만 아니라 앞으로 펼쳐질 뤼시앵의 운명에 대한 근심 속에 살게 될 것이다.

"혹여 이 순간을 잊는다면, 넌 사람이 아니야." 다비드가 뤼시앵의 귀에다 대고 말했다.

인쇄업자는 아마도 이처럼 준엄한 말을 할 필요가 있다고 판단했을 것이다. 그는 뤼시앵을 좋은 길로 인도할 수도 나쁜 길로 내몰 수도 있는 바르주통 부인의 지극히 변덕스러운 성격이 두려웠고, 또한 그녀의 성격 못지않게 뤼시앵에 대한 그녀의 영향력도 두려웠다. 에브는 서둘러 뤼시앵의 짐을 챙겼다. 이 문학계의 에르난 코르테스는[99] 가져갈 것이 별로 없

---

99) 에르난 코르테스 데 몬로이(Hernán Cortés de Monroy, 1485~1547)는 카스티야 출신의 군인으로, 16세기 초 남아메리카의 아스테카왕국을 정복해 에스파냐의 식민지로 삼았다.

었다. 제일 좋은 프록코트와 제일 좋은 조끼, 그리고 두 벌의 고급 셔츠 중 하나는 입고 가기로 했다. 속옷 전부와 멋진 연미복과 옷가지들, 그리고 원고들을 넣은 짐 보따리가 너무도 빈약했기에, 다비드는 바르주통 부인이 보지 못하도록 그것을 마차 편에 거래처인 지업사로 보낼 것을 제안했다. 편지를 써서 뤼시앵이 찾아갈 짐을 맡아달라고 부탁하겠다는 것이었다.

바르주통 부인이 출발을 숨기기 위해 최대한 신중히 움직였음에도, 샤틀레는 그 사실을 알아챘다. 그녀가 혼자 여행하는지 아니면 뤼시앵과 함께 가는지 알고 싶었던 그는 하인을 불러 역참에서 역마를 교체하는 모든 마차를 조사하도록 뤼페크로 보냈다.

샤틀레는 생각했다. '그녀가 시인을 데려간다면, 나는 그 여자를 차지할 수 있다.'

다음 날 새벽에 뤼시앵은 다비드와 함께 떠났다. 다비드는 아버지와 사업을 논의하러 간다고 말하면서 이륜마차와 말한 필을 빌렸다. 지금과 같은 상황에서 꾸며낼 수 있는 작은 거짓말이었다. 두 친구는 마르사크에 도착했다. 늙은 곰의 집에서 한나절을 보낸 후, 저녁이 되자 망르를 지나서 바르주통 부인을 기다렸다. 동이 틀 무렵, 그녀가 도착했다. 운행은 하지 않고 늘 헛간에 있는 것을 여러 번 보았던, 60년도 넘은 낯익은 구식 사륜마차를 보자 뤼시앵은 생애에서 가장 강렬한 감동을 느끼며 다비드의 품으로 뛰어들었다.

다비드가 말했다. "아무쪼록 이것이 너를 위한 길이길!"

인쇄업자는 초라한 이륜마차에 올라, 미어지는 가슴을 안
고 떠났다. 파리에서 뤼시앵이 마주할 운명에 대해 불길한 예
감이 들었던 것이다.

(2권에 계속)

세계문학전집 486

잃어버린 환상 1

1판 1쇄 찍음 2026년 3월 24일
1판 1쇄 펴냄 2026년 3월 31일

지은이 오노레 드 발자크
옮긴이 송기정
발행인 박근섭, 박상준
펴낸곳 (주)민음사

출판등록 1966. 5. 19. (제 16-490호)
서울특별시 강남구 도산대로1길 62(신사동) 강남출판문화센터 5층 (우편번호 06027)
대표전화 02-515-2000 팩시밀리 02-515-2007
www.minumsa.com

© 송기정, 2026. Printed in Seoul, Korea

ISBN 978-89-374-6486-7 04800
ISBN 978-89-374-6000-5 (세트)

* 잘못 만들어진 책은 구입처에서 교환해 드립니다.